Isabelle MEYER

Le pays de la mort

Ileana IV

Du même auteur:

- Exil en pays humain, 2008, éditions du Jasmin

- Retour à Edelynn, 2009, éditions du Jasmin

- La cinquième pierre, 2010, éditions du Jasmin

site de l'auteur:
www.ileana.fr

illustration de couverture: Nauriel
www.ladynauriel.blogspot.com

éditions Le pont du vent
www.lepontduvent.fr
dépôt légal juillet 2011
ISBN 978-2-9539725-0-4

Isabelle MEYER

Le pays de la mort

Ileana IV

Le pont du vent

à maman, vaillant petit
soldat jusqu'au bout

Résumé des trois premiers tomes

1 *Lorsque sa cité est attaquée par une horde de trolls qui enlèvent ses parents, Ileana doit se cacher pour ne pas subir le même sort. Alors sa tante Isdragarn lui montre un passage qui mène au monde des humains, le seul endroit où elle sera vraiment en sécurité.*

Isdragarn lui recommande d'essayer de passer inaperçue là-bas et lui promet de venir la chercher bientôt.

Arrivée dans une petite ville de province, Ileana se transforme pour ressembler aux humains et erre à la recherche d'un abri. La police la trouve et la confie à un foyer pour adolescents, où elle attendra que sa tante vienne la récupérer. Elle ne fait pas d'efforts pour se mêler aux humains qu'elle juge très déroutants, d'autant qu'elle pense ne rester que quelques semaines.

Cependant, elle finit par se lier d'amitié avec des jumeaux nommés Claire et Benoît, qui lui rendent la vie au foyer plus agréable. Et quand elle se rend compte que sa tante ne vient pas, pour une raison qu'elle ignore, et qu'elle va être obligée de se débrouiller seule pour retourner dans son monde, elle fait appel aux jumeaux et leur dit la vérité.

Claire et Benoît se lancent dans de longues recherches avec l'aide d'un vieux libraire, mais les trois amis s'égarent sur de nombreuses fausses pistes.

En attendant, ils font connaître à Ileana le monde des humains qui lui semble de plus en plus amusant et intéressant, surtout quand elle prend conscience de son penchant pour Stan, son pire ennemi au foyer, qui est le seul à avoir pressenti qu'elle n'est pas humaine.

Et quand ils découvrent enfin un passage pour ramener Ileana à Edelynn, son monde, les jumeaux décident de l'accompagner, curieux de voir à leur tour les merveilles dont elle leur a parlé.

2

À leur arrivée à Illiriane, la cité d'Ileana, les trois amis se rendent compte que rien n'a été réglé pendant l'absence de la jeune fée: la ville n'est que décombres, les fées se sont dispersées et les parents d'Ileana n'ont pas réapparu. Isdragarn elle-même a disparu.

Epaulée par sa tante Isilda, reine des Dryades, Ileana subit son initiation de future reine et décide de partir à la recherche de ses parents. Isilda lui adjoint un de ses archers, le bel Aslan, qui provoque la jalousie de Benoît.

Les quatre parcourent une partie d'Edelynn pour tenter de comprendre ce qui s'est passé et vont de surprise en révélation. Ils apprennent que la grand-mère d'Ileana est toujours en vie et que le père des jumeaux vient d'Edelynn, ce qui en fait des sorciers!

Ils recherchent de l'aide chez les ondines et chez les elfes, sans grand succès. Seul Imraëgg, un vieil elfe bourru, leur donne un coup de pouce. Ils trouvent aussi un appui inespéré auprès d'humains qui habitent depuis des siècles à Edelynn et se lancent avec les fées et les sirènes dans une bataille contre le Seigneur Noir et ses alliés.

Plein de remords d'avoir involontairement trahi Ileana, Aslan refuse de la tuer et est assassiné par Isdragarn, qui est à son tour capturée avec l'aide de sa mère, la vieille reine. Le Seigneur Noir s'enfuit et les parents d'Ileana ainsi que ceux des jumeaux peuvent enfin être délivrés des geôles où il les avait enfermés.

3

La vie pourrait être douce à Edelynn, maintenant que le Seigneur Noir est parti, qu'Isdragarn est en prison et qu'Ileana et les jumeaux ont retrouvé leurs parents respectifs.

Mais Ileana se pose beaucoup de questions au sujet des quatre pierres que Naragd, le Seigneur Noir, a emportées dans sa fuite et en conclut qu'il mijote quelque chose de grave. Elle décide alors de se lancer avec les jumeaux à la poursuite de la cinquième pierre avant que Naragd ne la trouve.

Leur quête les mène dans le pays des Drasques et des elfes gris, qui leur apprennent le choquant secret des origines des habitants d'Edelynn et du monde-du-dehors. Puis ils retournent dans le monde des humains puisque la cinquième pierre y a été cachée il y a des siècles par un faé nommé Amékel, le fameux archange St Michel.

Les trois amis, poursuivis par Naragd et ses trolls, se lancent sur les chemins de Compostelle et essaient de se cacher en se faisant embaucher dans un cirque.

Ileana profite du passage du cirque à Candoret pour

retrouver Stan dont le père est mourant. Comme ils ne sont pas très loin d'une Porte, ils décident d'amener le papa de Stan à Illiriane pour le faire soigner par Iowena et sont attaqués dès leur retour par une créature étrange qui se trouve être leur demi-sœur, la fille que leur père a eue avec Isdragarn.

Après une altercation avec les elfes noirs qui cherchent aussi les pierres, ils retournent dans le monde-du-dehors.

Ils dénichent enfin la pierre dans l'abbatiale de Conques, et se la font voler par Naragd et sa troupe qui a retrouvé leurs traces.

Le Seigneur Noir, ivre de puissance, se sert des cinq pierres pour faire naître un volcan à Conques, et les amis ne peuvent l'en empêcher. Mais Stan s'interpose et tombe avec lui dans le volcan...

Index alphabétique des personnages des quatre premiers tomes

Adara : suivante d'Iowena
Aëlia : fée amie de Thibaut
Agared : archer dryade, ami d'Aslan
Aïnara : suivante d'Iowena
Aldara : licorne de la grand mère d'Ileana
Aldric : papa d'Ileana
Algaroth : licorne d'Isdragarn
Algerann : licorne d'Iowena
Alixen : meilleure amie d'Ileana
Alsander : meilleur ami d'Ileana
Alwena : meilleure amie d'Ileana
Amékel : faé, alias l'archange St Michel
Amilrad : suivante d'Iowena
Ananka : fée mutilée par Naragd
Ancelin : humain du village
Angvarna : vieille fée bannie
Aniel : faé voyageur, père des jumeaux
Aodren : meilleur ami d'Ileana
Aourig : ancienne nourrice d'Iowena
Araad : sirène
Arak : ours familier d'Ileana
Aslan : archer dryade
Astara : licorne d'Ileana
Astarath : vénérable Ancienne

Astella : suivante d'Isdragarn
Athalpi : vénérable Ancienne
Attara : fée guerrière
Ayandra : dryade à la vue perçante
Barthélémy : humain du village
Benjamin : copain de Stan
Benoît : frère jumeau de Claire
Beppe : soigneur au cirque
Camille : chevaucheuse de comètes
Claire : sœur jumelle de Benoît
Clarisse : éducatrice au foyer
Colette : grand-mère d'adoption des jumeaux
Daniel : nom humain d'Aniel
Didier : humain excité du village
Elisabeth : psychologue au foyer d'Arbassols
Florine : chevaucheuse de comètes
François : éducateur à la "grotte", au foyer
Gahadiel : licorne d'Iliorna
Galéald : elfe gris, gardien des drasques
Gerek : nain
Gohened : elfe morbide
Grigri : cheval du monde-du-dehors
Gruyykk : tordakyl apprivoisé
Guémereld : elfe banni, père du Seigneur Noir
Guéonegg : elfe renégat, assistant de Naragd
Guillemin (Séraphin) : libraire
Iliorna : cousine d'Iowena, reine des fées du nord
Imraëgg : elfe curieux
Iolann : fille d'Isdragarn, jumelle dégénérée d'Irissa
Iowena : reine des fées, maman d'Ileana
Irissa : fille d'Isdragarn, jumelle de Iolann

Isdragarn : tante d'Ileana, sœur d'Iowena
Isilda : cousine d'Iowena, reine des dryades
Jacques : éducateur au foyer
Jérémy : copain de Stan
Joseph Nesbinel : esprit du cimetière
Julianne : chevaucheuse de comètes
Léo : chevaucheur de comètes
Lucius Quintus : ancien centurion romain
Madeline : maman des jumeaux
Marcel (père) : concierge au foyer
Martin : gardien humain de la porte
Mathieu : maire du village humain
Mezzo : directeur du cirque
Muresse : capitaine de la brigade des mineurs
Naël : korrigan
Naragd : le Seigneur Noir
Nicolas Charmaux : enfant disparu dans la forêt
Pierre : éducateur à la maison jaune du foyer
Pierre : humain du village
Sacha Grégorieff : papa de Stan
Skansr : troll
Skreyyk : tordakyl
Stan : ennemi n°1 des jumeaux et d'Ileana
Théobald Menès : ancien maire de Candoret
Thibaut : chef de la défense humaine
Timothée : copain de Benoît
Vincenzo : monteur blessé au cirque
Xavier : grand père d'accueil des jumeaux
Yghwnn : drasque pot de colle

1. DÉBANDADE

Un flot de lave s'écoulait lentement de la fissure béante vers le bas de la vallée, illuminant les ruines de Conques d'une lueur rougeoyante. Les jumeaux, le visage mouillé de larmes, contemplaient hébétés le gouffre où Stan et Naragd avaient disparu quelques instants plus tôt.

Claire réagit la première. Elle essuya ses larmes de la main et se dégagea de ses chaînes. Puis elle jeta un bref coup d'oeil autour d'elle pour évaluer la situation: Ileana s'était évanouie et les trolls s'étaient enfuis.

Elle hésita une fraction de seconde et apostropha son frère:

- Benoît, occupe-toi d'elle, il faut que j'aille aider Aodren.

Et elle s'engagea avec précaution sur l'arête pour contourner la fissure. Elle sentait le souffle chaud et sulfureux du magma brûler ses joues mais n'en avait cure. Là-bas, à quelques dizaines de mètres, Aodren était étendu sur le sol, blessé par la flèche d'un troll, peut-être mort.

Elle secoua la tête; il fallait qu'elle se concentre sur sa route, qu'elle ne laisse pas l'émotion la submerger.

Soudain son pied roula sur une pierre, et elle tomba à genoux. À quelques mètres en contrebas, le liquide visqueux roulait ses flots orangés et elle dut lutter contre un accès de terreur. Elle leva les yeux vers le faé; il s'était redressé à demi. Dieu merci, il était vivant!

Elle serra les dents et se remit en marche, et bientôt elle fut aux côtés d'Aodren. Les traits crispés par la douleur, il avait arraché la flèche et tentait d'arrêter le sang qui coulait de son épaule.

Claire s'accroupit, posa sa main à l'endroit de la blessure et joignit ses efforts aux siens pour stopper l'hémorragie.

Aodren la regarda et éclata en sanglots, la tête dans ses mains. Elle se méprit sur son geste.

- Tu as très mal ?

- Non, ça va. C'est affreux ! Stan... C'est à cause de moi qu'il est mort! Si j'avais réagi plus vite, j'aurais pu le sauver. C'est ma faute!

- Ne dis pas ça. Tu as fait tout ce que tu pouvais. S'il n'y avait pas eu ce maudit troll, tu aurais réussi à le tirer de là. Allez, viens, je crois qu'Ileana a besoin de nous.

Elle l'aida à se relever, et ils revinrent vers Benoît, toujours agenouillé auprès de la jeune fée.

- Elle est dans les vapes, je ne suis pas arrivé à la réveiller, dit Benoît, inquiet.

Les deux autres s'accroupirent et essayèrent en vain de la ranimer. Claire enleva le bandeau métallique que Guéonegg avait mis au front de la jeune fée et le fourra dans son sac. Puis elle prit son pouls et remarqua que le bracelet brésilien qu'Ileana portait au poignet ne tenait plus que par quelques brins, abîmé par les chaînes des trolls. C'était un cadeau de Stan à sa bien-aimée, une pauvre relique si émouvante que Claire sentit ses yeux la piquer. Elle détacha le bracelet et le mit en sécurité dans son porte-monnaie.

- Elle respire encore, mais faiblement. Je crois que la mort de Stan a été un choc trop dur à surmonter pour elle, dit la jeune fille.

- Tu te rends compte, elle a vu le garçon qu'elle aimait mourir sous ses yeux. Je comprends qu'elle ait disjoncté! dit Benoît. Ça nous a fait une impression terrible, à nous trois, ben tu imagines, pour elle c'était multiplié par cent ! Je la plains, la pauvre... Je regrette d'avoir dit du mal de Stan, c'était un mec bien, finalement, et vachement courageux! Moi, je ne sais pas si j'aurais osé faire ce qu'il a fait.

Le garçon soupira et regarda autour d'eux.

- Bon, je ne veux pas vous stresser, mais je pense qu'il faut qu'on se tire d'ici vite fait.

Aodren fixa les ruines d'un air nerveux.

- Les trolls?

- Non, ceux-là sont partis dès que Naragd est tombé, y compris l'abruti qui a tiré sans comprendre que ce qu'il faisait était contraire aux intérêts de son patron. Ce qui m'inquiète, c'est que les gens commencent à revenir, et que bientôt il y aura des gendarmes, des pompiers et aussi des nuées de journalistes. Bref, des ennuis en perspective. Je n'ai pas envie qu'on me pose des questions embarrassantes, d'autant qu'on est toujours recherchés pour le meurtre de Mezzo, je vous signale.

Claire poussa une exclamation.

- Et en plus, les gens t'ont vu avec tes ailes, Aodren! Il y a forcément eu plein de témoins...

- Raison de plus pour ne pas traîner.

Aodren chargea Ileana sur ses épaules en poussant un gémissement de douleur, et ils s'éloignèrent du volcan.

- On va où? demanda Benoît.

- J'en sais rien, dit Claire. Pour l'instant, il faut se mettre à l'abri des curieux. On verra ensuite.

- Je suggère qu'on prenne ce chemin, il est plongé dans le noir, on pourra partir discrètement.

- Oh non, on risque de se perdre complètement. Je pense qu'il vaut mieux partir par la route, objecta Claire.

- Claire a raison. Je pense que les gens ne vous ont pas remarqués, vous étiez derrière l'église. Ils n'ont vu que moi. Si je transforme mes vêtements et la couleur de mes cheveux, on n'aura plus l'air que d'ados qui quittent l'endroit du drame avec une blessée, personne ne nous embêtera.

Aussitôt dit, aussitôt fait. Il changea ses longs cheveux blonds en courtes mèches châtain et se vêtit de sombre.

Puis ils se mirent en route et quittèrent rapidement le village. Ça et là, ils croisèrent des petits groupes de gens; certains discutaient, d'autres étaient assis au bord de la route, abasourdis, d'autres encore pleuraient ou se lamentaient. Mais personne ne leur accorda la moindre attention.

Les trois amis marchèrent un long moment en suivant le ruban gris clair de la route. Heureusement, la lune était pleine et on y voyait suffisamment pour se diriger.

Au bout d'un moment, Claire remarqua qu'Aodren ralentissait l'allure.

- Tu ne veux pas te reposer un peu?

Le faé avait l'air fatigué, et il acquiesça sans mot dire.

Ils s'arrêtèrent et cherchèrent un endroit tranquille à l'écart de la route. Autour d'eux, le vent bruissait doucement dans les arbres et ils auraient pu se croire seuls au monde.

Aodren déposa précautionneusement Ileana sur le sol. Les jumeaux la contemplèrent avec angoisse comme ils l'avaient déjà fait des dizaines de fois. Elle respirait faiblement mais avait toujours les yeux clos et les traits tirés. Claire s'agenouilla auprès d'elle et tenta sans plus de succès que précédemment de la ranimer.

Qu'allaient-ils faire si elle ne revenait pas à elle ? Elle eut un accès de désespoir et ses nerfs la lâchèrent. Elle se mit à sangloter, submergée par l'horreur de ce qu'ils venaient de vivre. Aodren l'étreignit avec force, tout aussi bouleversé qu'elle. Ils se repassaient indéfiniment l'affreuse image de Stan entraîné par Naragd dans les flots de lave. Le faé était rongé par un atroce sentiment de culpabilité.

- Tout est de ma faute, dit-il. Si je n'avais pas proposé qu'on se sépare au Puy, ça ne serait pas arrivé.

Benoît l'interrompit avec véhémence.

- Si on ne s'était pas séparés, on se serait fait attraper tous les cinq et on serait tous morts à l'heure qu'il est. Tu n'as rien à te reprocher, ton idée a sauvé la vie de quatre personnes. Et Stan a éliminé Naragd. Grâce à lui, le seigneur noir ne sera plus jamais une menace...

La voix du garçon se brisa et il se mit à pleurer. Stan était mort sous leurs yeux, il ne pourrait jamais l'oublier. Quel courage, quelle folie...

Ils continuèrent longtemps à ruminer leurs idées noires puis la fatigue les terrassa et ils finirent par sombrer dans le sommeil, étendus dans l'herbe que la brise agitait.

2. HORS LA LOI

Aodren fut réveillé à l'aube par le chant des oiseaux qui pépiaient joyeusement. Il avait très mal dormi, gêné par le ballet incessant des camions de pompiers et les gyrophares des voitures de gendarmerie. Le jeune faé avait déjà pu constater que le monde-du-dehors était bruyant, mais cette nuit, ça avait été le bouquet !

Les autres dormaient encore; visiblement le bruit ne les dérangeait pas.

Aodren se pencha sur Ileana. À la lumière du jour, elle n'avait vraiment pas bonne mine. Son teint était cireux et ses paupières bistres.

Il tenta d'entrer en contact avec elle, mais son esprit était toujours absent. Alors il se contenta de lui donner la main pour lui communiquer un peu de son énergie.

Le faé soupira. Il s'était réjoui de cette incursion dans le monde des humains, mais elle avait fini de la façon la plus tragique qui soit. Et maintenant, ils n'avaient pas d'autre ressource que de rentrer le plus vite possible à Edelynn pour y faire soigner Ileana.

Claire gémit faiblement dans son sommeil. Sans doute était-elle en plein cauchemar. Elle tourna la tête et Aodren poussa un petit cri: son visage était rouge et couvert de cloques !

Il agrippa son bras pour la réveiller. Elle ouvrit les yeux avec peine et parut ne pas se souvenir de l'endroit où elle était.

- Claire, c'est affreux… Tu as dû te brûler la peau en passant trop près de la fissure. Je n'avais pas vu ça dans l'obscurité !

Elle eut un geste instinctif vers son visage.

- Non, n'y touche pas ! Je vais essayer d'arranger ça.

Il s'agenouilla devant elle et passa le bout des doigts le plus légèrement possible sur la peau rougie de la jeune fille.

Il avait l'air si anxieux que Claire fouilla dans son sac pour en sortir un petit miroir et constater l'étendue des dégâts.

- Oh, ce n'est que ça ! J'ai eu une de ces peurs ! À voir ta tête, je pensais être défigurée pour la vie. C'est cent fois moins grave que ta blessure d'hier et tu n'en as pas fait une telle histoire !

Elle termina ce qu'Aodren avait bien commencé et les cloques disparurent.

- C'est que je ne supporte pas qu'il t'arrive quelque chose de mal.

- Tu es trop mignon…

Elle se pencha tendrement vers lui mais fut interrompue par la voix revêche de Benoît.

- Mais c'est pas vrai, ça. Ils commencent dès tôt le matin…

Claire lui ébouriffa les cheveux qui n'en avaient vraiment pas besoin.

- Moi aussi je t'adore, petit frère.

Soudain elle vit que la joue droite de son frère était toute râpée et ornée d'un magnifique hématome.

- Eh ben dis donc, il ne t'a pas loupé, cet abruti de troll !

- Oui, ça pique et ça tire. Et j'ai mal dormi, j'avais un caillou dans le dos... Et puis j'ai faim.

Elle se tourna vers Aodren.

- Il va être ronchon jusqu'à ce qu'on lui ait donné à manger. Heureusement, j'avais prévu le coup. Quand il aura l'estomac plein, il ne sera plus dangereux et on pourra arranger sa joue.

Elle distribua les gâteaux et les petites bouteilles d'eau qu'elle avait eu la prévoyance d'acheter, et ils s'assirent après avoir donné quelques soins à Ileana toujours inconsciente.

Tandis que Benoît était très occupé à engouffrer sa part, Aodren confia ses doutes aux jumeaux.

- Il faut qu'on rentre le plus vite possible à Illiriane. On ne peut pas laisser Ileana longtemps dans cet état. Mais je ne sais rien de ce pays, j'ignore où sont les portes. Est-ce que vous saurez en retrouver une sans l'aide d'Ileana ?

Benoît recouvra l'usage de la parole.

- C'est vrai, ce que tu dis ! On ne peut plus compter sur elle, maintenant, il faut qu'on se débrouille seuls. Mais pas de problème, on connaît au moins deux portes, celle du marais et celle près de chez Colette et Xavier.

Aodren fronça les sourcils; il ne voyait pas du tout de quoi Benoît parlait. Claire lui donna quelques explications:

- La toute première fois, on était passés par la porte de Fonpierre. C'est la porte qu'on a découverte un peu par hasard quand on était dans notre famille d'accueil.

Mais elle est loin au nord. Et il y a quelques jours, avec Stan...

La jeune fille s'arrêta de parler quelques secondes. Elle n'arrivait pas à réaliser que Stan ne reviendrait plus jamais et faillit se remettre à pleurer.

Elle reprit:

- On est passés par une autre porte, un peu plus proche; mais sans Ileana, impossible de la retrouver.

- Pourquoi ?

- Parce qu'elle est au milieu de marais si dangereux que Benoît a failli s'y noyer. Et comme Ileana nous guidait et qu'il faisait nuit, on n'a pas du tout fait attention au chemin. On ne pourrait pas s'orienter sans elle.

Benoît renchérit.

- Oui, Fonpierre, c'est la seule solution. Mais ça va nous obliger à faire un long voyage. Pas évident avec Ileana à trimballer. C'est fou comme l'histoire se répète: il y a quelques jours, on transportait le père de Stan vers une porte...

Les trois amis se regardèrent, comme frappés par la foudre. Ils pensaient à la même chose affreuse.

- Mince alors, mais vous vous rendez compte qu'en rentrant à Edelynn, on va être obligés de lui annoncer la mort de son fils ? dit Benoît.

Claire cacha son visage dans ses mains. Le pauvre homme ! Comment allaient-ils pouvoir lui dire ça ?

Ils se turent un instant, découragés. L'avenir s'annonçait bien sombre... Le premier, Aodren se leva.

- Allez, il faut qu'on bouge. Si j'ai bien compris, on a encore une longue trotte devant nous. Autant partir tout de suite.

- On reste dans ce petit chemin ?

Claire consulta la carte et secoua la tête négativement.

- Non, il ne figure pas sur ma carte, on ne sait pas

où il aboutit. Il vaut mieux suivre la route, il faut qu'on rejoigne le plus directement possible une ville avec une gare.

- Et si on prenait le bus ? dit Benoît qui n'avait pas envie de faire des kilomètres à pied.

- Si on le voit passer, on lui fera signe de s'arrêter. Mais ça m'étonnerait qu'il circule aujourd'hui. Ils ont dû fermer la route puisque le centre de Conques est impraticable.

Benoît soupira. Il n'échapperait pas à la marche à pied. Soudain, il se remémora le journal vu à Candoret, et l'article disant qu'ils étaient soupçonnés de meurtre.

- Dis, Aodren, avant d'y aller, est-ce que tu peux changer notre apparence, à Claire et moi ? Tu sais, nous teindre les cheveux, comme Ileana l'avait fait ? Ça serait déjà un souci en moins.

- Oui, pas de problème. Je ne dis pas que vous serez magnifiques, mais au moins vous n'attirerez plus l'attention avec votre mèche blanche.

- Châtain, ça m'irait très bien. Je ne m'aimais pas trop en blond, déclara le garçon.

Le faé obtempéra et colora en brun l'épaisse tignasse noire des jumeaux. Et, dans la foulée, il redonna son apparence habituelle à la joue de Benoît.

Puis, aidé des deux autres, il installa Ileana dans son dos, et tous trois rejoignirent la départementale.

Claire jeta un coup d'œil en direction du village, mais d'ici on ne le voyait pas. Tout semblait absolument normal, pas de dôme crachant des panaches de cendres et des pierres ponce.

- Il faut dire que ce n'est pas un volcan classique. Pas d'éruption, juste un écoulement, se dit Claire qui n'aurait jamais imaginé vérifier dans la pratique ses cours sur les volcans effusifs et explosifs.

Elle rattrapa les garçons qui s'étaient éloignés sans

voir qu'elle ne les suivait pas, et ils marchèrent en silence pendant un long moment.

Soudain, on entendit un bruit de moteur.

Aodren s'arrêta net et interrogea Claire des yeux. Elle hésita une fraction de seconde puis haussa les épaules et se remit en marche. Si on stoppait à chaque fois qu'une voiture passait, il faudrait dix ans pour atteindre la porte de Fonpierre !

Cependant, lorsqu'elle vit la voiture en question, elle regretta de ne pas avoir suivi l'intuition d'Aodren et de ne pas s'être cachée: c'était une voiture de la gendarmerie !

Les jumeaux s'efforcèrent d'adopter un air dégagé, mais la voiture s'arrêta à leur hauteur. Le conducteur baissa sa vitre et leur demanda si tout allait bien.

Benoît l'assura que oui, mais l'homme scruta Ileana, toujours inconsciente.

- Vous portez une blessée ? Il y a un poste de secours des pompiers dans la direction d'où vous venez, vous ne l'avez pas vu en passant ?

- C'est que nous avons dormi en dehors du village.

- Retournez sur vos pas, il faut que vous leur ameniez la jeune personne. Vous ne pouvez pas la laisser sans soins, et vous n'irez pas loin en la portant sur votre dos.

Benoît regarda sa sœur, très embêté. Ils n'allaient tout de même pas revenir en arrière ! Claire se mordilla les lèvres, elle ne trouvait pas de solution.

Le gendarme reprit:

- On va installer la jeune fille dans notre voiture et l'amener au poste de secours. On ne peut pas vous emmener tous, mais vous n'aurez qu'à la rejoindre à pied. Vous pouvez monter aussi, mademoiselle, dit-il en s'adressant à Claire.

Benoît allait répliquer mais sa sœur ne lui en laissa

pas le temps.

- Merci beaucoup, monsieur, dit-elle tout en foudroyant son frère du regard pour lui intimer l'ordre de se taire.

Aodren ne comprenait pas tout ce qu'il se passait, mais Claire avait l'air de savoir ce qu'elle faisait, alors...

Le deuxième gendarme était sorti de la voiture et avait ouvert la portière arrière pour qu'ils puissent installer Ileana sur la banquette. Le faé et Claire l'adossèrent le plus confortablement possible et la jeune fille grimpa à son tour dans le véhicule non sans jeter un regard lourd aux deux garçons.

- Bon, à tout de suite, leur dit-elle.

Et la voiture démarra, les laissant seuls sur la route.

Alors Benoît explosa.

- Marre, marre, marre ! D'abord on va faire le triple de kilomètres, et ensuite on ne va pas arriver à se dépêtrer de ces andouilles ! Qu'est-ce qu'il lui a pris, à ma sœur, d'accepter ça ?

- On n'avait pas vraiment le choix, si j'ai bien compris. Et je suppose que Claire trouvera un moyen.

Benoît jeta un regard éberlué au faé. Pas moyen de discuter avec un type amoureux, il en perdait tout sens critique ! Renfrogné, il se mit à marcher de mauvaise grâce derrière Aodren qui ne semblait absolument pas fatigué.

Une demi-heure plus tard, ils arrivaient en vue des tentes dressées au bord de la route. Plusieurs personnes attendaient patiemment, et de temps à autre un pompier reconnaissable à sa tenue bleu marine venait leur parler et les orienter.

Benoît s'approcha d'un air gauche.

- Euh... ma sœur et ma cousine sont arrivées tout à l'heure avec les gendarmes.

- Ah oui, elles sont là-bas, répondit l'homme en

désignant l'une des tentes.

Le garçon entraîna Aodren, et ils s'approchèrent, pas très à l'aise. Claire les vit arriver et sortit à leur rencontre.

- Ils ont mis Ileana sur une civière, chuchota-t-elle. Et ils ont appelé une ambulance pour la conduire à l'hôpital. Je suppose qu'elle ne va pas tarder.

- Mais ça va pas ? cria Benoît.

- Chuuuut ! Parle moins fort, espèce d'idiot, tu vas rameuter tout le monde ! le rabroua sa sœur.

- On ne peut pas les laisser l'emmener ! dit Benoît en baissant d'un ton. Tu imagines ? Elle n'est pas humaine, on n'a pas de papiers, pas de sécurité sociale, presque plus d'argent, on s'est échappés du foyer et on est recherchés par la police... Oh nooon, on est dans la mouise jusqu'au cou, là !

- Mais pas du tout ! Finalement, c'est la meilleure solution, dit Claire.

- Tu plaisantes ?

- Réfléchis un peu: si on n'avait pas croisé les gendarmes, on serait en train de se taper une longue trotte; il y a au moins vingt kilomètres jusqu'au prochain bourg. Et certainement pas de gare là-bas. Alors que là, Ileana va voyager en ambulance jusqu'à la grande ville la plus proche.

- Ça résout peut-être en partie le problème du transport d'Ileana, mais j'ai l'impression que tu n'as pas pensé à deux choses importantes: primo, l'ambulance ne nous emmènera certainement pas tous les quatre, et secundo, une fois à l'hôpital, elle sera comme en prison ! Sans compter que s'ils lui font passer un scanner ou une radio, on est mal, avec sa dalinn et ses os du dos pas fichus comme les nôtres !

Claire posa une main apaisante sur le bras de son frère.

- Du calme ! On n'en arrivera pas là. D'abord, on va leur faire du charme pour qu'ils nous emmènent tous ensemble, et puis on s'arrangera pour disparaître avant d'arriver à l'hôpital, parce que tu as raison, une fois là-bas, on aurait du mal à la faire sortir.

- Tu rêves ! Ça va être comme avec les gendarmes, ils ne trimballeront qu'Ileana ! Toi, tu auras éventuellement le droit de l'accompagner, et nous, on devra se coltiner de la marche à pied ! Tu imagines le mal que tu auras pour la faire évader, si tu es toute seule ? Sans compter qu'on ne saura pas où vous retrouver. Non, il faut absolument qu'on reste groupés !

- Mmm, tu as peut-être raison. Faut trouver quelque chose pour ne pas être séparés...

- Si on était blessés tous les quatre, ils nous transporteraient ensemble, dit Benoît en haussant les épaules.

Claire fronça les sourcils.

- On ne va quand même pas se blesser exprès !

Aodren intervint.

- Non, pas se blesser. Mais se mettre des cloques plein la figure. Comme celles que tu avais ce matin. L'idée de Benoît est bonne.

- Tu saurais faire ça ?

- Bien sûr. Ça va être horrible pour moi d'abîmer ton visage, mais si c'est la seule solution...

- Pas la peine. N'oublie pas que les pompiers d'ici m'ont déjà vue, ils savent très bien que je n'ai rien à la figure. Par contre tu peux me coller des boursouflures sur les bras. Quant à vous, ils ne vous ont pas encore repérés.

Aodren hésita un instant. C'était une demande un peu saugrenue, il ne savait pas trop comment s'y prendre. Claire le poussa légèrement du coude et chuchota.

- Regarde ces gens, là-bas. Ils ont des brûlures et des écorchures plein les bras, il n'y a qu'à copier.

Ils s'installèrent dans un coin tranquille, et Claire remonta sa manche; le faé surmonta sa répulsion et s'activa pour donner au bras de son amie l'apparence d'un membre très amoché, sous l'œil extrêmement intéressé de Benoît.

Aodren grimaça; cet exercice avait été très pénible pour lui. Mais Claire avait l'air satisfaite de ses blessures plus vraies que nature.

- À toi maintenant, frérot.

Benoît recula d'un pas.

- Euh, je crois que je vais m'en passer et jouer plutôt au gars qui s'est cassé le bras. Ça ne se voit pas de l'extérieur, j'aurai juste à pousser des cris chaque fois qu'on me touchera.

Les jumeaux se tournèrent vers Aodren. Mais celui-ci n'avait aucune envie de toucher à son visage, les tabous étaient trop profondément ancrés en lui.

Il réfléchit quelques secondes et délaça sa chaussure. Puis il lacéra le bas de son pantalon. Bientôt son pied et son mollet furent boursouflés et couverts de cloques.

Il se leva en clopinant et sourit à Claire.

- On va se faire soigner ?

- Trop tard. L'ambulance arrive.

Elle se précipita vers la tente. Là-bas, accroupi près du brancard, un pompier prenait le pouls d'Ileana. Elle lui montra son bras, manche relevée.

- L'ambulance est là, je crois. Est-ce que vous pensez que je pourrai accompagner ma cousine ?

- Oh oui, sans problème. Il y a toujours une place de prévue pour une personne accompagnante, surtout que vous avez aussi besoin de soins.

- C'est que euh... mon frère et mon cousin sont

dehors. Ils sont également blessés. Mon frère a peut-être le bras cassé et mon cousin a eu la jambe brûlée.

Deux brancardiers arrivèrent sur ces entrefaites et installèrent Ileana dans le véhicule.

Le pompier examina brièvement les deux garçons. Il hésitait.

- En principe, le règlement prévoit qu'on n'emmène qu'une seule personne en plus du blessé.

- Mais on est tous blessés ! brâma Benoît. Et comment on va faire si on est séparés ? On a déjà tout perdu...

Le brancardier se laissa apitoyer par le garçon qui semblait au bord des larmes.

- Bon, venez. De toute façon, les circonstances sont un peu particulières, hein. Alors on va oublier un peu le règlement. Montez à l'avant, il y a deux places à côté du chauffeur.

Les trois s'entreregardèrent. Comment allaient-ils fausser compagnie aux trois pompiers de l'ambulance, s'ils n'étaient pas ensemble à l'arrière ?

- Bon, on va pouvoir se reposer jusqu'à l'hôpital, déclara Claire.

Les garçons comprirent qu'elle avait abandonné l'idée de s'enfuir en cours de route. Benoît pensa qu'il n'aurait de toute façon pas pu la jouer Indiana Jones et expulser le conducteur du véhicule pour prendre sa place. Et que dire de Claire qui allait se retrouver seule à l'arrière avec deux pompiers costauds !

Le voyage dura une petite demi-heure, que Claire occupa en bavardant avec les deux infirmiers pour en savoir plus sur leur métier.

À l'arrivée à l'hôpital, l'un des deux pompiers ouvrit la porte arrière pour se rendre à l'admission des urgences. Les deux garçons descendirent et contournèrent le véhicule pour retrouver les filles.

Claire adressa un regard intense à Aodren tout en pensant très fort à son plan. Le faé comprit ce qu'elle souhaitait et ils agirent en un éclair.

Aodren grimpa souplement dans la voiture, et avant que l'infirmier n'ait pu réagir, le faé l'avait touché à la gorge du bout des doigts et privé momentanément de ses sens.

L'homme s'écroula. Alors les garçons se saisirent d'Ileana tandis que Claire guettait le retour du deuxième homme.

- Vite, vite !

Par chance, le conducteur n'avait rien remarqué. Ils s'éloignèrent en se faufilant entre les voitures. Un peu plus loin, Aodren installa Ileana plus commodément sur son dos pour pouvoir courir et mettre de la distance entre eux et les ambulanciers.

Enfin ils s'arrêtèrent et s'assirent par terre pour souffler un peu.

- Je ne sens aucune présence, ils ne nous ont pas suivis, dit Aodren.

Cependant Benoît avait l'air nerveux. Claire ironisa.

- Tu devrais être content, petit frère. Tu as transgressé, comme tu dis souvent.

- Très drôle. J'aurais pas aimé qu'ils nous rattrapent, ils avaient de sacrés biscottos.

- On n'a commis aucun délit, ils ne vont pas lancer la police à nos trousses pour ça!

- Oui mais quand même, Aodren a neutralisé un des types ! Et par rapport à Ileana, c'est de la non-assistance à personne en danger.

- Ouh là, tu fais dans le juridique ? Allez, relax, on ne risque plus rien.

- Puisque tu le dis, dit Benoît d'un ton sinistre. Et on fait quoi, maintenant ?

- On va prendre un train et rejoindre Fonpierre.

- On ne sait même pas où est la gare. Ni s'il y a une gare dans cette ville, d'ailleurs. Il faudrait qu'Aodren fasse comme Ileana, tu te rappelles, le jour du carnaval, quand on était poursuivis par les trolls. Elle avait volé très haut et vu les rails. C'est comme ça qu'elle avait repéré la gare.

- Sauf qu'on est en plein jour et qu'Aodren ne peut pas se montrer. En plus, il ne sait pas à quoi ressemblent des rails, un train ou une gare, je te signale.

- Ben comment on va faire, alors ?

- Ce que tu peux être compliqué ! On parle la langue du pays, on n'a qu'à demander ! Mais d'abord, enlevons nos fausses blessures.

Claire se mit à la recherche d'un passant et obtint rapidement le renseignement souhaité. Puis elle acheta un chapeau à larges bords pour en coiffer Ileana. Ainsi, on ne voyait pas qu'elle gardait les yeux fermés.

Les garçons se placèrent de part et d'autre de la jeune fée et l'enlacèrent par les hanches. Claire disposa les bras d'Ileana sur les épaules de Benoît et d'Aodren et recula pour juger de l'effet produit. En n'étant pas très attentif, on pouvait croire que les trois jeunes faisaient les andouilles en marchant de concert.

Ils finirent par atteindre la gare tant bien que mal et disposèrent Ileana sur un banc, tandis que Claire allait acheter des billets.

Un vieil homme passa devant les garçons et sourit en voyant Ileana qui semblait faire la sieste.

- On dirait que cette jeune personne a eu une journée fatigante.

- Oh, pas plus que d'habitude, la routine...

3. ON PASSE À LA TÉLÉ

La nuit était tombée depuis un petit moment lorsqu'ils arrivèrent enfin en gare de Rochésy où Xavier devait venir les chercher.

Ils avaient discuté de l'opportunité de faire un petit détour par la maison de Colette et Xavier et avaient assez rapidement conclu que ce ne serait pas une perte de temps: non seulement les jumeaux avaient très envie de revoir leurs vieux amis et de prendre des nouvelles de la santé de Colette, mais leurs grands-parents d'adoption leur offriraient le gîte et le couvert, ce qui ne serait pas de refus. De plus, Xavier pourrait ensuite les conduire le plus près possible de la porte de Fonpierre, ce qui leur ferait économiser beaucoup de peine et de temps.

Alors ils avaient appelé les Verne depuis une cabine téléphonique pour leur demander s'ils pouvaient passer. Colette et Xavier avaient accepté avec joie, comme ils s'y attendaient.

Lorsque la voiture pénétra dans la cour de la

ferme, Colette les attendait sur le pas de la porte. Elle reconnut les silhouettes des jumeaux et discerna celle d'un jeune homme inconnu. Elle s'approcha et comprit tout de suite que quelque chose n'allait pas en voyant Ileana inconsciente sur la banquette arrière.

Elle se précipita vers la maison pour leur ouvrir la chambre d'amis du rez-de-chaussée.

- Que s'est-il passé ? Qu'est-ce qu'elle a ? Et vos cheveux ?

- C'est une longue et affreuse histoire. Oh Colette, un de nos amis est mort la nuit dernière, et Ileana ne va pas bien du tout !

Claire se jeta dans les bras de la vieille femme pour pleurer. Colette la berça doucement tout en observant le nouveau venu à la dérobée. À coup sûr il était de la même race qu'Ileana, ils se ressemblaient beaucoup, avec leur blondeur et leurs attaches fines.

Lorsqu'elle recouvra son calme, Claire essuya ses larmes et fit les présentations.

- Colette et Xavier, je vous présente Aodren, c'est un ami d'enfance d'Ileana. Aodren, voici notre famille d'accueil dont je t'ai déjà parlé. Nous avons passé ici de nombreuses vacances; Colette et Xavier sont comme nos grands-parents.

- Je vais vous faire à manger, je suppose que vous avez le ventre vide. Et puis vous nous raconterez tout, dit Colette.

Lorsqu'ils furent attablés tous les cinq devant un bon petit plat, Benoît se mit à leur raconter les événements de ces dernières semaines.

- Quand on vous a quittés, la dernière fois, on s'est fait embaucher dans un cirque. Ileana avait eu des idées de numéros géniaux, et elle avait obligé le directeur à nous employer aussi.

Colette rit.

- Tu faisais un numéro?

- Non, j'aidais à monter et démonter le chapiteau, c'était un sale boulot. Et Claire servait d'infirmière et vendait les billets. On pensait avoir trouvé une super planque, on était nourris et logés. Et surtout, on se dirigeait vers le sud, bien cachés en plus. Enfin, c'est ce qu'on croyait... Parce que le seigneur noir a retrouvé notre trace en voyant Ileana sur les affiches que ce pauvre directeur a eu l'idée de faire, pour son malheur.

- Pour son malheur ?

- Oui, les trolls l'ont zigouillé. On a eu de la chance, on n'était pas au cirque ce jour-là, parce qu'Ileana voulait retourner au foyer d'Arbassols.

Colette eut l'air horrifié.

- Mais c'est affreusement dangereux ! C'est aussi ce seigneur noir qui a mis Ileana dans l'état où elle est maintenant ?

- Indirectement, oui.

Benoît hésita, il ne savait pas trop comment parler de Stan. Claire prit la relève.

- En fait, si Ileana a eu envie de retourner au foyer, c'est qu'elle voulait avoir des nouvelles d'un garçon qu'elle avait rencontré là-bas, Stan.

- Ah oui, comme le Stan dont vous me parliez souvent, celui qui n'arrêtait pas de vous embêter...

- Ben justement, c'était lui. Finalement, il n'était pas si méchant que ça, il était même bien. Et ils sont tombés amoureux l'un de l'autre. Alors, quand elle a dû rentrer dans son pays, elle a pensé qu'elle ne le reverrait jamais et ça la rendait triste. Du coup, quand le cirque est passé à Candoret, elle a sauté sur l'occasion. Ça nous a sauvé la vie.

- Et ce garçon, il est où, en ce moment ?

Claire porta les mains à son visage.

- C'est lui qui est mort la nuit passée.

- Oh non !

Colette gémit, horrifiée. Elle comprenait mieux l'évanouissement de la jeune fée.

- Il est mort comment ? demanda Xavier, préoccupé.

- C'est tout un enchaînement de circonstances. Quand on est allé au foyer pour prendre de ses nouvelles, on nous a dit qu'il vivait avec son père à Candoret. Après l'assassinat du directeur du cirque, on s'est enfuis et Ileana a eu l'idée de nous cacher chez Stan qui n'habitait pas loin.

- Et le seigneur noir s'en est pris à lui.

- Non, pas à ce moment-là, répondit Benoît. Le père de Stan était très malade et il n'y avait plus d'espoir de le guérir. Alors on a eu l'idée de l'emmener à Edelynn pour le faire soigner par la mère d'Ileana. Ça a marché, d'ailleurs. Ensuite, on est revenus dans ce monde avec Aodren.

- Je vois, dit Colette, un peu ironique, car elle avait tout de suite compris quel lien unissait le faé et Claire.

- Tu oublies l'épisode de la créature, ajouta la jeune fille qui n'avait pas envie de satisfaire la curiosité de Colette devant tout le monde.

- La créature ? La même qui m'avait attaquée ? s'écria la vieille femme.

- Oui. Figure-toi qu'elle nous attendait de l'autre côté de la porte, à Edelynn, et qu'elle s'en est prise à moi.

- Oh, ma pauvre chérie ! Elle t'a aussi court-circuité la cervelle ?

- Non, elle m'a défigurée et attachée à un arbre. Mais les autres sont arrivés avec des renforts, et elle a réussi à s'enfuir. Et la mère et la grand-mère d'Ileana m'ont redonné mon apparence habituelle.

- Quel cauchemar ! Qu'est devenue cette créature ?

- On ne sait pas où elle est actuellement, par contre on sait qui elle est. C'est notre demi-sœur !

Colette et Xavier firent des yeux ronds.

- Vous avez une sœur ?

- Oui, on en a même deux ! Les jumelles qu' Isdragarn avait eues de notre père Aniel, qui n'était pas du tout au courant.

- Alors votre père aura eu deux paires de jumeaux, plutôt exceptionnel !

Benoît et Claire se regardèrent. Ils n'avaient pas pensé à ça.

- C'est peut-être les gènes d'Aniel qui le prédisposent à engendrer des jumeaux, ce n'était pas forcément un choix de la part d'Isdragarn, contrairement à ce qu'on pensait ! réalisa Benoît.

- Mais n'importe quoi ! répliqua sa sœur. Si l'ovule est fécondé par deux spermatozoïdes en même temps, ou s'il y a deux ovules, les gènes masculins n'ont rien à voir là-dedans.

- Oui, mais il arrive que l'ovule ne soit fécondé que par un seul gamète et se divise quand même en deux, observa Xavier.

- Peu importe, trancha Colette qui trouvait qu'on s'écartait du sujet avec ce cours de biologie. La deuxième jumelle est aussi affreuse que sa sœur ?

- Non, pas du tout, c'est un adorable bébé. D'ailleurs, la maman d'Ileana l'a retrouvée et a décidé de s'en occuper. J'aurais bien fait un peu de garderie, d'ailleurs, tellement elle est mignonne, mais il fallait qu'on revienne pour retrouver le cristal avant Naragd.

- Et vous l'avez trouvé ? demanda Xavier.

- Oui. Il n'était pas au Puy, comme tu le pensais, mais à Conques, enchâssé dans un ostensoir. Et au moment où on a mis la main dessus, le seigneur noir nous l'a pris. On avait fait tout le travail pour lui.

- Et pourquoi s'est-il vengé sur Stan alors, puisqu'il avait ce qu'il voulait ?

- Ça ne s'est pas passé comme ça. Naragd ne savait même pas que Stan existait. Au Puy, on s'était séparés en deux groupes, Stan et Aodren d'un côté, et les filles et moi de l'autre, expliqua Benoît. Pendant que les garçons essayaient d'attirer les affreux sur une fausse piste, nous, on est venus à Conques pour trouver le cristal. Naragd a quand même réussi à arriver avant Stan et Aodren et à nous prendre la pierre. Alors il a assemblé les cinq cristaux et s'en est servi pour faire surgir un volcan qui a démoli la moitié de la ville.

Xavier rugit de stupéfaction.

- Le volcan ? Vous avez assisté à ça ? J'ai vu cette histoire dans le journal ce matin ! Ainsi donc, c'est comme ça que le volcan est né... Ils n'y comprennent toujours rien, les spécialistes.

- On le mentionne déjà dans le journal ? demanda Claire.

Xavier acquiesça.

- Oui, ils en ont parlé ce matin. En première page ! Tu penses bien, une éruption volcanique en France métropolitaine...

- D'ailleurs c'est l'heure des nouvelles, ils en parleront sans doute à la télé ! dit Colette.

Elle alluma le poste. L'éruption faisait effectivement la une des informations.

Un envoyé spécial était en train de raconter les circonstances non encore élucidées de cette catastrophe. On voyait derrière lui les ruines de l'église au bord du gouffre rougeoyant.

Puis la présentatrice donna la parole à un sismologue invité sur le plateau télé, qui rappela qu'il y avait plusieurs types de volcans dans cette partie de la France. Il expliqua entre autres qu'on ne pouvait pas mettre dans le même panier le Cantal et le Mont-Dore, deux stratovolcans vieux de plusieurs millions d'années et définitivement éteints, et la chaîne des Puys, probablement seulement en sommeil car inactive depuis à peine 6000 ans.

Cependant il affirma que Conques était éloigné à la fois des volcans d'Auvergne et de la faille de la vallée du Lot; l'endroit n'était pas le plus propice à une éruption, mais cela pouvait à son avis prouver l'existence d'un point chaud sous le Massif Central, chose qui n'avait jamais pu être démontrée.

On revint ensuite à Conques pour entendre plusieurs témoignages de personnes s'étant trouvées sur les lieux; certains habitants avaient perdu leur maison dans le séisme, d'autres avaient vu mourir l'un des leurs. D'autres encore ne faisaient que passer la nuit dans le village et s'étaient trouvés là au mauvais moment.

La plupart n'avaient rien vu de ce qui s'était réellement passé, subjugués par le volcan naissant. Certains avaient bien remarqué un attroupement près de la faille mais sans faire de lien entre les personnes et ce qui arrivait.

Cependant, il s'en trouva pour affirmer que la catastrophe était l'œuvre d'un terroriste qui maniait une arme inconnue, comme un laser phénoménal. Ceux-ci affirmèrent que l'homme avait été maîtrisé par un courageux jeune homme et que tous les deux avaient été précipités avec l'arme dans la faille volcanique.

Il y eut même quelques personnes pour déclarer qu'un ange était apparu sur la scène au moment du drame. Un homme se déclara persuadé que l'ange était venu punir le terroriste d'avoir volontairement détruit l'abbatiale, mais son annonce fut accueillie avec beaucoup de scepticisme.

La présentatrice du journal télévisé promit de

revenir sur cette étonnante affaire dès qu'on aurait du nouveau et passa à un autre sujet d'actualité.

Xavier éteignit la télé et tous restèrent silencieux.

- Le jeune homme courageux, je suppose que c'était Stan ? demanda finalement Xavier.

Les jeunes acquiescèrent en silence.

- Et si j'ai bien compris, le seigneur noir a disparu également ?

- Oui, répondit Benoît. C'est la seule chose positive dans cette histoire. Naragd est définitivement écarté, et le danger que représentaient les pierres aussi.

Claire hocha la tête.

- Il nous reste à ramener Ileana dans sa famille et à annoncer la triste nouvelle au père de Stan. Ensuite on essaiera d'oublier tous ces malheurs. L'histoire est finie...

4. RETOUR À FONPIERRE

Pendant une heure ou deux, le lendemain matin, les jumeaux eurent l'impression que tout était redevenu comme avant.

Ils petit-déjeunaient avec Aodren dans l'accueillante cuisine de Colette, et voyaient par la fenêtre ouverte le décor familier de la cour et des dépendances. La fraîcheur de la nuit avait laissé la place à une tiédeur qui renforçait leur sentiment d'être en vacances.

Cependant, cette impression était trompeuse, car ils n'avaient pas de temps à perdre; Ileana s'affaiblissait et il était urgent de rentrer à Edelynn.

Le sac bourré de provisions, ils prirent congé de leur vieille amie en promettant de revenir dès que possible et installèrent la jeune fée dans la voiture de Xavier.

Celui-ci était très curieux de découvrir l'emplacement de la fameuse porte.

En principe, les ruines de Fonpierre n'étaient pas accessibles en voiture, ce qui expliquait que relativement peu de personnes se soient égarées à cet endroit.

Mais, étant donné l'état d'Ileana, Xavier tenta de s'en approcher le plus possible. Quand le chemin fut devenu vraiment impraticable, ils descendirent et firent le reste du trajet à pied.

Benoît montra la porte à Xavier. Elle n'était pas située directement sur les ruines, mais à côté, dans la forêt, entre un tas de rochers et un bouquet d'arbres.

- Je me demande pourquoi il y a une porte juste à côté d'un endroit où habitaient des gens, demanda étourdiment Benoît. Beaucoup de personnes ont dû passer de l'autre côté sans le vouloir !

- Je te signale que la porte existait longtemps avant que des gens ne s'installent là, répondit Claire en haussant les épaules.

- Justement, ce site gallo-romain n'a pas été habité longtemps, expliqua Xavier. Peut-être parce qu'il y a eu des disparitions inexpliquées ici et qu'on en a rapidement conclu que l'endroit était maudit, va savoir...

Tous se turent, sensibles au charme mystérieux de l'endroit. Benoît brisa le silence.

- Bon, faut qu'on y aille. Xavier, merci pour tout. Une fois de plus, tu nous as été d'un grand secours !

Le vieil homme sourit mais ne fit pas mine de partir. Il regardait en direction de la porte. Claire comprit qu'il était tenté.

- Un jour, tu viendras nous voir, dit-elle. Mais là, ce n'est pas le meilleur moment pour faire du tourisme à Edelynn, avec la maladie d'Ileana. En plus, tu ne peux pas laisser Colette seule.

Xavier hocha la tête et soupira. L'envie de visiter le monde des fées le taraudait depuis des mois. Il rêvait d'admirer les cités d'Edelynn et de voir dragons préhistoriques et ptérodactyles de ses propres yeux, mais il comprenait que le jour n'était pas encore venu.

Les jumeaux l'embrassèrent et Aodren lui serra la main à la manière humaine.

Benoît regarda sa sœur.

- Dans quel ordre on passe ? On ne peut pas y aller tous en même temps, c'est trop étroit.

Claire grimaça.

- Je sais qu'on ne risque rien, mais je ne peux pas m'empêcher de penser à la dernière fois... La porte des marais m'a laissé de très mauvais souvenirs, et j'ai un peu d'appréhension. Je n'oublie pas que la créature, euh... Iolann, est toujours en liberté.

- Je ne la laisserai pas te faire de mal, s'écria Aodren. Je passerai le premier !

Benoît ricana. Ce qu'on pouvait dire comme stupidités, quand on était amoureux !

- Si la créature est de l'autre côté, tu ne feras pas le poids, mon cher Aodren. La dernière fois, il y avait une dizaine d'archers dryades, et ils n'en sont pas venus à bout.

Claire le foudroya du regard.

- Ce que j'adore chez toi, c'est ta capacité à remonter le moral des gens et à leur donner du courage !

- Meuh t'en fais pas, petite sœur. Ils l'ont sans doute attrapée, entre temps. J'en suis tellement persuadé que je suis prêt à passer le premier. N'empêche, ce serait bien si on pouvait revenir par la même porte, j'irais jeter un œil et je reviendrais vous prévenir que tout va bien.

- Tu parles pour ne rien dire, tu sais que c'est impossible de revenir par là.

- Je propose que Benoît passe, puis que je le suive en portant Ileana, et Claire pourrait venir ensuite, dit Aodren qui en avait un peu assez de ces tergiversations.

Alors, après un dernier sourire à Xavier, Benoît se glissa entre l'arbre et le rocher et disparut à leurs yeux.

Claire se mordit les lèvres, un peu anxieuse, mais Aodren pressa gentiment sa main et elle se raisonna.

Le faé chargea Ileana sur son dos avec l'aide des deux autres et passa à son tour. Puis Claire le suivit et le vieil homme se retrouva seul dans la forêt bruissante.

5. COMITÉ D'ACCUEIL

Comme toujours, Claire fut frappée par la différence entre la forêt du monde-du-dehors et celle d'Edelynn, si exubérante et colorée. Benoît et Aodren se tenaient à quelques mètres de la porte, attendant son arrivée.

- Ouf, pas de mauvaise surprise, cette fois ! s'exclama-t-elle, soulagée.

- J'espère que je suis plutôt une bonne surprise, au contraire ! dit une voix surgie de nulle part.

Les trois sursautèrent et se tournèrent vers le nouveau venu.

- Martin ! Mais qu'est-ce que vous faites là ?

- Mon boulot, tout simplement, celui que je fais depuis des années.

- Même maintenant qu'il n'y a plus de trolls dans le secteur ? demanda Benoît.

- Ça n'a aucun rapport avec mon travail! Je suis là pour accueillir les humains qui passeraient la porte par mégarde. Il y en a eu bien avant que les trolls ne surveillent la porte pour attraper Aniel, votre père, et je suppose que malheureusement, il y en aura toujours qui arriveront à Edelynn sans le vouloir... Bien qu'il n'y en ait pas eu depuis la dernière fois qu'on s'est vus.

Claire secoua la tête.

- D'ailleurs, je me demande pourquoi on n'essaie pas de sécuriser l'accès aux portes, côté monde-du-dehors, pour empêcher les passages intempestifs.

- Impossible, s'écria Benoît. Tu imagines ? Si on construit nous-même des barrières pour interdire l'accès, elles seront contournées. Et aller voir les maires pour leur expliquer qu'il faut faire quelque chose, ça n'a pas de sens...

Aodren toussota discrètement.

- Oh! s'exclama Claire. C'est vrai que vous ne vous connaissez pas ! Martin, voici Aodren, un ami d'enfance d'Ileana. Aodren, je te présente Martin, un humain du village qui fait partie de l'équipe de surveillance de la porte.

- Comment se fait-il que je n'aie pas détecté votre présence ? s'interrogea le faé.

- Oh, ma famille habite à Edelynn depuis des dizaines de générations. Je ne sais pas si nous avons muté pour nous adapter à notre nouvel environnement ou si c'est simplement une anomalie chez nous, quoi qu'il en soit, notre esprit est quasi indétectable par les peuples d'Edelynn.

- Ileana vous avait repéré, la toute première fois, mais elle n'était pas arrivée à savoir quel genre de créature vous étiez.

- En parlant d'Ileana, elle n'est pas avec vous ?

- Si, mais elle n'est pas en mesure de vous parler, dit Claire en désignant son amie couchée dans l'herbe, toujours inconsciente.

- Oh, mince ! Que lui est-il arrivé ?

- Ce serait trop long à expliquer. Nous sommes

un peu pressés par le temps, Ileana a besoin d'être soignée au plus vite.

- La reine la plus proche est Iliorna, c'est elle qu'il faudrait solliciter.

- Bonne idée, mais je ne sais pas trop comment on peut acheminer Ileana jusqu'à la cité d'Iliorna. On n'a aucun moyen d'appeler Arak ou Astara.

- Ce serait plus simple de demander à Iliorna de se déplacer, il suffit de la prévenir.

- Dites-moi où est sa cité, j'irai vite en volant, proposa Aodren.

- Si vous ne savez pas où elle se trouve, vous n'irez pas vite, décréta Martin. J'ai une meilleure idée: je vais demander à Aëlia d'aller chercher Iliorna.

- Aëlia ? La fée qui a combattu à vos côtés pendant la bataille ? Celle qui servait d'agent de liaison ?

- Oui, elle-même. Après la bataille, elle n'est plus jamais repartie.

Les jumeaux ne comprenaient pas. Martin sourit.

- Thibaut et elle... ils sont ensemble. Elle lui a sauvé la vie pendant la bataille, puis elle l'a guéri après. Et ils ne se sont plus jamais quittés. Alors, quand les humains ont eu l'occasion de repartir dans le monde-du-dehors, Thibaut a été de ceux qui ont décidé de rester là.

Claire était enchantée, elle adorait les histoires d'amour.

Benoît grimaça devant la mine béate de sa sœur. Pour couper court à cette discussion, il suggéra d'aller chercher Aëlia.

Ileana n'étant pas transportable, Aodren et Claire décidèrent de rester près d'elle, tandis que Benoît suivrait Martin au village pour demander l'aide de la fée.

Tout en marchant, le garçon demanda à Martin si les

humains avaient déménagé en plaine, comme la reine Iowena l'avait proposé.

Martin rit.

- Non, on a toujours notre village en hauteur, avec notre système d'élévateurs. On ne change pas des siècles d'habitudes en quelques semaines !

Ils mirent moins d'une demi-heure pour arriver au pied de la falaise. Ils ne montèrent pas, se contentant d'appeler l'homme de garde pour lui demander de faire venir Aëlia et Thibaut. Le couple arriva quelques minutes plus tard par l' "ascenseur".

Martin leur exposa rapidement le problème, et ils se rendirent près d'Ileana le plus vite possible. Aëlia discuta quelques instants avec Claire et s'envola immédiatement vers la cité d'Iliorna.

Pendant ce temps, Martin, Thibaut, Aodren et les jumeaux s'assirent pour attendre plus confortablement son retour.

Tandis que Claire s'occupait des présentations, elle remarqua que Thibaut la regardait bizarrement. Il s'en aperçut et rit.

- Je ne veux pas vous vexer, mais qu'est-il arrivé à vos cheveux ? Votre fameuse mèche blanche ?

- Elle nous rendait un peu trop repérables dans le monde-du-dehors, alors nous avons demandé à Aodren de nous changer momentanément de tête.

- Pratique. Il me faudrait aussi recourir à ce genre d'artifice, je commence à prendre un coup de vieux et à grisonner sur les tempes, dit l'homme.

Benoît le considéra avec surprise. Il ne s'attendait pas à ce que la conversation démarre sur un sujet aussi futile.

Mais Claire avait compris pourquoi son apparence tenait tant au cœur de Thibaut. Sa différence d'âge avec Aëlia devait le travailler. Et surtout le fait qu'elle resterait éternellement jeune alors que lui...

- Je pense qu'Aodren doit pouvoir vous arranger ça, lui dit-elle gentiment. Et elle expliqua au faé ce qu'ils attendaient de lui. Elle lui suggéra même en elfique d'enlever les petites pattes d'oie que Thibaut avait au coin des yeux.

Aodren sourit.

- Si je ne trouve pas de travail, je pourrai toujours m'établir comme coiffeur dans le monde-du-dehors.

Et il se pencha vers Thibaut pour colorer ses cheveux gris.

Mais rien ne se passa. Aodren essaya encore, mais les tempes de l'homme restèrent désespérément argentées.

- Oh, ça alors, s'écria Benoît. Pourquoi est-ce que ça ne marche pas ? Il y a sans doute un truc particulier ici, peut-être un écran qui empêche Aodren d'agir.

Les regards des trois jeunes se tournèrent vers Martin qui hoqueta.

- Hé là ! Mais je n'y suis pour rien, moi ! Mon esprit est indétectable, mais ça s'arrête là !

Benoît fronça les sourcils et observa la forêt alentour.

- Ou alors une machine comme celle de Guéonegg, un système qui prive les fées de leurs pouvoirs ?

- Tu sais bien que Guéonegg est à jamais exilé dans le monde-du-dehors. Mais il y a un moyen simple de vérifier si Aodren a encore ses pouvoirs, dit Claire en désignant ses propres cheveux.

Aodren passa la main sur la chevelure de son amie, qui redevint immédiatement d'un beau noir bleuté, avec sa mèche blanche sur le devant.

Puis il procéda de même avec Benoît.

- Ce n'est pas une question de pouvoirs, en conclut le faé. C'est tout simplement que Thibaut ne peut pas être transformé.

- Parce qu'il est humain ? demanda Benoît. Alors que nous deux, nous sommes à moitié fées...

Thibaut haussa les épaules.

- Pourtant, quand j'étais blessé, Aëlia m'a guéri.

Il saisit un caillou tranchant et se fit volontairement une estafilade d'où perla une gouttelette de sang.

Aodren effleura son bras et la coupure disparut instantanément.

- C'est à n'y rien comprendre ! s'exclama Benoît.

- Non, je pense que c'est clair, au contraire, dit la jeune fille. Regarde le résultat qu'Iowena a obtenu avec Sacha Grégorieff, le père de Stan. Elle l'a guéri de son cancer, alors qu'il est humain. Je crois que les humains peuvent être réparés, mais pas transformés, c'est tout.

- Mmm. Je ne vois pas trop la différence.

Benoît rumina quelques instants.

- En parlant de réparation, Thibaut... Aëlia a réussi à sauver la jambe du gars qu'un troll lui avait quasiment arrachée?

- Oui, et il n'en a gardé aucune séquelle.

Et les jumeaux se mirent à évoquer avec Thibaut des souvenirs de la bataille et de ses préparatifs. Aodren ne disait rien, puisqu'il n'avait pas assisté à cet épisode, mais il était très intéressé par tous les détails.

Claire finit par avoir pitié de lui.

- Bon, on va peut-être arrêter nos "tu te souviens..." d'anciens combattants.

- Oui, d'autant que vous ne m'avez toujours pas raconté ce qui vous est arrivé depuis la dernière fois qu'on s'est vus, approuva Thibaut.

Claire hocha la tête.

- La dernière fois... C'était il y a à peine quelques semaines, mais j'ai l'impression que ça fait des années. Voyons... Par où commencer ? Vous savez qu'Isdragarn a été enfermée dans une sorte de bulle de cristal conçue par les elfes.

- Oui, j'en ai entendu parler. Ça a alimenté les conversations pendant des jours, à la cité d'Iliorna. Celle qui en a été le plus contente, c'est Ananka. Elle en voulait tellement à Isdragarn d'avoir laissé Naragd mutiler des fées !

- Tout le monde considérait que les mauvais moments appartenaient au passé, mais Ileana n'était pas satisfaite. Pour elle, tant que Naragd serait en liberté, il ne serait pas possible de vivre tranquillement. Elle avait l'intuition qu'il allait se mettre à la recherche du cinquième cristal et a décidé à ce moment-là de le trouver avant lui.

Benoît poursuivit.

- Alors on est allés vers le nord, au pays des Drasques.

Thibaut sourit.

- Ça, je suis au courant. Aëlia me l'a dit, comme elle a assisté à la fête donnée en votre honneur, quand vous avez fait étape chez Iliorna. Vous avez trouvé le cristal chez les Drasques ?

- Non, il n'y était plus depuis très longtemps, un faé nommé Amékel l'avait subtilisé et s'était enfui dans le monde-du-dehors par une porte plutôt acrobatique. Qu'on a empruntée aussi, on n'était plus à une folie près.

- Et qui aboutissait où ?

- Tenez-vous bien: dans la baie du Mont Saint Michel !

- Le Mont ? Sacrebleu ! s'exclama Thibaut.

Martin le regarda avec étonnement. Pour lui, tous ces noms n'évoquaient rien; il était né à Edelynn, au contraire de Thibaut qui était arrivé ici jeune homme et qui avait beaucoup voyagé en France avant son passage involontaire dans le pays des fées.

- Et il y a plus étonnant encore, sourit Claire. Amékel, le faé qui a volé la pierre, c'était l'archange Saint Michel.

- L'archange ?... Cette révélation laissa Thibaut sans voix. Comme beaucoup d'enfants nés avant la seconde guerre mondiale, il avait reçu une éducation religieuse poussée et avait la tête remplie d'images saint-sulpiciennes. Il imaginait très bien l'ange en armure muni de grandes ailes blanches et était d'autant plus surpris qu'il n'avait pas fait le rapprochement entre ces êtres mythiques et les fées.

- Oui, il a suffi qu'il se montre avec ses ailes à un ermite pour obtenir ce qu'il voulait: construire une chapelle pour protéger le cristal qu'il avait volé. Et voilà comme un simple faé a été à l'origine d'un des plus beaux monuments de France. Inouï, non ? sourit Claire.

Benoît prit la relève. Il raconta aux deux humains la quête du trésor, de la rencontre avec le pharmacien d'Avranches qui les avait mis sur la voie jusqu'au jour funeste de l'éruption volcanique, en passant par les épisodes du carnaval et du cirque. Le garçon relata aussi le meurtre de la Drasque et du directeur du cirque par la troupe de Naragd, les retrouvailles du trio avec Stan et le rôle que ce dernier avait joué dans le dénouement de l'histoire.

Thibaut et Martin n'en revenaient pas. L'histoire était aussi rocambolesque que tragique !

- Si j'ai bien compris, il y a encore une bande de trolls qui court dans le monde-du-dehors, dit Martin d'un air sauvage. Ça me rend malade d'apprendre ça...

Thibaut hocha la tête. Ils avaient si souvent combattu les trolls ces dernières années qu'ils étaient bien placés pour savoir combien ils étaient dangereux.

- Moi, ce qui me navre le plus, c'est de penser que notre jeune Damoiselle Ileana a vu mourir beaucoup d'êtres chers en peu de temps... Elle a vu sa tante assassiner Aslan sous ses yeux, et maintenant elle vient de perdre son amoureux par la faute de l'ignoble Naragd. Comment survivre à ça ? J'espère qu'il existe chez les fées une potion d'oubli !

- D'ailleurs, en parlant du loup... murmura Benoît.

On entendit une cavalcade et des cris de ralliement. Soudain Iliorna apparut, montée sur sa magnifique licorne couleur sable. Presque aussitôt, une dizaine de fées arrivèrent par la voie des airs et se posèrent près de la porte. Parmi elles, des suivantes d'Iliorna, mais aussi quelques anciennes reconnaissables à leurs ornements particuliers. Benoît remarqua qu'elles avaient l'air nettement plus sympathiques que cette bique d'Athalpi.

Iliorna sauta de sa monture et s'agenouilla près de sa nièce. Elle l'ausculta rapidement sous les regards anxieux des jumeaux, d'Aodren et des humains du village et lui procura les premiers soins. Le teint d'Ileana devint progressivement moins cireux, mais la jeune fée n'ouvrit pas les yeux, et la petite crispation de la bouche d'Iliorna n'échappa pas à Claire.

- C'est grave ? demanda la jeune fille à la reine.

Celle-ci acquiesça.

- Son esprit est enfermé derrière des murs de souffrance, et je n'arrive pas à l'atteindre. Mes sœurs, aidez-moi !

Les anciennes et les suivantes se mirent en cercle autour d'elle pour lui communiquer leur énergie. Ileana sembla respirer plus profondément mais ne bougea toujours pas.

- Son âme est comme une pauvre petite chose recroquevillée tout au fond, et qui n'ose plus sortir.

Elle ne veut pas se réveiller pour ne pas affronter la réalité.

Iliorna se leva.

- Je ne peux rien faire. Sa mère, qui est plus puissante que moi, pourra réussir là où j'ai échoué. Surtout si elle est aidée d'Ingvarna. Son corps va bien, elle ne souffre pas, mais pour le reste... Il faut l'amener à Iowena le plus vite possible. Peut-être qu'avec du temps et de l'amour...

Iliorna s'interrompit. Elle ne croyait qu'à moitié à ce qu'elle disait.

- Faut-il appeler Astara pour ramener Ileana à Illiriane ? demanda Claire, toujours pratique.

- Non, cela n'est pas nécessaire, ma licorne Gahadiel la conduira. Ce serait bien, Claire, que tu montes derrière elle pour la maintenir.

La jeune fille hocha la tête en signe d'accord, et Iliorna la téléporta sur le dos de Gahadiel. Puis la reine fit de même avec le corps léger de sa nièce, qu'elle installa au creux des bras de Claire.

La licorne ne broncha pas; elle attendait sagement que sa maîtresse lui donne ses instructions.

Aodren se munit d'ailes suffisamment solides pour le long voyage vers Illiriane.

- Et moi, je fais quoi ? dit Benoît qui avait peur qu'on le laisse au village humain. Il savait très bien que les licornes femelles ne toléraient pas de mâles sur leur dos, mais n'avait aucune envie de faire le chemin en courant derrière !

Iliorna lui sourit.

- J'ai une monture pour toi, Benoît.

Et elle regarda au loin en fermant à demi les yeux pour l'appeler.

- Un ours comme Arak ? s'exclama le garçon, réjoui.

- Vraiment pas, non. Mais patience, il n'est pas loin,

je le sens qui approche.

Soudain un glapissement bien connu lui glaça le sang, et une créature de cauchemar atterrit devant lui.

Benoît poussa un hurlement, et les humains reculèrent vivement. C'était un tordakyl ! Un jeune, qui avait encore la livrée brun clair de l'enfance, mais un tordakyl tout de même, avec son bec interminable, la peau affreuse de son cou qui faisait penser à celui d'un dindon, et surtout son œil vif et cruel !

- Une monture, ça ? coassa Benoît. Pourquoi on me colle toujours des bestiaux à faire peur ? C'est de l'humour de fée ?

L'oiseau préhistorique secoua son cou reptilien dans sa direction. De quoi mourir de trouille !

Iliorna éclata de rire.

- Désolée, j'aurais dû te prévenir. Mais j'avais très envie de voir la tête que tu ferais. Plutôt impressionnant, non ? Il s'appelle Gruyykk. Il est encore tout jeune. Et il est très gentil, je t'assure.

Thibaut s'était remis de ses émotions et s'approcha de l'oiseau.

- Vous les avez récupéré chez Naragd, Aëlia m'en a parlé.

- Oui, effectivement. Les tordakyls ont été décimés par les deux Drasques venues avec Ingvarna. Mais il y a eu des survivants, et j'ai décidé d'essayer de les dresser. Ça a très bien marché ! Bien sûr, les fées n'ont pas besoin de montures; j'avais plutôt l'intention d'offrir bientôt quelques spécimens particulièrement dociles aux humains du village, et aussi à Ananka, pour la consoler de ne plus pouvoir voler.

Claire sourit à Iliorna. Elle trouvait l'idée touchante. L'infortunée Ananka avait été mutilée par Naragd qui lui avait retiré sa dalinn, la glande qui permet aux fées de se transformer. Depuis, elle était aussi dépourvue de pouvoirs qu'un être humain. Si ce n'est qu'un humain ne regrette pas les pouvoirs qu'il n'a jamais eus, alors que la pauvre fée devait sans doute se trouver bien diminuée.

La reine fit un signe à sa licorne.

- Bon, il est temps de partir. Benoît, Gruyykk n'attend que toi.

Le garçon regarda la bête d'un air dégoûté. Elle était harnachée d'une espèce de selle quasi verticale et de rênes.

Tout le monde le regardait, aussi n'osa-t-il pas faire d'esclandre.

La reine lui sourit gentiment et lui prit la main pour chasser son anxiété. Puis elle l'aida à s'installer sur le tordakyl. Il remonta les genoux pour s'adapter à la position bizarre de la selle et des étriers et agrippa les rênes. Benoît se sentait un peu idiot dans cette posture, mais devait reconnaître que ce n'était pas inconfortable.

Comme si elle n'attendait que ce signal, Gahadiel s'élança sur le chemin. Gruyykk avança de quelques pas malhabiles pour prendre son envol, secouant Benoît comme un prunier. Puis l'oiseau s'éleva dans les airs et se mit enfin à l'horizontale. Alors Benoît, nettement plus à l'aise, s'enhardit à regarder autour de lui: Aodren le suivait, et en bas, sur le chemin, Claire chevauchait à bride rabattue en maintenant son amie.

Le garçon poussa un cri de joie. Enfin ils étaient de retour !

6. BENOÎT FAIT DES ÉTINCELLES

L'eau du fleuve clapotait doucement le long des pilotis de la véranda. Appuyé à la rambarde, Benoît faisait semblant de regarder avec beaucoup d'intérêt les branches à moitié immergées d'un saule, intensément conscient de la présence d'Alixen à ses côtés. Alixen, son parfum de fleurs et ses mèches blondes qui caressaient son bras à chaque souffle de la brise...

Ils étaient enfin seuls tous les deux, mais il n'osait ni parler et encore moins agir. Il se maudissait intérieurement d'être aussi peu courageux.

- Je suis tellement contente qu'il ne te soit rien arrivé ! lui dit la jeune fée d'un ton passionné. J'en aurais été malade.

Le garçon se tourna timidement vers elle. Elle le regardait de ses grands yeux mauves, l'air bouleversé.

Benoît sourit. Alors Claire avait raison, ce n'étaient pas des blagues: Alixen l'aimait vraiment bien, lui, Benoît !

Il se sentit instantanément mieux et, se tournant

plus franchement, s'enhardit à lever lentement la main vers son visage. Elle le regardait toujours, la bouche entrouverte, et il avait l'impression de se noyer dans ses yeux.

Attiré comme un aimant, il se pencha et...

- Ah, vous êtes là, on vous cherchait partout, dit Aodren.

Benoît se redressa précipitamment et prit un air dégagé alors que son cœur battait la chamade. Gêné, il dévisagea les nouveaux venus. Pourvu qu'ils n'aient rien remarqué !

Mais Aodren était comme d'habitude, ainsi qu'Alwena et Alsander qui le suivaient. Pas d'air entendu ou de petit sourire moqueur.

- Claire est avec vous ? demanda le faé.

- Elle est à l'intérieur, dans la chambre d'Ileana, répondit Benoît.

Ils hochèrent la tête d'un air grave et s'assirent sur les coussins de la terrasse. Alixen, toujours accoudée à la rambarde, se décida enfin à les rejoindre et vint s'asseoir à côté de Benoît, si près que leurs coudes se touchaient. Elle était mécontente de l'arrivée des trois autres; qui sait quand l'occasion d'être à nouveau seule avec Benoît se reproduirait ?

Mais elle pensa à Ileana, toujours inconsciente sur son lit, et sa frustration s'évanouit aussitôt.

La jeune fée avait été installée dans la maison des parents des jumeaux, car elle avait gardé sa grande taille en s'évanouissant et devait donc rester en dehors de la cité miniature des fées. Madeline et Aniel l'avaient accueillie bien volontiers, et, depuis son arrivée, Iowena, Ingvarna et beaucoup d'autres s'étaient succédées à son chevet. Jusqu'à Isilda qui était venue de la ville des dryades leur prêter main forte. En vain.

Car Ileana, malgré les bons soins conjugués des

puissantes reines, n'avait pas repris connaissance. Son corps était en parfait état, les fées y veillaient. Mais son esprit était éteint. Il y avait juste une petite flamme vacillante tout au fond, comme une veilleuse qui refusait de se rallumer.

- La dernière fois que nous nous sommes vus sur cette terrasse, nous étions tous là, remarqua Alsander de sa voix douce. Qu'elle avait été belle, cette soirée ! Si on nous avait dit à ce moment-là...

- ...Que l'un d'entre nous mourrait ! enchaîna Alwena qui finissait souvent les phrases de son meilleur ami.

Elle soupira.

- Pauvre Sacha, dit Alixen. Est-ce qu'on lui a dit ?

Aodren secoua la tête en signe de dénégation.

- Non, il ne sait rien encore. Iowena a jugé qu'il était trop faible pour supporter la nouvelle de la mort de son fils; du coup, pour éviter qu'il ne l'apprenne d'une manière ou d'une autre, elle l'a momentanément endormi.

Benoît en fut surpris.

- Mais il va falloir le lui dire un jour ou l'autre ! On ne pourra pas le laisser dans les vapes éternellement !

Aodren haussa les épaules. Difficile de décider quand et comment lui annoncer la triste nouvelle !

Soudain le visage du faé s'éclaira.

Benoît comprit immédiatement que sa sœur devait approcher. De vrais détecteurs de mouvement sur pattes, ces fées, avec leurs pouvoirs psy...

Claire les rejoignit effectivement quelques instants plus tard.

- Alors ? Comment elle va ?

- Pas mieux, répondit laconiquement la jeune fille. Rien de changé.

- Comment Iowena prend-elle ça ? demanda Alwena. Quelle horreur pour une maman ...

- ... de voir sa fille dans cet état, termina Alsander.

- Iowena ne perd pas espoir de voir la santé d'Ileana s'améliorer; je crois que c'est une constante chez elle, elle ne se laisse jamais abattre, dit Claire, admirative. En tout cas, en public elle ne montre aucun signe de découragement.

Benoît eut une grimace perplexe.

- Mouais. Moi, je suis plutôt pessimiste. Je ne comprends pas qu'Iowena puisse rester aussi calme. Pourquoi elle ne se fâche pas ? Pourquoi elle ne maudit pas Naragd ?

- Parce que ça ne servirait à rien qu'elle crie ou qu'elle pleure. Ça ne réveillerait pas Ileana... Et Naragd est mort, à quoi bon le maudire ? Il a eu ce qu'il méritait, rétorqua sa jumelle.

- Ça me navre quand même de me sentir aussi impuissant, dit Aodren. Je sais bien que si les reines n'ont rien obtenu, nous autres, on peut encore moins. Mais j'aimerais tellement trouver un moyen de sortir Ileana de là !

Benoît réfléchit un instant et dit le plus sérieusement du monde:

- Eh bien, la seule chose qui pourrait sauver Ileana, ce serait qu'on ramène Stan à la vie. Qu'on aille le récupérer dans le monde des morts.

7. LES LEGENDES ONT DU BON

Claire faillit s'étouffer.

- Ben voyons, rien que ça ! Je savais que tu pouvais avoir des idées bizarres, mais là tu te surpasses !

Benoît écarta l'objection d'un petit geste impatient de la main.

- Je me souviens d'un dessin animé où un gars allait chercher sa chérie dans le monde des morts...

- Ah, c'est ça, ta grande idée ? Je me disais bien que ça ne pouvait pas être valable...

- Arrête de te moquer ! Tu ne te souviens pas du film ?

- Si, je vois à quoi tu fais allusion: au dessin animé sur Hercule. Un truc d'humains, vous ne pouvez pas comprendre, ajouta-t-elle pour les Quatre qui les regardaient bouche bée. Mais tu te trompes, il n'y avait pas grand-chose de vrai dans cette histoire. D'abord, ce n'est qu'une légende. Ensuite, ils ont mélangé *deux* légendes dans le film, celle d'Hercule et celle d'Orphée.

- Comment ça ?

- Tu as sans doute entendu parler des douze travaux d'Hercule. Eh bien, le douzième consistait à aller dans les enfers pour attraper Cerbère, le chien à trois têtes qui en gardait l'entrée. Hercule n'est jamais allé récupérer de chérie !
- Peut-être, mais en tout cas il est allé en enfer, s'entêta Benoît.
- Pas "en enfer", "aux enfers", ce n'est pas tout à fait la même chose. L'enfer, c'est une notion des religions monothéistes, l'endroit où les âmes mauvaises sont envoyées pour expier leurs péchés à tout jamais.
- Avec le diable et tout ?
- Exactement. Les enfers, par contre, c'est dans la mythologie gréco-romaine. Ça se trouve sous la terre et il y a en gros une partie pour les bonnes âmes, les Champs élyséens, et une autre, le Tartare, pour les méchants. Et c'est le même dieu qui garde tout ça, Hadès, expliqua Claire.
- Ah, lui, je connais, il était dans le dessin animé. Et la deuxième légende dont tu parlais ?
- Celle d'Orphée ? C'est aussi tiré de la mythologie. On dit qu'Orphée était très amoureux de sa femme, une dryade nommée Eurydice. À tel point que quand elle est morte, piquée par un serpent, il a décidé d'aller la chercher aux enfers. Il savait charmer le monde avec sa lyre, alors il les a tous charmés là-bas et Hadès lui a permis de récupérer Eurydice.
- L'histoire s'est bien terminée, alors ?
- Non. Parce qu'il y avait une condition: sa femme le suivait et il n'avait pas le droit de se retourner pour la regarder et lui parler.
- Ne me dis pas qu'il a craqué ?
- Si. À un moment, comme il ne l'entendait plus, il s'est retourné pour voir si elle était toujours là, et elle est retournée aux enfers définitivement.

- Oh mince !

Il se tut quelques secondes.

- N'empêche que ça doit être possible. Les légendes partent toujours d'un fait réel, non ? Il n'y a pas de fumée sans feu !

- Non, pas toujours, s'exclama Claire. Parfois ça vient d'un personnage qui a existé ou d'un fait qui s'est vraiment produit, mais la plupart du temps ce n'est qu'une tentative d'explication de ce qui nous dépasse. En clair, c'est de la pure invention.

Benoît tenta une autre approche.

- Et on la situait où, l'entrée des enfers, dans la mythologie ?

Claire sourit.

- Parce que tu as envie d'aller y faire du tourisme ?

- Je me passe de ton ironie, contente-toi de répondre à ma question, dit froidement Benoît.

- Les enfers de la mythologie gréco-romaine se situaient bien sûr sous la Grèce et l'Italie mais s'étendaient jusqu'au bout du monde. On supposait qu'il était possible d'y pénétrer par toute grotte bien profonde, et on avait repéré pas mal d'entrées possibles.

- Tu sais où elles sont, ces entrées de grottes ?

- Non, désolée, mes connaissances ne vont pas jusque là, railla Claire.

- Et dans les autres religions ? C'est aussi sous terre ? insista le garçon.

Claire haussa les épaules en signe d'ignorance.

- Je n'en sais rien. Dans les religions monothéistes[1], l'enfer et le paradis sont séparés, et j'aurais tendance à dire que l'enfer est souterrain et que le paradis est plutôt situé en hauteur, dans le ciel.

Benoît grimaça.

1 avec un seul Dieu

- Il faudrait déjà qu'on sache où est allé Stan. Au paradis ou en enfer ?

Claire n'en revenait pas. Ils nageaient en pleine irréalité. Déjà qu'il était difficile de réaliser que leur compagnon était mort, voilà que Benoît envisageait les choses sous un angle pour le moins étrange.

- Eh bien, euh... Je n'en sais fichtre rien. J'aurais plutôt tendance à penser qu'après la mort il n'y a rien, répondit-elle, un peu déboussolée. Ou alors quelque chose de radicalement différent de tout ce qu'on imagine.

- Oh, s'il te plaît, fais un effort ! la supplia presque son frère. J'essaie de trouver des idées, mais je n'y connais rien. L'encyclopédie sur pattes, c'est toi.

- C'est-à-dire que... Ça dépend en principe des bonnes ou mauvaises actions que tu as faites dans ta vie.

- Mmm. Alors pour Stan, avec toutes les méchancetés qu'ils nous a balancées, c'est pas gagné.

- On peut considérer aussi qu'il s'est beaucoup occupé de son père, et qu'en se sacrifiant dans le volcan, il a été vraiment héroïque, rétorqua Claire. Non mais, je rêve, qui on est pour décider de ça? Tu ne vas pas l'envoyer en enfer juste pour quelques remarques de gosse mal dans ses baskets ! Heureusement que ce n'est pas toi qui fais l'aiguillage...

- Je n'ai pas dit ça. Et tu sais bien que je me suis mis à l'apprécier, à la fin. N'empêche qu'on aurait besoin de renseignements plus précis sur les deux endroits, décréta Benoît qui ne lâchait pas prise. Bon, pour les grottes, on doit pouvoir trouver. Mais pour le paradis, ça semble plus difficile. Le problème, c'est de trouver quelqu'un qui en soit revenu, pour en avoir une description.

- Tu es complètement dingue, toi, soupira Claire.

La seule description qui me vienne à l'esprit, c'est le fameux tunnel de lumière blanche que citent les gens qui ont fait une NDE.

- Une NDE ? Késako ?

Benoît était suspendu à ses lèvres, tout comme les trois fées.

- "Near death experience". En français, EMI, "expérience de mort imminente". Tu sais, c'est ce qu'ont vécu certaines personnes pendant un accident ou une opération chirurgicale. Elles ont fait un arrêt cardiaque et, tandis que les gens qui s'occupaient d'elles les croyaient mortes et s'acharnaient pour les réanimer, ces personnes ont eu l'impression de quitter leur corps et de s'élever au-dessus de la scène. Il y en a certains qui ont donné par la suite des détails très troublants, par exemple des conversations entendues alors qu'ils étaient cliniquement morts. Ils racontent qu'ils ont été ensuite attirés par un tunnel de lumière blanche, où ils rencontraient parfois les silhouettes de personnes décédées qu'ils avaient connues. Parfois ce tunnel débouchait sur un décor d'une beauté inimaginable, avec une musique merveilleuse. Et tous disent qu'ils ont éprouvé une sensation de bien-être telle qu'ils n'avaient plus du tout envie de redescendre dans leur corps, mais qu'on les y obligeait car l'heure de leur mort n'était pas encore venue.

Benoît était scotché.

- Toutes ces personnes sont allées dans une espèce de paradis, alors ?

- Non, pas toutes. Il y en a quand même eu qui ont fait des expériences négatives, genre visions de cauchemar. Mais ce n'est qu'une petite minorité.

- Ça alors... Et comment on pourrait y aller, dans ce tunnel de lumière ?

Claire était éberluée.

- Mais tu parles sérieusement ?

- Ben oui, je t'ai déjà dit que je cherchais un moyen d'aller récupérer Stan.

La jeune fille secoua la tête. Son frère était complètement frappé ! Et têtu, en plus. Elle se tourna vers les autres, mais la discussion leur échappait totalement. Ils se contentaient d'écouter le dialogue entre les jumeaux en les regardant alternativement, comme on suit un échange sportif, sagement assis sur leurs coussins.

- À part mourir à ton tour, ce qui est une solution extrême que je ne te conseille pas, ironisa Claire, je ne vois pas trop. Ou alors faire vingt ans de méditation avec des yogi[2] pour arriver à te décorporer... Et encore, ce n'est pas dans la mort que tu irais, tu resterais dans notre monde.

Benoît secoua la tête.

- Moi, je suis sûr que c'est possible. Il y a un truc important qui me trotte dans la tête, mais je n'arrive pas à savoir quoi, ça m'échappe...

Claire se leva.

- Bon, en attendant que tu trouves le moyen magique d'aller là-bas, je propose qu'on aille voir Ingvarna et Aldric pour leur demander où en est la chasse à Iolann, puisqu'ils devaient s'en occuper pendant qu'on retournait dans le monde-du-dehors. Tu viens ?

Alixen lança à Benoît un regard lourd de sous-entendus.

- Euh... pas tout de suite, j'ai un truc à prendre dans ma chambre. Je vous rejoins là-bas, dit le jumeau.

Alixen sauta sur ses pieds.

- Je vais t'aider, ça ira plus vite.

Claire observa attentivement son frère et la jeune fée qui affichaient l'air le plus innocent du monde. Elle

---

2 personne pratiquant le yoga

eut un demi-sourire mais, par bonheur, ne fit aucun commentaire et quitta la terrasse, suivie des trois autres.

Lorsqu'ils se furent suffisamment éloignés, Alixen prit son air d'adorable chipie.

- Elle est où, ta chambre, qu'on aille chercher ce fameux truc ?

Benoît déglutit difficilement. Est-ce que toutes les filles étaient aussi directes ?

Alixen saisit sa main et l'entraîna dans la maison. Benoît, incapable de dire un mot, lui indiqua la porte de sa chambre. Ils entrèrent et elle referma derrière eux.

- On en était où, déjà ? Ah oui, je me souviens...

Et elle approcha ses lèvres de celles de Benoît pour un long baiser qui les laissa tout pantelants.

Elle eut un sourire victorieux et recula un peu pour contempler son ami.

Benoît frôlait la crise cardiaque. C'était la deuxième fois qu'il était seul avec une femme dans une chambre, après Isdragarn dans le château du seigneur noir. Isdragarn, sa séance d'effeuillage et *ses promesses hallucinantes*.

La mémoire lui revint d'un seul coup.

- Ça y est, je sais ! hurla-t-il. Viens, dit-il en attrapant Alixen par le poignet, il faut qu'on retrouve les autres !

Et il bondit au-dehors, suivie par la jeune fée qui se demandait si elle pourrait un jour avoir plus de deux minutes d'intimité avec Benoît...

8. BALADE AUX ENFERS

Benoît rejoignit sa sœur et les trois fées juste avant Illiriane.

- Ça y est, je me souviens ! s'écria-t-il. Je sais maintenant pourquoi j'étais persuadé qu'on pouvait aller récupérer Stan dans le monde des morts: parce qu'Isdragarn m'en a parlé !!!

- De Stan ? demanda Claire, interloquée.

- Mais non ! s'agaça-t-il. De la mort. Des voyages dans la mort, plus exactement. Tu te rappelles, je t'avais raconté qu'Isdragarn avait essayé de me séduire, dans le château de Naragd.

- Oui, je m'en souviens. Tu as eu droit à un régime particulier pendant que moi, je croupissais dans un cachot.

- Parfaitement. Eh bien, ce jour-là, pour m'appâter, Isdragarn ne s'est pas contentée d'enlever son dessus de robe, elle m'a aussi parlé de ce qu'elle me ferait connaître, des choses dont Iowena ou Ileana ignoraient l'existence. C'est à ce moment qu'elle a frimé avec ses voyages dans la mort.

- Bah, ce n'était qu'une façon de parler, elle voulait t'épater, c'est tout. Et toi, tu l'as gobé comme un grand benêt.

- Mais pas du tout, je suis sûr qu'elle ne mentait pas ! Elle n'avait aucune raison de me raconter des salades: j'étais prisonnier, enchaîné, à sa merci. Elle n'avait pas besoin de faire de l'esbroufe en disant n'importe quoi.

- Mmm. Ça me paraît trop énorme pour être vrai, dit Claire avec une moue dubitative.

- Puisque je te dis que ça s'est passé comme ça et qu'elle était sincère ! Crois-moi, c'est ça, la solution !

- Mais enfin, Benoît, tu imagines ? Lâche deux minutes tes scénarios de science-fiction et regarde la réalité en face. Il ne s'agit pas d'aller aux Bahamas, c'est *dans la mort* que tu veux aller !!! Comme s'il s'agissait d'un pays banal où on peut se balader...

- Et toi, Claire, laisse ta raison de côté pour un petit instant et écoute-moi. Tu me prends pour un cinglé parce que je crois que des gars sont allés là-bas et en sont revenus, alors que toi, tu penses que ce ne sont que des légendes. Mais rappelle-toi une chose: on pensait aussi que Saint Michel et le dragon, c'était une légende. On était persuadés que les anges n'existaient pas. Et que l'Eden dont parlait monsieur Guillemin n'était qu'une belle histoire. Mais on sait depuis peu que tout ça, c'est vrai ! Galéald l'a dit aussi, que les fées s'étaient beaucoup amusées à orienter ou inspirer des religions et des mythes... Donc il y a forcément du vrai là-dedans ! dit Benoît d'un ton passionné.

Claire soupira et dévisagea son frère qui attendait sa réaction avec impatience.

- Je dois reconnaître que tu présentes bien les choses. Vu sous cet angle, c'est assez convaincant.

- Je ne comprends pas grand-chose à vos histoires, mais je dois dire que les arguments de Benoît ont l'air de se tenir, dit Aodren. En tout cas, pour ma part, je suis prêt à tenter n'importe quoi pour redonner goût à la vie à Ileana, d'autant que je me sens coupable de la mort de Stan. Ça me donnera l'occasion de me racheter.

Claire sourit à son ami. S'ils s'y mettaient à deux pour la faire fléchir, elle n'avait aucune chance !

- Si tu es partant, je le suis aussi. Mais il faudra en parler à Iowena et à Ingvarna, et je me demande si on a le droit de leur donner ainsi de faux espoirs. C'est qu'elles vont nous prendre au sérieux!

- Mais elles peuvent nous faire confiance ! D'ailleurs, Ingvarna ne pensera pas que je suis cinglé, car elle était sans doute au courant de ce que sa fille fabriquait. Rappelle-toi: Iowena a dit que parfois Isdragarn partait et qu'elle ne la voyait plus pendant des années. Et Isdragarn ne lui donnait plus signe de vie, alors qu'elle restait en contact avec sa mère. Ingvarna connaissait même l'existence d'Aslan, c'est la preuve qu'elle savait beaucoup de choses sur les activités de sa fille!

- D'accord, d'accord, je me rends. On va aller voir Ingvarna pour lui demander si elle sait comment Isdragarn faisait ses virées morbides. Ouh là, on ne va pas avoir l'air tarte, c'est moi qui vous le dis !

Les jumeaux et les Quatre reprirent leur route vers la cité.

Parvenus en bordure du bosquet qui abritait la ville miniature, ils s'arrêtèrent. Les jumeaux ne pouvant y pénétrer, les fées se chargèrent d'aller chercher les deux reines.

Claire était un peu gênée de demander de façon si cavalière à la reine des fées de se déplacer; elle avait beau savoir qu'Iowena ne se formalisait jamais, elle avait honte de la convoquer.

Mais ce sentiment disparut dès l'arrivée de la reine

dont la simplicité souriante mettait tout le monde à l'aise. Iowena était suivie de sa mère qui ne la quittait guère depuis qu'elles s'étaient retrouvées après des centaines d'années de séparation.

- Merci d'être venue si vite, majesté ! dit Claire. Benoît a eu une idée que nous aimerions vous soumettre à toutes les deux.

- Eh bien, allons nous installer à la clairière ! Nous écouterons avec beaucoup d'intérêt Benoît nous exposer son idée, nous savons qu'il a énormément d'imagination ! dit Iowena.

Benoît eut un rictus qui ressemblait à un sourire. Il n'était pas tout à fait sûr que la reine lui ait fait un compliment.

Les fées marchèrent poliment aux côtés des jumeaux pour les accompagner jusqu'à la clairière, puisqu'ils étaient dénués du pouvoir de se mouvoir plus rapidement. Tous s'installèrent sur les confortables gradins de bois, face aux sièges réservés à Iowena et à sa famille.

Alors Claire se tourna vers Benoît, attendant qu'il explique son plan. Mais le garçon, subitement intimidé, adressa à sa sœur une supplique muette qu'elle ne connaissait que trop et qui signifiait: "tu peux le faire à ma place, s'il te plaîîît ?".

Elle lui jeta un regard noir. Bien sûr, au dernier moment il se dégonflait, et c'est elle qui allait passer pour une illuminée !

Elle s'éclaircit la voix.

- L'idée de Benoît risque de vous paraître un peu ... étrange. Pour résumer, il pense qu'il serait bon pour l'équilibre d'Ileana de lui ramener Stan. Et il croit qu'il existe un moyen d'aller dans le monde de la mort pour aller le récupérer.

En disant cela, Claire eut à nouveau conscience de

l'énormité de sa proposition. Elle s'arrêta en voyant le regard écarquillé des deux reines. Comme elles étaient bien élevées, elles ne dirent rien, attendant courtoisement que les jumeaux s'expliquent, mais elles n'en pensaient visiblement pas moins.

La jeune fille reprit son récit, évoquant les créatures fantastiques mi-homme, mi-animal des légendes de l'Atlantide que monsieur Guillemin leur avait narrées. Elle leur rappela les allégations de Galéald et abonda dans son sens, supposant que les héros ou demi-dieux de la mythologie étaient des fées, elfes ou sorciers. Elle termina en racontant les légendes d'Hercule et d'Orphée sur lesquelles Benoît s'appuyait pour formuler sa proposition si étonnante et sut se montrer convaincue que certains avaient peut-être franchi la frontière entre la vie et la mort et en étaient revenus.

Comme les deux fées ne disaient toujours rien, Benoît se jeta à l'eau pour soutenir sa sœur.

- Si on vous parle de ça, c'est que je sais que certaines fées l'ont fait.

Nouveau regard rond des deux reines. Benoît toussota.

- Au château de Naragd, Isdragarn a essayé de me persuader de me ranger de son côté. Son argument choc était qu'elle savait faire des choses dont les autres fées sont incapables, comme voyager dans la mort. Ce sont ses propres termes ! s'écria le garçon, qui avait tellement envie de les convaincre.

Iowena soupira. Elle était très sceptique mais ne voulait pas les blesser.

- J'apprécie que vous proposiez d'aider Ileana. Tout ceci me semble, comment dire…

- Complètement débile ! dit Ingvarna, qui en avait assez entendu.

Benoît se vexa.

- Mais puisque je vous assure qu'Isdragarn m'en a

parlé ! Elle me l'a vraiment dit. Je l'ai entendu de mes propres oreilles !

- Propres, faut le dire vite... murmura malicieusement sa sœur.

Ingvarna marmonna un peu puis parla à haute et intelligible voix.

- Il est vrai qu'on ne sait pas la moitié de ce qu'Isdragarn a fait, concéda-t-elle. Elle a beaucoup voyagé, s'est livrée à des expériences innombrables et s'est acoquinée avec des elfes plutôt louches. Et comme ces gens-là ont des idées souvent bizarres et ne savent plus quoi inventer pour s'occuper, il est possible qu'un de leurs groupes se soit consacré à des recherches sur la mort. Je connais ma fille, elle est tout à fait du genre à adorer ces sujets tordus.

- Alors vous me croyez ? demanda Benoît, plein d'espoir.

- Je suis sûre que tu n'as pas menti. Alors, si Isdragarn te l'a dit, la conclusion est que ça doit être possible, même si ça paraît hallucinant. J'ai peut-être réagi un peu trop vite, tout à l'heure...

- Mais vous n'en savez pas plus ? dit le garçon, déçu.

- Tu imaginais que j'allais te donner le mode d'emploi ? Désolée, mon garçon, je n'en sais pas plus que toi, rétorqua la vieille fée.

- Je pensais que peut-être, comme vous nous aviez parlé des portes du passé...

- Non, je ne connais rien à la mort. Le seul qui pourra te donner des renseignements sur les gens qui sont susceptibles de faire ce genre de recherches, c'est cette vieille crapule d'Imraëgg.

- On parle de moi ? J'adore les compliments que vous faites sur moi quand j'ai le dos tourné, railla l'elfe qui venait d'apparaître, sorti de nulle part.

Dégingandé et vêtu de son habituelle tunique longue pleine de poches, il les dévisageait, goguenard.

Iowena, un peu gênée par le franc-parler de sa mère, lui décocha son plus beau sourire.

- Imraëgg, quel plaisir de vous revoir ! Et quelle agréable coïncidence, car nous avons justement besoin de vos lumières. Vous passiez nous rendre visite ?

- Oui. Je voulais vous signaler que j'ai repéré Iolann sur mes écrans.

9. PASSÉ PAS SI SIMPLE

Aodren et les jumeaux échangèrent un regard entendu. Si Imraëgg venait parler de Iolann, c'est qu'elle était toujours en liberté. Ainsi donc le problème de la "créature" n'avait pas été réglé en leur absence...

- Où l'avez-vous vue exactement? demanda Iowena.

- Au nord de l'endroit où Naragd avait construit son château. Pas très loin des marais des naïades.

- Qu'est-ce qu'elle peut bien faire là-bas ? s'interrogea Benoît. Un pèlerinage sur les décombres ? D'autant qu'il n'y a plus rien à voir, puisque tout a été recouvert par la végétation...

- Il me semble qu'Astella avait parlé d'un abri de Naragd, pas très loin du château, expliqua Iowena. Sans doute cet abri existe-t-il toujours, et Iolann doit parfois y trouver refuge.

Imraëgg haussa les épaules en signe d'ignorance. Pris de soupçons, Benoît s'exclama:

- Imraëgg, ne me dites pas que vous l'avez laissée filer ? Que vous ne savez pas où elle est à présent ?

- Je l'ai vue, puis elle a disparu, admit le vieil elfe d'un ton rogue.

- Laissez moi deviner… C'était l'heure de la sieste et vous avez piqué un petit roupillon derrière vos écrans ? le provoqua le garçon.

- Quelqu'un tient à ce garnement ? lança Imraëgg froidement à la cantonade.

Claire posa une main apaisante sur le bras de l'elfe.

- Je pense que maman a la faiblesse de tenir à lui. Et quelqu'un d'autre aussi, ajouta-t-elle en faisant un clin d'œil à son frère. Mais si vous avez envie de lui donner une fessée, faites-vous plaisir. Il ne l'aura pas volée.

Iowena, toujours étonnée de la liberté de parole des humains, se leva.

- Cher Imraëgg, je vais aller demander à Astella de m'indiquer où se situe l'abri dont elle parlait. Elle nous a raconté qu'elle se cachait souvent à cet endroit avec les jumelles d'Isdragarn quand il y avait du grabuge, sur ordre de Naragd. Il se pourrait qu'on trouve Iolann là-bas.

Et les deux reines quittèrent la clairière.

Imraëgg ne leur emboîta pas le pas, il savait qu'il était inutile d'essayer de les suivre dans la cité. Mais, encore un peu contrarié par la remarque de Benoît, il croisa les bras et lui tourna ostensiblement le dos.

Claire s'avança vers lui.

- Imraëgg, il faut que je vous raconte ce qui s'est passé dans le monde-du-dehors depuis notre départ, après la découverte de la deuxième jumelle d'Isdragarn.

Imraëgg arrêta instantanément de bouder.

- Tu veux parler d'Ileana ? J'ai vu sur mes écrans - il jeta un regard torve au jumeau - qu'elle est revenue bien mal en point. J'avoue que je suis aussi ici pour ça. Comment s'est passé votre séjour là-bas ? Vous n'avez visiblement pas retrouvé le cristal...

- Oh si, nous avons fini par découvrir où Amékel l'avait fait cacher. Mais Naragd est arrivé à ce moment avec sa bande de brutes et nous l'a pris.

Imraëgg eut une expression horrifiée.

- Il est donc en possession des cinq pierres ?

- Non, il ne l'est plus. Naragd est mort. Précipité par Stan dans le volcan qu'il venait d'ouvrir dans les entrailles de la terre en utilisant le pouvoir des cristaux.

- Il a fait ça ? Un volcan ?

- Oui, rien que ça. C'était plutôt spectaculaire ! Il faut dire que les pierres sont une arme redoutable, nous l'avons constaté là-bas. Un quartier entier détruit en quelques minutes...

- Une arme terrible, en effet. C'est une bonne chose que Naragd ne soit plus là pour s'en servir. Il en aurait fait un usage dément, dont le volcan n'aurait été que le début. Et où avez-vous mis les pierres ?

Claire hésita.

- Il faut que vous sachiez que Stan est mort aussi. Quand il a poussé le seigneur noir dans le volcan, celui-ci s'est agrippé à lui et ils sont tombés tous les deux.

Imraëgg fit une grimace consternée.

- D'où l'état de notre pauvre damoiselle.

- Exactement. Elle a eu un tel choc que même sa mère n'a rien pu faire pour la tirer de son inconscience, expliqua Claire.

- Affreux. Je l'aimais bien, ce jeune homme. J'espère qu'Ileana va s'en sortir.

L'elfe se tut quelques instants puis reprit la parole.

- Je ne veux pas avoir l'air de trop insister, mais qu'avez-vous fait des pierres ? C'est très important !

Les jumeaux se regardèrent par en dessous comme des gamins pris en faute. Ce fut Aodren qui parla.

- Euh... on ne les a pas, seigneur Imraëgg. Elles sont

tombées dans le volcan en même temps que Stan et Naragd.

- Quoiii !

Imraëgg avait l'air complètement accablé.

- Les pierres ont disparu ?

- C'est peut-être mieux comme ça, non ? Elles ne seront plus un danger pour personne, là où elles sont, dit Benoît.

- Mais, espèce d'écervelé, tu ne comprends pas. C'est une véritable catastrophe !

Les jeunes échangèrent des regards étonnés. Imraëgg avait l'air plus perturbé par la disparition des cristaux que par la mort de Stan et l'état d'Ileana !

Imraëgg gémit.

- Dire que les pierres sont maintenant dans le magma du centre de cette planète, perdues à jamais !

- Ben vous qui vouliez qu'on n'y touche plus, vous êtes servi: personne n'y touchera plus jamais ! risqua Benoît.

Imraëgg secoua la tête d'un air catastrophé.

- Justement non ! Je savais depuis l'origine que les cristaux allaient être réunis un jour et qu'Ileana aurait quelque chose à voir dans cette histoire. C'est pour ça que je vous ai aidés à traquer Naragd dans son château et que je ne me suis pas opposé à ce que vous alliez chez les Drasques retrouver le cinquième cristal. Je savais que ce serait nécessaire et que le jour était arrivé. Mais ça ne devait pas se passer comme ça !

Benoît regarda les autres; il ne comprenait rien à son charabia.

- Vous savez depuis l'origine qu'Ileana réunirait les cristaux ? Vous êtes devin?

Imraëgg secoua la tête, affligé.

- Arrête de proférer tant de bêtises en si peu de temps. Ne me dis pas que tu ne m'as jamais entendu appeler Ileana "Promesse d'avenir" ?

- Ah si, maintenant que vous le dites. Vous lui avez donné ce nom bizarre la première fois qu'on s'est vus, à Néourvellen. À l'époque, je ne me suis pas posé trop de questions, je pensais que c'était une de vos lubies, dit le garçon sans remarquer la lueur qui s'était allumée dans les yeux de l'elfe.

Claire donna un coup de coude dans le bras de son frère pour le faire taire et jugea préférable de parler à sa place, la patience n'étant pas la vertu principale du vieil elfe.

- Et si vous nous expliquiez tout ça, Imraëgg ? J'avoue que nous pédalons tous dans la semoule.

- La semoule ?

- Oui, des grains de nourriture faits à partir de blé qui euh... Laissez tomber. Je voulais juste dire que nous ne comprenons rien du tout.

Imraëgg sourit.

- Ah, l'humilité... Une vertu que môssieur Benoît devrait adopter. Bon, où en étais-je ? Ah oui, Promesse d'avenir. C'est une longue histoire, et je préfèrerais en parler devant un bon petit plat, si possible roboratif. Vous avez ça dans le secteur ?

- Je pensais que vous mangiez des pilules nutritives, chez les elfes. C'est pas un peu préhistorique, ça, de manger avec ses dents et son tube digestif ? demanda Benoît.

- Mais je vais l'étriper, lui ! rugit Imraëgg. Je n'ai jamais goûté, mais le garçon cru, ça ne doit pas être mauvais...

- Venez manger à la maison, nos parents seront enchantés de vous servir à dîner, s'écria Claire pour le calmer.

Un peu plus tard, alors qu'ils étaient confortablement installés sur la terrasse, Imraëgg commença son étrange histoire.

- Je sais que vous allez avoir du mal à le croire, mais quand on s'est rencontrés dans la forêt de Néourvellen, moi, je vous connaissais déjà.

- Ça, ce n'est pas une nouveauté, on sait que vous nous espionniez depuis un petit moment avec vos gadgets, décréta Benoît.

Imraëgg lui lança un curieux regard.

- C'est bizarre, avant, j'étais un être pacifique. Et depuis que je connais Benoît, je suis parfois pris d'inexplicables pulsions agressives. Non, il ne s'agissait pas de ça, impertinent jeune homme. Je vous avais déjà rencontrés en chair et en os.

- Là, je ne comprends plus. Moi, je suis sûr que je ne vous avais jamais vu avant, je m'en serais souvenu, vous avez une dégaine que euh...

- Je vais tâcher d'oublier ce que tu viens de dire, et de manière générale, tout ce que tu as déjà dit aujourd'hui. En fait, je vous ai rencontré *il y a environ 40.000 ans, sur Eden.*

10. UN ELFE COOPÉRATIF

Tout le monde fixa Imraëgg, bouche bée, puis Benoît éclata de rire.

- Sacré Imraëgg! Vous avez un super sens de l'humour.

- Claire, faites-le taire, ou il va lui arriver malheur.

Le garçon comprit enfin qu'il devait faire profil bas.

- Alors que j'étais tout jeune, les anciens ont décidé de quitter Eden menacée par de nombreux dangers. Des nefs ont été construites, et devinez ce qui était au centre de leur système de propulsion? Les cristaux. Chaque vaisseau avait son ensemble de cristaux. Deux nefs ont décollé et se sont perdues corps et âme dans l'espace, on ne sait pas trop pourquoi; un problème avec les pierres, justement. Nos ingénieurs étaient perplexes, il y avait fort à parier que notre nef, la troisième, subirait le même sort que les précédentes. C'est à ce moment que vous êtes arrivés: Ileana, Stan, et vous trois, Aodren et les jumeaux. Et vous nous avez remis les cristaux! Ils avaient en quelque sorte enregistré les coordonnées de la Terre, ce qui a permis à notre vaisseau d'arriver jusqu'ici sans encombres.

Benoît secoua la tête.

- Je sais que je n'ai plus le droit de parler, mais bon... On vous aime bien, Imraëgg, d'habitude vous dites des trucs plutôt sensés. Mais il faut bien reconnaître que là, euh...

- Je n'avais pas l'intention de vous le dire, je voulais laisser les choses suivre leur cours naturellement. Moi, je vous parle de mon passé, mais c'est aussi de votre futur qu'il s'agit, et je ne voulais pas l'influencer. Le problème, c'est qu'il s'agissait d'un des futurs possibles, celui où les elfes sont arrivés sur Terre. Mais, à la lumière des derniers événements, je pense que la mort de Stan et la disparition des cristaux remet tout en cause, jusqu'à notre existence même!!

Les jumeaux étaient stupéfaits. Ils seraient allés sur Eden avec Stan? Dans leur propre futur? Cela voudrait dire que leur plan avait des chances de fonctionner!

- À ce propos, Imraëgg, on voulait vous voir pour un truc un peu dingue. Voilà: c'est trop moche que Stan soit mort en éliminant Naragd. Alors on a pensé aller le chercher dans le monde de la mort.

- Heureusement que tu m'as prévenu que ce serait dingue, parce tu fais fort! toussa Imraëgg.

- Ça en a l'air, comme ça, mais c'est faisable, à mon avis. Je sais de façon certaine qu'Isdragarn a voyagé dans la mort, sans doute avec l'aide de certains elfes, et on aimerait que vous nous les présentiez, pour qu'on puisse faire pareil.

- Vous êtes bien renseignés.

- Et sans écrans, sourit Benoît.

- Grrr... répondit l'elfe.

Mais il n'eut pas le temps de se fâcher, car Madeline apportait des plats chauds. Benoît se tut pendant que sa mère servait. Il n'avait pas l'intention de l'alarmer avec son projet loufoque. Il attendit donc qu'elle soit repartie pour continuer.

- Vous nous aiderez, Imraëgg? Il le faut, c'est le seul moyen de remettre le futur sur les rails.

- Et quand vous aurez ramené Stan, vous ferez de la plongée en combinaison ignifugée dans le volcan pour rapporter les cristaux, hein? J'admire votre tentative, mais je crains que nous ne soyons condamnés à brève échéance.

- Condamnés? Mais pourquoi?

- Parce que si votre venue n'a pas lieu dans le passé, si les cristaux ne reviennent pas sur Eden, nous subirons le même sort que les deux autres nefs, nous n'arriverons pas sur Terre, les elfes disparaîtront et les humains actuels n'existeront pas. Je m'attends donc à ce que tout ce que nous connaissons s'efface parce que le passé aura été modifié.

- Ouh là, siffla Benoît, qui avait lu suffisamment de livres de science-fiction pour prendre cette menace très au sérieux.

- Je ne sais pas si je vais pouvoir vous aider, dit Imraëgg. Je ne crois pas qu'ils organisent de session de formation en ce moment, les elfes dont vous parlez.

- Mais si, vous pouvez nous aider. Vous savez presque tout, même s'il y a des choses qui vous échappent, répondit Benoît.

Piqué au vif, l'elfe lui demanda ce qu'il sous-entendait par là.

- Eh bien, il y a quand même deux ou trois bricoles que vous ignoriez: qu'Amékel avait volé la pierre aux Drasques, que Naragd avait fabriqué des monstres dans son coin, qu'Isdragarn trahissait, qu'elle avait eu des jumelles, ce genre de choses, quoi. Alors je commence à me demander si c'est bien à vous qu'il faut s'adresser pour avoir des renseignements ou du piston.

Imraëgg devint tout blanc puis tout rouge, et finalement éclata d'un rire homérique.

- Ah, si tu n'étais pas si divertissant, je t'enverrais volontiers paître. Mais tu as de la chance, je suis dans un bon jour. J'ai effectivement un vieux copain chez les "morbides", comme j'appelle ces tarés. Il a une dette envers moi, il acceptera peut-être de vous parler.

Benoît ne put s'empêcher de demander des précisions sur la dette, mais l'elfe le moucha.

Imraëgg termina son assiette en prenant son temps, s'essuya la bouche et farfouilla dans l'une de ses poches pour en extraire un objet inconnu. Puis il s'éloigna et on entendit des bribes de conversation.

Puis le vieil elfe revint vers les jeunes, l'air assez content de lui.

- Mon copain a essayé de se défiler, mais je lui ai sorti un truc imparable. Il devrait être là le temps qu'on finisse le dessert. Je ne savais pas que votre maman était un tel cordon-bleu!

Et il engloutit trois parts de tarte et deux mousses au chocolat sous les yeux effarés des garçons qui avaient pourtant un bon coup de fourchette.

- Fameuse, la gastronomie humaine!

Au moment où il avalait la dernière bouchée, l'air se déforma bizarrement à côté de la table, et on vit apparaître deux jambes puis le reste du corps d'un elfe d'âge moyen. Il avait visiblement employé l'appareil à tordre l'espace-temps qu'Imraëgg avait déjà utilisé devant eux.

Le nouvel arrivant portait une robe longue brune à parements bleus nettement moins débraillée que celle d'Imraëgg. Il n'avait pas l'air très content d'être là et resta planté devant la table, l'air revêche, de toute évidence pas désireux d'entamer la conversation.

- Gohened, mon très cher ami, dit Imraëgg en

elfique, permets-moi de te présenter mes jeunes compagnons, les sorciers Claire et Benoît et les fées Alwena, Alixen, Aodren et Alsander. Gohened habite une cité de l'est et s'intéresse de très près à tout ce qui touche la mort. Vous serez gentils de lui parler dans sa langue car il ne comprend pas votre sabir.

Benoît eut l'air catastrophé. Parler en elfique, ça allait deux minutes, mais soutenir une conversation très technique... Pour la deuxième fois de la journée, il adressa son regard de chien battu à sa soeur.

Claire eut un soupir d'agacement. Celui-là, quand il se mettait à prendre son air de cocker, ce qu'il pouvait l'énerver! Et il était censé parler aussi bien qu'elle, ils avaient eu la même leçon d'Ingvarna, après tout! Mais voilà, môssieur Benoît préférait que tout le monde fasse l'effort de lui parler dans sa langue.

Elle se tourna vers le dénommé Gohened qui les toisait de haut et lui adressa son sourire réputé pour amadouer les pires misanthropes[3].

- Messire Gohened, Imraëgg nous parle de vous depuis si longtemps que nous ne croyons pas à notre bonheur de vous voir enfin en chair et en os. Il paraît que vous êtes le plus grand spécialiste des questions de la mort. Nous sommes extrêmement flattés que vous ayez accepté de nous en parler un peu. Nous sommes vos fans absolus!

Benoît et les Quatre étaient sidérés. Elle n'en faisait pas un peu trop, là? Il n'allait jamais gober des flatteries aussi grosses! Que Naragd se soit fait berner par ses airs de sainte Nitouche, passe encore, mais cet elfe-là...

Contre toute attente, Gohened se tortilla et eut un sourire ravi.

- Oh, ce vieux chenapan d'Imraëgg a dit ça? Eh bien oui, je dois dire que vous parlez à la bonne personne.

---

3 personnes qui n'aiment pas les autres

Et il ne me déplaît pas de partager ma science pour peu que je rencontre un public sachant apprécier. Que voulez-vous savoir?

Aodren se leva et lui avança un siège.

- Est-il vrai qu'on peut voyager dans la mort? Isdragarn, la tante de notre meilleure amie, y est semble-t-il arrivée.

- C'est vrai, Isdragarn a réussi.

- Est-elle la seule?

- À vrai dire, oui. Nous avons envoyé des trolls, mais aucun n'est jamais revenu.

- Et les elfes?

- Nous n'avons jamais fait de tentative nous-mêmes, répondit Gohened d'un ton un peu pincé.

Claire se souvint de ce que Imraëgg leur avait dit sur la peur panique qu'éprouvaient les elfes - pourtant quasi-immortels - devant la mort et ne voulut pas le vexer. Ainsi ils préféraient envoyer des cobayes plutôt que de faire le sale travail eux-mêmes... Ça ressemblait assez à ce qu'on savait d'eux!

- Mais à quoi ressemble la mort? demanda Aodren. À un pays?

- Il faut d'abord que je vous explique qu'étudier la mort est assez difficile à Edelynn du fait de la configuration particulière de ce pays: nous avons conçu Edelynn comme une bulle isolant ses habitants de l'extérieur, ce qui explique son incroyable concentration d'énergie vitale. Celle-ci s'accumule à l'intérieur de la bulle, alimentée par tout ce qui vit, et ne peut jamais se dissiper, contrairement à ce qui se passe à l'extérieur d'Edelynn.

- Mais quel est le rapport entre l'énergie vitale et la mort? Je ne comprends pas, dit Claire.

- La vie et la mort sont étroitement imbriquées. L'énergie vitale dont nous nous nourrissons n'est autre que la vie rendue par tout ce qui finit, qui se dissout, qui est détruit, qui libère de l'énergie. Un être qui meurt, mais aussi une cascade qui éjecte des milliers de gouttes, une feuille qui se décompose, tout ça contribue à alimenter l'énergie vitale.

- Et en-dehors d'Edelynn, il y aussi de l'énergie vitale, alors, mais qui se disperse? supposa Claire.

- Ce n'est pas qu'elle se disperse, mais qu'elle est organisée différemment. Elle constitue comme une nappe blanchâtre au niveau du sol, qui forme par endroits des faisceaux montant vers le ciel; ces ramifications se regroupent ensuite en fleuves plus grands avant de rejoindre le centre de la galaxie, expliqua Gohened.

- Ouah! Et qu'est-ce qu'il y a au centre de la galaxie? demanda Benoît.

- Un trou noir colossal, nommé Sagittarius A*, répondit Claire. Ça attire absolument tout, matière, ondes lumineuses, etc...

- Ça alors! Benoît était soufflé. Mais comment ça se fait qu'on ne voie pas l'énergie vitale quand on est vivant?

- Je n'en sais rien, je suppose qu'il y a des choses qu'on ne perçoit que quand on est hors de son corps. Il paraît qu'on voit tout le monde réel, plus des choses que les yeux ne voient pas. Par exemple cette fameuse nappe d'énergie vitale, dit l'elfe.

- Mais finalement, le monde de la mort, c'est comment? insista Aodren.

- Ce n'est pas un monde différent de ce qu'on connaît, c'est simplement l'univers tel qu'il est, mais dans lequel on se meut sans entraves. On voit tout ce qui existe mais on n'a plus aucun contact possible avec le monde physique.

- Et les morts, qu'est-ce qu'ils deviennent là-dedans?

demanda Benoît.

- Lorsqu'ils quittent leur corps, ils flottent dans la nappe d'énergie vitale et sont attirés par un faisceau lumineux. Ensuite ils se dirigent à toute vitesse vers le centre de la galaxie et plongent dans ce que nous appelons le vortex. Je dois avouer que nous ignorons ce qui se passe ensuite.

- Et donc, pour voyager dans la mort, on peut partir de n'importe où, puisque la nappe est partout, déclara Benoît.

- Justement pas, répondit Gohened. On ne peut pas partir d'Edelynn puisque l'énergie vitale y est enfermée, il faut aller à la frontière avec le monde-du-dehors. Et là-bas, on ne peut pas partir de n'importe quel endroit, il faut se placer dans un faisceau.

- Pourquoi pas simplement dans la nappe?

- Parce qu'un esprit qui quitte son corps mort n'oppose aucune résistance; il flotte un moment puis finit par être happé par un faisceau. Par contre, un vivant qui veut quitter son corps volontairement a l'esprit chevillé au corps; pour l'en arracher il faut la puissance d'attraction d'un faisceau.

Claire, qui n'avait plus rien dit depuis un petit moment, réagit.

- Mais comment est-il possible de partir d'un faisceau si on n'arrive pas à les voir en étant vivant?

L'elfe sourit.

- Très bien raisonné. La première fois, il faut qu'on vous dise où se situe un faisceau. Ensuite, il faut faire très attention à repérer leurs emplacements. Pas toujours facile car les faisceaux peuvent parfois changer de place.

- Comment avez-vous repéré le premier faisceau? demanda Claire.

- Par hasard. Nous avions remarqué un endroit

jonché d'ossements. Et assisté le même jour à la mort de plusieurs trolls à qui nous avions demandé de déblayer les os. Ils travaillaient sur le site et puis tout d'un coup ils tombaient morts. On a d'abord pensé à une émanation de gaz toxique, mais nos analyses ont montré qu'il n'y avait pas de gaz. Alors nous avons continué à y envoyer des trolls, équipés d'appareils de mesure et de capteurs. Ils tombaient dans une espèce de coma, puis mourraient dans un délai de quelques minutes.

- Jusqu'à ce que l'un d'eux en réchappe?

- Exactement. C'est la jeune Isdragarn qui nous a soumis l'idée décisive: promettre une récompense suffisamment intéressante pour que les volontaires aient la motivation de s'accrocher à la vie.

- Et qu'est-ce qui pouvait motiver un troll?

Gohened sourit.

- Oh, Isdragarn a évoqué pêle-mêle tout un tas de choses, en espérant que certaines intéresseraient le troll en question. Une couronne, des armes couvertes de métaux précieux et de gemmes, de la nourriture en quantité, des femelles nombreuses, une maison en dur... Ça a dû faire tilt, car ce troll-là est revenu à lui en disant quelque chose comme "j'ai vu les étoiles..." et puis il est mort pour de bon. C'est alors qu'Isdragarn a décidé de faire l'expérience elle-même. Elle était très sûre d'elle et pensait réussir.

Tous les convives étaient suspendus aux lèvres de l'elfe. Même Imraëgg avait cessé de manger. Ils avaient beau savoir qu'Isdragarn s'en était sortie, l'histoire ne manquait pas de suspense!

- Elle avait un sacré culot, dit Benoît.

- Effectivement, elle avait un cran assez admirable. Elle nous tournait autour depuis un moment et avait déjà réussi à amadouer certains d'entre nous, ce qui n'est pas facile. Elle voulait connaître nos petits secrets, et cette histoire lui a donné l'occasion de passer un marché avec nous.

- Et elle est partie...

- Oui, nous l'avons bardée de capteurs pour étudier ses fonctions vitales et son activité cérébrale; de ce point de vue-là, elle faisait un bien meilleur sujet que les trolls, sourit Gohened. Elle s'est allongée dans le faisceau et il ne s'est rien passé pendant un certain temps.

- Pourquoi? demanda Benoît.

- Parce qu'elle avait trop de volonté. C'est un frein au départ. Elle a dû apprendre à lâcher prise. Quand elle a compris ça, elle est tombée dans l'inconscience, comme les trolls avant elle. Et là, nous avons pu observer une chose remarquable: soudain, son activité cérébrale est tombée à zéro alors que ses fonctions vitales se maintenaient, quoiqu'au ralenti. Nous en avons déduit que son esprit s'était détaché de son corps.

- Elle est restée longtemps partie?

- Non, pour cette première expérience, elle est revenue assez vite. Nous l'avons soumise à de nombreux tests et bombardée de questions. Puis elle a voulu repartir, et elle est allée de plus en plus loin. À chacun de ses retours, elle nous racontait ce qu'elle avait vu et fait. Depuis ce moment, nous savons que le pays de la mort n'est autre que notre galaxie toute entière.

- Vous allez donc pouvoir nous apprendre comment on s'y prend pour voyager là-bas, dit Claire. Je suppose qu'il y a une technique particulière à acquérir.

Gohened hésita un peu avant de répondre.

- Partir ne nécessite pas vraiment de technique particulière. N'importe qui peut le faire, animal, troll ou vous; il suffit d'être au bon endroit. Ce qui est difficile, c'est de revenir. Et comme seule Isdragarn y est parvenue, vous allez être obligés de passer par elle.

11. JOUR DE SORTIE POUR ISDRAGARN

Des dizaines de personnes étaient massées devant la Bulle, regardant s'affairer les elfes et les archers dryades.

Au premier rang, Iowena et Ingvarna attendaient, tendues. Benoît avait réussi à les convaincre que les compétences spéciales d'Isdragarn représentaient leur seule chance de rendre la volonté de vivre à Ileana.

La maman de la jeune fée se faisait tellement de souci à son sujet qu'elle était prête à tout tenter, y compris à prendre le risque de réveiller sa sœur.

À côté d'elles, Isilda ne décolérait pas. La reine des dryades s'était opposée avec force à ce qu'on tire sa dangereuse cousine de son sommeil artificiel.

- Elle nous jouera un tour à sa façon, jamais elle ne collaborera. Elle ne sait pas ce que "loyauté" veut dire, avait-elle martelé. Je prédis un malheur !

- Eh bien, nous la surveillerons étroitement, avait rétorqué Iowena.

Imraëgg était là aussi. Il avait des doutes sérieux quant à la coopération de la sœur jumelle d'Iowena, mais il savait plus que tout autre à quel point il était vital pour leur existence à tous que les cristaux soient apportés à Eden, et donc que Stan et Ileana soient sauvés. Tant pis s'il fallait en passer par la libération de la traîtresse.

Aldric se tenait près de sa femme et avait posé une main rassurante sur son épaule. Il connaissait Iowena mieux que personne et se doutait que son apparente impassibilité cachait un maëlstrom de sentiments.

Soudain, la foule s'agita. Le corps d'Isdragarn cessa de flotter pour se mettre doucement à la verticale, jusqu'à ce que ses pieds touchent le sol.

Les jumeaux, qui observaient la scène avec leur père, se rendirent compte qu'ils étaient tétanisés, le souffle court.

Tout à coup, Isdragarn ouvrit les yeux, et Benoît se fit la réflexion qu'on aurait dit ceux d'un alligator ou d'un tyrannosaure. La fée resta quelques instants immobile puis tourna lentement la tête pour fixer individuellement chaque personne présente. Claire sentit un frisson glacé lui parcourir l'échine, car Isdragarn lui inspirait une peur bleue. Et, à peine réveillée, elle avait l'air si ... démoniaque.

Un elfe dit que les niveaux étaient atteints, et un dryade activa les commandes de la porte, si bien encastrée qu'on n'en décelait pas les joints. La porte s'ouvrit sans bruit mais Isdragarn ne paraissait pas pressée de la franchir.

Personne ne bougeait, tout le monde fixait la Bulle, comme hypnotisé.

Isdragarn fit jouer ses muscles et se décida à sortir.

Iowena s'avança vers elle pour l'accueillir mais la captive ne lui laissa pas le temps de parler.

- Quel comité d'accueil impressionnant ! Tout ce beau monde ! Aurais-je bénéficié d'un droit de promenade ?

Ou d'une remise de peine pour bonne conduite ? À moins que vous ayez besoin de la Bulle pour quelqu'un d'encore plus méchant que moi ?

- Contente de constater que tu récupères aussi vite.

- À ce que je vois, il n'y a pas eu de changement de régime politique. Une catastrophe naturelle, peut-être ? Apparemment pas. Quel évènement extraordinaire a pu vous pousser à me sortir de ma prison ? Il y a une petite fête en mon honneur ?

- Non, pas de fête au programme. Si nous avons décidé de te sortir momentanément de la bulle, c'est pour que tu partages une de tes compétences avec nous.

- "Momentanément" ? "Partager" ? Oh, mais ça m'a tout l'air d'un marché de dupes! Dès qu'elle aura dévoilé son précieux secret, la brave Isdragarn sera reconduite manu militari à sa prison. Donne-moi une bonne raison d'accepter...

- Nous pourrions reconsidérer ta peine, si tu honores ta partie du contrat.

- Tu veux dire, mille ans de prison au lieu de la perpétuité? Je crains que ça ne soit pas suffisamment intéressant.

Iowena sentait la moutarde lui monter lentement au nez.

- Si l'objectif que nous visons est atteint, nous sommes prêtes à te rendre ta liberté.

Isdragarn siffla entre ses dents

- Drasque bleue, l'enjeu doit être de taille! Passer du statut de hors-la-loi à celui de sauveuse du monde, voilà qui est surprenant... je suis curieuse d'apprendre ce qui motive un tel revirement.

- Asseyons-nous pour en discuter.

Des archers s'approchèrent et dressèrent en quelques instants un camp confortable. Isdragarn considéra la foule d'un air méprisant.

- Je refuse de dire un mot de plus tant qu'on n'aura pas dispersé ces gens. Je ne suis pas là pour servir d'attraction à la plèbe[4].

Iowena pinça les lèvres mais fit signe aux personnes présentes de s'écarter. Cependant Isilda et ses archers dryades ne s'éloignèrent pas trop, prêts à intervenir.

Les deux sœurs s'installèrent à la table des négociations, et Ingvarna s'approcha, visiblement émue de revoir sa fille. Elle s'assit sans rien dire, tandis qu'Isdragarn la toisait d'un œil froid et calculateur.

D'un geste, Iowena invita Aodren et les jumeaux à prendre place à leurs côtés, mais Isdragarn eut un mouvement de recul et les foudroya du regard.

- Les fées sont vraiment tombées bien bas si elles laissent des bâtards prendre autant d'importance ! s'exclama-t-elle.

Le visage de Claire s'empourpra. Son premier mouvement fut de répliquer vertement, mais elle s'arrêta à temps. Il fallait être diplomate et prendre sur soi, sous peine de faire capoter les négociations !

- Il n'est peut-être pas nécessaire que nous assistions à l'entretien, dame Iowena.

Isdragarn sourit. Elle n'avait aucun scrupule à pénétrer l'écran mental des autres et avait perçu toutes les pensées de la jeune fille. Quel plaisir de semer la zizanie !

Cette fois, Iowena eut un air terrible, et les jumeaux comprirent pourquoi elle était la reine. Elle intima aux jumeaux l'ordre de s'asseoir d'un ton sans appel, puisque le sujet les concernait.

Isdragarn comprit que la présence des humains n'était pas négociable. De toute façon, elle brûlait de savoir ce qui se tramait.

---

4 le peuple

- Alors, quel est le service que tu t'apprêtes à me demander, ma très chère soeur?

- Tout d'abord, je tiens à te rassurer au sujet de tes filles, au moins Irissa. Elle est à la cité, avec Astella.

- Oh, je ne doute pas qu'elle soit entre de très bonnes mains, ironisa Isdragarn. Quant à Iolann, je suppose qu'elle a réussi à vous échapper. Au moins une qui ne sera pas formatée...

Iowena décida d'aller droit au but. Elle n'avait aucune envie de perdre du temps et de l'énergie à palabrer avec sa sœur qui n'était qu'un bloc de haine.

- Venons-en au fait: tu possèdes à ce qu'on m'a dit la capacité d'aller dans la mort et d'en revenir. Il se trouve que cette compétence nous serait bien utile et que nous souhaitons la monnayer.

- Ah, c'est donc ça... L'un de vos proches est mort? Quelqu'un de suffisamment cher pour qu'on tente le grand voyage, quitte à réveiller le monstre qui sommeillait dans sa Bulle? Mais j'y pense, je ne vois pas Ileana... Ma nièce adorée aurait-elle malencontreusement succombé? dit-elle avec un sourire maléfique.

La reine lui jeta un regard furibond. Elle allait décidément trop loin !

- Ileana se porte bien, merci de t'inquiéter si charitablement pour elle. Mais il n'est pas utile que tu connaisses nos desseins. Voici le marché que je te propose: tu enseignes à certains d'entre nous la manière de voyager dans la mort et tu retrouveras ta liberté.

- Et quels seront les heureux élus? ricana Isdragarn.

Iowena hésita un instant. La composition de l'équipe qui partirait avec Isdragarn avait fait l'objet d'âpres tractations. Iowena aurait préféré que des archers solides et aguerris accompagnent sa sœur, mais les jumeaux avaient fait valoir leurs arguments, et la reine avait fini par fléchir. Les deux meilleurs amis d'Ileana, Aodren et Alsander, s'étaient aussi proposés.

Mais Claire et Benoît avaient convaincu Alsander de rester près d'Ileana pour la protéger.

- Les jumeaux et Aodren, lâcha finalement Iowena.

- Excellent choix. S'ils n'en reviennent pas, ce ne sera pas une grande perte.

- Tu feras en sorte qu'ils en reviennent, ou sinon les conditions de ta détention future seraient drastiquement alourdies: on te laisserait consciente cette fois. Pour l'éternité, dit la reine d'un ton glacial.

- Bon, eh bien j'accepte avec plaisir, répondit Isdragarn d'un ton faussement enjoué en regardant chacun des volontaires d'un œil pénétrant. Je vais faire des trois chérubins des voyageurs de l'au-delà.

12. VOYAGE AU CENTRE DE LA TERRE

Attendez-moi là, je reviens, dit Isdragarn au trio. Une petite formalité à accomplir...

Aodren et les jumeaux s'entreregardèrent. Etait-ce une manœuvre pour leur fausser compagnie ?

Sans attendre de réponse, la fée fit tourner bride à Algaroth, sa licorne, et s'enfonça dans l'épaisse forêt.

- Vous croyez qu'on peut lui faire confiance ? demanda Aodren.

Benoît haussa les épaules.

- De toute façon, je ne vois pas comment on pourrait l'arrêter. Tout ce qu'on peut espérer, c'est que les autres fassent bien leur boulot et qu'ils la surveillent !

Isdragarn avait été formelle: elle ne tolérerait personne dans ses pattes. Elle avait promis d'enseigner aux trois jeunes à voyager dans la mort, soit, mais elle ne voulait pas être gardée comme une prisonnière, au grand dam de sa sœur et surtout d'Isilda qui voulait la faire surveiller par toute une troupe d'archers.

La famille d'Ileana avait contourné le problème en demandant à Imraëgg de l'espionner de loin avec ses écrans, et à Martin et ses proches de la filer, puisqu'ils étaient quasi indétectables par les fées. Iliorna leur avait adjoint quelques tordakyls apprivoisés; ainsi les humains ne se laisseraient-ils pas distancer.

Ingvarna et plusieurs autres fées se tenaient prêtes à voler au secours des trois courageux volontaires. Quant à Iowena, elle faisait si peu confiance à son serpent de sœur qu'elle suivait le petit groupe en personne, parfaitement cachée par son dôme de protection personnel.

Les deux garçons descendirent du dos d'Arak, et Claire se laissa glisser au bas d'Astara, la licorne d'Ileana qu'Iowena lui avait prêtée.

La jeune fille avait l'air soucieuse.

- Profitons de ce que nous sommes seuls pour parler d'un truc important que m'a dit Gohened avant notre départ: comme je lui confiais notre grande méfiance vis-à-vis d'Isdragarn, il m'a donné quelques conseils à suivre pour ne pas avoir d'ennuis dans le pays de la mort.

Benoît ouvrit de grands yeux.

- Ah bon ? Il y a des choses spéciales à savoir ?

- Oui. D'abord, Gohened m'a conseillé de faire surveiller nos corps pendant qu'on sera dans la mort et de ne pas rester absents trop longtemps.

- Oh, ça je suis au courant, décréta Benoît. Après ce qui a failli m'arriver pendant que je voyageais par la porte du temps, je ne risque pas d'oublier cette recommandation !

- Mais ce n'est pas tout, continua Claire. Il faudra résister absolument à l'attraction du trou noir sous peine de mourir pour de bon. Et revenir en arrière dès que notre aura commencera à pâlir ou à perdre de sa netteté.

Benoît frissonna.

- Beurk, ça fait peur, tout ça ! Qu'est-ce qu'il a dit d'autre ?

- De quitter assez rapidement le faisceau au départ. Il permet d'aller très vite, mais le revers de la médaille est qu'on se retrouve au centre de la galaxie en un clin d'œil et alors, bonjour le malaise. Et il faut aussi se dépêcher de sortir du faisceau en revenant, car sinon on serait trop faible pour empêcher notre esprit de repartir immédiatement. Ah oui, j'allais oublier: au retour, il n'est pas facile de rentrer dans son corps. Il faut en quelque sorte plonger dessus comme si on se jetait dans une piscine, à ce qu'on dit.

Aodren hocha la tête.

- D'excellentes instructions que nous suivrons à la lettre. Je ne sais pas si Isdragarn nous en aurait parlé d'elle-même...

Benoît ricana.

- C'est bien simple: on lui posera des questions innocentes pour la tester. Si elle ne nous dit pas ce que Claire vient de nous apprendre, qui semble être le b-a-ba de la navigation dans le pays de la mort, ça voudra dire qu'elle avait l'intention de nous tendre des pièges dans l'au-delà pour qu'on n'en revienne pas ! Mais un homme averti en vaut deux, elle ne nous aura pas comme ça.

De longues minutes s'écoulèrent. Les trois n'osaient plus parler, de peur qu'Isdragarn les surprenne en les rejoignant.

- Vous croyez qu'elle est allée où ? demanda soudain Benoît.

- Aucune idée. Qu'est-ce qu'elle a dit, déjà ? Ah oui: "remplir une formalité pour qu'on puisse passer". Je ne sais pas du tout ce qu'elle entendait par là.

- Peut-être qu'on est sur le territoire de créatures à qui il faut payer un droit de passage ? s'interrogea le garçon. Ouh là, j'espère qu'il n'y en a pas qui rôdent autour de nous !

- Moi, ce qui me fait plus peur qu'une créature vivante, fût-elle dangereuse, dit Claire, c'est les morts. Je ne sais pas si vous avez réfléchi à ça: puisque le monde des vivants et celui des défunts ne sont pas séparés, on risque d'être en contact avec des esprits, et ça m'angoisse sacrément !

- Ben heureusement qu'on peut entrer en contact avec eux, car sinon, comment on ferait pour rencontrer Stan, hein ? dit Benoît, plein de bon sens.

Soudain Claire hoqueta.

- Mince alors ! Mais je me rends compte d'une chose, tout à coup: même si on arrive à retrouver l'esprit de Stan, en admettant qu'il n'ait pas été happé par le trou noir, comment on pourrait le faire revenir puisqu'il n'a plus de corps ? C'est carrément impossible !

Benoît ne trouva rien à répondre. Il n'avait pas envisagé les choses sous cet angle. Il mit son front dans ses mains, assez découragé.

- Attendons de voir, dit Aodren. Ne partons pas battus d'avance. N'oubliez pas que le seigneur Imraëgg nous a vus tous les cinq à Eden ! C'est donc que nous avons une chance de le ramener. En tout cas, moi, je veux y croire.

Benoît fit la grimace, lugubre.

- C'était dans l'hypothèse où on attrapait le cristal sans que Naragd nous le pique. Mais avec la mort de Stan et la perte des cristaux, on a sans doute bifurqué vers un autre futur.

Aodren prit un ton sévère.

- Je ne te reconnais pas, Benoît. Où est passée ta combativité ? C'était ton idée, une bonne idée. On va y arriver, tu verras !

Claire lui sourit et lui tendit la main, qu'il porta à ses

lèvres.

À ce moment précis, Isdragarn surgit sans bruit de sous les frondaisons, toujours montée sur sa magnifique licorne couleur chocolat, et surprit le geste tendre d'Aodren.

- Par la corne d'Algaroth ! Qu'est-ce que tu trouves à ce sac d'os ? grinça-t-elle en foudroyant le faé du regard.

- Eh bien, je trouve qu'elle a beaucoup de charme, tout comme son père..., rétorqua Aodren en la défiant.

Claire tourna la tête vers son ami, catastrophée. Qu'avait-il à narguer Isdragarn ainsi ? Lui rappeler Aniel, c'était prendre des risques inconsidérés !

Contre toute attente, Isdragarn éclata de rire.

- Bien ! Je te cataloguais dans les chiffes molles, mais je vois que tu as du caractère. J'aime ça. Mais fais tout de même attention à ne pas trop dépasser les bornes, acheva-t-elle en redevenant glaciale. Allons, en route !

Et elle lança Algaroth au trot sur le chemin. Benoît éperonna Arak pour se porter à la hauteur de la licorne.

- Je peux vous demander où on est et où on va ? dit le garçon en prenant son courage à deux mains.

- On n'est pas très loin d'une cité elfe; l'endroit du départ est sur leur territoire.

- Je croyais qu'on ne pouvait pas partir d'Edelynn ?

- On ne partira pas d'Edelynn, rétorqua tranquillement Isdragarn.

- Du monde-du-dehors, alors ? Mais on va dans la direction opposée aux portes ! s'exclama Benoît.

Isdragarn rit.

- Parce que tu crois qu'il n'y a que ces portes-là, jeune ignorant ? Sache que la frontière que tu connais n'est pas la seule d'Edelynn. Et on ne franchira pas vraiment une porte dans le sens où tu l'entends.

Isdragarn fit partir sa monture au galop, signifiant ainsi au garçon qu'elle en avait assez de ses questions.

Les trois se regardèrent sans un mot. Tout ça était loin d'être clair, mais ils n'avaient pas le choix. Il fallait s'en remettre à Isdragarn et supporter son humeur.

Le voyage fut assez ennuyeux; l'ambiance était si pesante qu'ils n'osaient pas parler, et la forêt de montagne n'était guère variée.

Seul un incident brisa un peu la monotonie de la journée. Ils étaient passés devant l'entrée d'un défilé auquel Isdragarn avait jeté un drôle de regard. Cela n'avait pas échappé aux trois amis et avait accru leur malaise. Et, depuis un petit moment, ils se sentaient épiés. Aodren scrutait les environs mais n'arrivait pas à savoir de quelle créature il s'agissait, il ne reconnaissait pas son schéma mental.

Soudain, Isdragarn se redressa sur sa monture, l'air prodigieusement agacé.

Elle fixait un point sur leur droite. Ils virent une silhouette humanoïde se profiler derrière les arbres mais n'eurent pas le temps de distinguer ses traits. Car Isdragarn foudroya la créature qui disparut purement et simplement. La fée marmonna quelque chose comme "sale engeance, parasite !" entre ses dents, mais les autres n'osèrent pas l'interroger. Ils n'avaient pas envie de l'indisposer alors qu'elle semblait de mauvaise humeur et qu'elle avait l'éclair facile !

Cependant, l'image de la créature les troubla durablement. Non seulement ils ne savaient pas si elle était amie ou ennemie, mais ils étaient presque sûrs qu'elle avait disparu avant d'être foudroyée. Et donc qu'elle pouvait réapparaître ailleurs ! Serait-ce une créature brune ? Une création elfique destinée à protéger l'entrée de leur cité, puisqu'il y en avait une dans les parages, aux dires d'Isdragarn ?

Tout en chevauchant Arak, Aodren prenait des points de repère pour ne rien laisser au hasard et pouvoir retrouver le chemin ultérieurement. De temps en temps, il levait les yeux au ciel pour voir si on apercevait un tordakyl, mais il n'en discerna aucun. Ils devaient se tenir à distance pour ne pas se faire remarquer...

Environ une heure plus tard, alors que le soleil était déjà couché, Isdragarn s'arrêta et descendit de sa monture. Elle entreprit d'établir son campement sans prêter attention aux autres.

Les trois amis l'imitèrent et s'installèrent un peu plus loin. Le faé monta en quelques minutes une hutte dont des arbrisseaux formaient l'armature et qui furent bientôt reliés et recouverts par une profusion de plantes jaillies du sol comme par magie.

Les jumeaux avaient beau avoir assisté plusieurs fois à ce genre de démonstration, ils étaient toujours ébahis par le "don des fleurs", comme l'appelaient les fées.

Ils dînèrent en silence devant un feu allumé par Aodren.

Soudain un craquement les fit sursauter. Isdragarn se tenait debout derrière eux, son visage à l'expression inquiétante modelé par la lueur des flammes.

- Dormez bien, les chérubins. Demain vous ferez connaissance avec la mort.

13. DÉPART POUR LA MORT

Le lendemain matin, lorsque les trois amis sortirent de l'abri de feuilles, ils constatèrent avec surprise que le temps était mauvais, ce qui n'arrivait que très rarement à Edelynn. Le ciel était gris et les nuages bas, comme si le décor avait voulu se mettre au diapason de leur humeur.

Isdragarn était déjà debout, vêtue d'une de ses invraisemblables tenues qui la faisaient ressembler à une héroïne de manga. Elle ne paraissait pas affectée par le temps qu'il faisait. Au contraire, elle semblait pleine d'énergie et impatiente de partir.

Elle désigna la paroi rocheuse devant eux, qu'ils n'avaient pas bien vue la veille dans l'obscurité.

- Il va falloir laisser nos montures. À partir d'ici, on continue à pied.

Les jumeaux se regardèrent, un peu décontenancés. La présence d'Astara et d'Arak les réconfortait, sans eux ils allaient se sentir bien démunis.

Ils prirent maladroitement congé des animaux, n'osant pas laisser de message à ceux qui les surveillaient. Ils évitaient même d'y penser trop fort pour ne pas attirer l'attention d'Isdragarn. Mais on pouvait faire confiance à Astara pour raconter à Iowena ce qu'elle avait vu.

Cette certitude leur redonna du courage et ils s'élancèrent à la poursuite d'Isdragarn qui s'était éloignée. Ils suivirent pendant un moment un sentier encaissé entre deux murailles quasi verticales qui leur donnaient l'impression d'être prisonniers, avec le plafond bas du ciel sur leurs têtes...

Enfin le chemin s'élargit, et la fée s'arrêta.

Devant eux, une ouverture crevait le flanc de la montagne. Isdragarn s'y engagea résolument mais les autres hésitèrent à la suivre.

La fée perçut leur indécision et se tourna vers eux. Elle adopta un ton un peu moins revêche que d'habitude pour les convaincre de l'accompagner et prit le temps de leur expliquer qu'ils devaient aller à l'extrémité de la bulle créée par les elfes pour pouvoir partir. Car les extrémités d'Edelynn n'étaient pas qu'horizontales, elles étaient aussi verticales !

Elle leur dévoila que les limites entre Edelynn et le monde-du-dehors étaient floues sous la terre; la bulle y continuait sur quelques dizaines de mètres, selon la nature du sol, et ensuite on se trouvait automatiquement dans le monde-du-dehors, car en profondeur, le déphasage n'était plus opérant.

Les trois amis se regardèrent: l'explication leur semblait cohérente. Un peu rassurés, ils s'introduisirent à la suite d'Isdragarn dans l'antre de la montagne. L'endroit avait tout l'air d'être une ancienne mine métallifère, sans doute une de ces mines autrefois exploitées par les nains pour le compte des elfes.

La fée fit apparaître une boule lumineuse dans sa main, et les détails de la galerie leur apparurent très nettement, sculptés par la lumière vive.

Il y avait des étais et des poutres en bois, des couloirs rectilignes et des passages plus tarabiscotés. Parfois ils traversaient des salles un peu plus grandes, avant de devoir passer à la queue leu leu par des ouvertures assez étroites. Par endroits, on voyait les restes d'un système de rails, ça et là des objets oubliés…

Les parois étaient uniformément grises, et parfois un filon affleurait à la surface et brillait dans la lumière. Benoît ne résista pas à l'envie de ramasser quelques pépites minuscules qui n'avaient pas intéressé les mineurs.

La boule lumineuse d'Isdragarn chassait provisoirement l'obscurité éternelle de ces lieux et faisait naître des ombres fantastiques sur les murs. Claire frissonna et se fit la réflexion qu'il suffirait à la fée d'éteindre son fanal pour les perdre tous les trois. Isdragarn dût percevoir sa pensée inquiète car elle la fixa un instant de son regard énigmatique.

Ils laissèrent de côté de nombreuses galeries transversales qu'Aodren n'omit pas de compter et finirent par quitter l'étage où ils se trouvaient par une rampe inclinée.

Ils descendirent pendant un long moment puis arrivèrent dans une caverne assez grande. C'était une cavité naturelle qui n'avait plus rien à voir avec les galeries creusées par les nains.

Au milieu de la paroi s'ouvrait un boyau sombre. Là, plus de rampe aplanie pour permettre le passage de chariots, juste une galerie naturelle qui descendait de plus en plus.

Les bruits de la surface avaient disparu depuis longtemps, et on n'entendait que le crissement de leurs pas sur la pierre concassée du sol, ou le chuintement lointain de quelque source. Parfois, on percevait, curieusement amplifié, le bruit étrange de gouttes d'eau tombant avec une régularité de métronome ou de cailloux se détachant de la paroi avec un petit claquement sec.

Aodren fermait la marche et marquait discrètement leur passage de signaux, préférant ne pas se fier uniquement à son sens de l'observation.

Le boyau déboucha enfin sur un couloir assez large qui lui était perpendiculaire; on aurait dit le lit d'une rivière souterraine asséchée. Ils le suivirent sur quelques centaines de mètres, quand soudain Isdragarn s'arrêta: devant eux, il y avait une salle gigantesque, surmontée d'une espèce de cheminée par où pénétrait de la lumière, si large et si haute qu'on n'en voyait pas les extrémités.

- C'est là, déclara-t-elle sobrement en désignant un emplacement au sol.

Les trois amis s'approchèrent prudemment. De loin, on aurait dit un tas de pierres beiges, mais de près apparaissaient des détails macabres: le sol était jonché d'ossements mêlés au sable et aux gravillons, certains si petits qu'on pouvait les prendre pour des cailloux, alors que d'autres squelettes étaient presque entiers.

Claire frissonna. Sans doute y avait-il là pas mal d'animaux piégés dans la mine et venus mourir à cet endroit, mais aussi des trolls qu'on avait envoyés volontairement à la mort.

- C'est en découvrant ce tas d'ossements qu'on a compris que le départ vers la mort se faisait à cet endroit, résuma Isdragarn. C'est d'ici que part le courant qui mène vers le monde de la mort. Il s'élève dans cette cheminée naturelle pour rejoindre les autres faisceaux qui partent du monde-du-dehors.

Jusqu'à présent, son explication correspondait à ce

qu'en avait dit Gohened.

Avec son don particulier, Aodren essaya de sonder les pensées d'Isdragarn sans en avoir l'air, mais il ne détecta aucune contradiction apparente. Il se souvint cependant que Claire lui avait dit que la fée était capable de cacher ses desseins comme personne. Il ne fallait pas baisser la garde...

Isdragarn proposa qu'on fasse sans attendre un premier voyage.

Benoît paniqua un peu. Au pied du mur, il n'était plus tout à fait sûr de vouloir tenter l'expérience. Il lui demanda s'il y avait des choses à apprendre avant de partir.

Isdragarn rétorqua qu'il n'y avait rien à savoir. Ils allaient s'allonger sur le lit de sable et attendre que le courant les emporte. Il leur suffisait de se laisser aller, comme s'ils voulaient s'endormir.

- Le courant forme comme un brouillard blanchâtre que vous percevrez - j'allais dire, que vous "verrez"- dès que vous serez sortis de votre corps; vous n'aurez qu'à vous laisser porter pour voyager commodément.

- Et pour revenir, on fait comment ? demanda Benoît, troublé qu'Isdragarn ne leur fasse pas les mêmes recommandations que Gohened.

Isdragarn parut agacée qu'il ait pensé à poser la question.

- Pour revenir, il suffit de le vouloir, dit-elle à contrecœur. Bon, on ne va pas passer des heures à en parler, vous verrez bien sur place. De toute façon, c'est comme en natation, la théorie ne sert pas à grand-chose, il faut pratiquer.

Elle leur indiqua des endroits où les os avaient été déblayés pour libérer des emplacements suffisamment grands pour s'étendre sur le sable.

Claire adressa un regard grave à Aodren.

Il lui sourit bravement. Ils étaient sur le point de retrouver Stan; ce n'était pas le moment de flancher !

La jeune fille soupira et observa comment Isdragarn s'y prenait. Elle avait simplement relevé sa grande capuche pour protéger sa tête du sable et s'était couchée à même le sol.

Les trois firent de même. Dans un premier temps, il ne se passa rien.

Ils entendirent Isdragarn leur proposer de les hypnotiser pour les aider à atteindre le calme nécessaire au départ mais ils refusèrent, craignant un coup fourré.

Aodren paraissait très détendu, au contraire de Benoît qui ne cessait de s'agiter. Claire tendit la main pour toucher son frère et le calmer d'une pression de la main. Soudain, Benoît ferma les yeux et ne bougea plus.

Claire eut un moment de panique. Et s'il était mort ? Elle se raisonna et utilisa ses connaissances de guérisseuse pour faire baisser sa propre pulsation cardiaque. Au bout de quelques instants, elle sombra dans l'inconscience.

14. PANIQUE DANS L'ESPACE

Claire fut soudain comme aspirée en dehors de son corps inerte et se dégagea par l'arrière de son crâne. Quelle étrange impression !

Elle regarda autour d'elle. Aodren était aussi en train de s'extirper de sa boîte crânienne, tandis que Benoît flottait déjà au dessus d'eux. Isdragarn était nettement plus haut dans la cheminée et les attendait.

La jeune fille sourit à Aodren. C'était amusant, il était transparent mais il avait tout à fait la même apparence que… comment devait-on dire ? Quand il était vivant ? Ou quand il était *matériel* ?

Curieusement, il était habillé de la même façon que son être physique. Bien que ses couleurs soient translucides, on les distinguait parfaitement.

Elle regarda ses mains, ses jambes. Elle essaya de toucher sa cuisse mais sa main la traversa. Elle eut soudain envie de voir si son esprit pouvait contrôler son aspect. Elle tenta en vain de se matérialiser. Quoi qu'elle fasse, elle restait éthérée et sans véritable existence.

Isdragarn s'impatienta:

- Cornebouc, vous venez ? On n'a pas fait ça pour rester collés au sol ! Sautez dans le faisceau et allons-y !

Claire jeta un dernier regard aux quatre corps qui gisaient en bas, les yeux fermés. Elle monta un peu et se rendit compte qu'elle distinguait de moins en moins bien les corps, car ils étaient plongés dans une nappe d'énergie vitale très dense, une vraie purée de pois ! La nappe était présente un peu partout dans la grotte, mais sous une forme beaucoup moins concentrée qu'à l'endroit de leur départ.

Pourvu qu'Iowena les trouve pour prendre soin d'eux pendant leur absence ! Mais elle ne devait pas trop s'en faire; si Isdragarn avait laissé son enveloppe terrestre sans surveillance, c'est qu'il n'y avait aucun danger !

La jeune fille rejoignit Aodren dans la colonne de lumière nébuleuse et sentit qu'elle prenait de la vitesse.

Elle leva les yeux au ciel: il y avait une ouverture au sommet de la cheminée, et ils fonçaient droit sur elle. Consciente que ses pensées la ralentissaient, Claire se laissa emporter par le courant sans résister pour rattraper Isdragarn et les garçons. L'ouverture se rapprochait et Claire eut la peur réflexe de se cogner, avant de réaliser qu'elle ne pouvait pas se blesser en étant immatérielle.

Elle jaillit à l'air libre à la suite des trois autres et poursuivit son ascension. Elle regarda en bas et poussa un cri muet. La montagne lui apparaissait dans sa totalité. Bien qu'elle soit recouverte de brume, elle lui semblait étrange, différente.

Devant elle, Isdragarn et Aodren volaient, les bras

le long du corps, mais Benoît avait étendu ses bras à l'horizontale devant lui.

Claire sourit. Même sous forme d'esprit, il ne pouvait pas s'empêcher de se comporter en gamin !

Elle cria mentalement:

- Hé, Benoît, tu joues à Superman ?

Son frère se retourna pour lui faire signe. Il fit quelques galipettes en plein ciel en poussant des cris de joie.

- C'est trop génial ! J'ai toujours rêvé de pouvoir voler… J'adooore !

Et il repartit en avant, tandis qu'Aodren attendait qu'elle le rejoigne. Ils échangèrent un regard émerveillé.

Que le monde était beau, vu d'en haut, même si ses détails étaient comme atténués par le brouillard d'énergie vitale !

Isdragarn fonçait vers le petit bout de ciel bleu; bientôt ils passeraient au-dessus des nuages et ne verraient plus le sol. Claire essaya d'apercevoir Martin et ses amis volant sur leurs Tordakyls, mais elle ne vit rien. Elle se dit que c'était sans doute mieux ainsi, elle n'osait imaginer la scène si Isdragarn était tombée nez à nez avec eux en sortant de la cheminée !

- Ne pense pas si fort, mon amour, Isdragarn va finir par t'entendre ! la rabroua doucement Aodren qui lisait sur son visage comme dans un livre.

- Aodren, je viens de comprendre… C'est normal qu'on ne voie pas Martin et les autres, ils ne se trouvent pas dans le même monde !

C'était pour cette raison que la montagne lui semblait différente… Ce n'était pas celle qu'ils avaient traversée la veille ! Ils se trouvaient à présent quelque part au dessus de la France, alors que leurs amis étaient toujours dans le ciel d'Edelynn !

Lorsqu'ils sortirent des nuages, la jeune fille poussa un cri de stupéfaction: de nombreux faisceaux jaillissaient de la couche nuageuse comme des tornades; ils ressemblaient à des cylindres blancs et mouvants.

Loin au-dessus d'eux, les faisceaux les plus proches se rejoignaient pour en former un plus gros. Cela ressemblait aux racines d'une plante qui se rejoignent en une tige. Ou encore aux dendrites d'un neurone, se dit la jeune fille.

Leur vitesse grandit encore. Bientôt le faisceau dans lequel ils se trouvaient en rejoignit un autre, et ils furent pris dans des turbulences, car l'énergie vitale bouillonnait ici comme au confluent de deux fleuves.

Soudain, Claire cria d'horreur: arrivant de l'autre faisceau, des formes blanchâtres venaient dans leur direction ! Elle s'écarta en hâte pour ne pas les toucher et les regarda passer avec dégoût. C'étaient des êtres humains, des morts à n'en pas douter, mais ils n'avaient pas la même apparence qu'eux ! Ils n'avaient plus aucune couleur et apparaissaient d'un gris fade.

Certains étaient encore reconnaissables, mais la majorité était si floue qu'on n'en distinguait plus grand chose. Leur tête n'était plus qu'une forme ovoïde aux traits à peine marqués, leur corps un cylindre et leurs membres des filaments qui s'effilochaient !

Claire se raisonna en voyant que les morts ne faisaient pas attention à eux; ils se contentaient de filer tout droit, leur face fantômatique dénuée d'expression.

Un peu plus loin, le faisceau se connecta à plusieurs autres, ce qui augmenta considérablement sa circonférence.

La jeune fille, toujours portée par un courant de plus en plus fort, essayait de se maintenir en périphérie du faisceau, tout comme Benoît et Aodren.

Même Isdragarn semblait éviter de se mêler à la cohorte d'esprits qui défilaient maintenant en un flot ininterrompu au centre du tunnel de lumière.

Les trois amis se tournèrent vers l'extérieur. En bordure, les effets de l'attraction se faisaient moins sentir, et la vue était magnifique.

Ils pouvaient à présent embrasser l'hémisphère nord entier du regard. De cette hauteur on voyait nettement comment était structurée l'énergie vitale: de la fine nappe de brouillard qui couvrait le sol se dégageaient des filaments cylindriques qui se rejoignaient en altitude pour en former de plus gros. La Terre entière était ainsi prise dans une espèce de filet dont tous les faisceaux se réunissaient dans l'espace pour ne former qu'un seul tunnel reliant la planète au centre de la galaxie !

En quelques secondes ils avaient quitté l'atmosphère et débouché dans le vide sidéral. De la lune toute proche s'échappait aussi un minuscule cordon blanc. En s'élevant encore, ils constatèrent que toutes les planètes du système envoyaient dans l'espace leur tunnel blanchâtre.

Claire s'en étonna. Cela signifiait-il qu'il y avait de la vie sur toutes les planètes ? Puis elle se souvint de ce qu'avait expliqué Gohened. C'était l'énergie vitale, produite même par la chute des pierres, la décomposition des roches ou les tempêtes.

Ils continuèrent leur voyage à une vitesse de plus en plus vertigineuse. Le système solaire était loin derrière eux, et ils avaient déjà croisé plusieurs autres systèmes planétaires.

Claire regrettait de ne pas pouvoir prendre le temps de flâner entre les étoiles; elle aurait tellement aimé les voir de plus près, poser le pied sur leurs planètes... Mais cela nécessitait de sortir de ce fichu faisceau qui leur cachait un peu le paysage et filait droit dans la nuit noire de l'espace en direction du centre de la Voie Lactée.

Devant eux, Isdragarn fonçait sans jamais se retourner ni regarder autour d'elle.

La jeune fille fronça ses sourcils virtuels. Pourquoi diable allait-elle si vite ? Où les emmenait-elle pour ce premier voyage ?

Soudain elle comprit le plan de la fée. Ce premier voyage devait être le dernier ! Isdragarn voulait les envoyer dans le trou noir sans espoir de retour, comptant qu'ils resteraient dans le faisceau jusqu'au bout !!

Ils avaient pris une vitesse folle. Autour d'eux les étoiles défilaient si vite qu'on ne distinguait plus que des traînées de lumière.

Claire se mit à crier:

- Aodren, Benoît, il faut qu'on sorte de là ! Sinon on n'arrivera plus à s'en dépêtrer !

Le ton de Claire était si pressant que les garçons obtempérèrent immédiatement. Ils se dégagèrent du tunnel, surpris de voir qu'il n'était pas très difficile d'en sortir; il fallait juste être déterminé à s'en extraire et traverser sa paroi extérieure qui, bien qu'immatérielle, les retenait comme une membrane.

Leur élan les catapulta violemment hors du faisceau. Ils parcoururent une distance certaine avant de se rendre compte qu'ils pouvaient stopper net par la seule force de leur volonté, comme l'avait expliqué Isdragarn.

Alors ils se mirent à flotter, comme au tout début de leur voyage, et revinrent lentement vers le tunnel qui barrait le ciel d'encre comme un tuyau monstrueux. Ils constatèrent qu'ils pouvaient arrêter, repartir, se diriger comme ils le voulaient.

Claire soupira d'aise; elle se sentait bien ainsi, elle

avait l'impression d'enfin contrôler ses actes. Et on voyait bien mieux les étoiles tout autour !

- Pourquoi tu nous as demandé de sortir ? interrogea Benoît.

- Parce qu'on était en train de se faire avoir par Isdragarn ! rétorqua sa sœur. On a complètement oublié les recommandations de Gohened ! Rappelez-vous, il nous conseillait de sortir assez rapidement du faisceau sous peine de nous retrouver dans le trou noir sans avoir eu le temps de dire ouf. Je suis sûre que le plan d'Isdragarn était de nous entraîner vers là-bas et de s'éjecter du faisceau au dernier moment.

- Possible, admit Benoît. Et tu veux qu'on fasse quoi, maintenant ? Qu'on se débrouille sans Isdragarn ?

- Non, je crois qu'on n'est pas encore capables de s'en sortir seuls. Il vaut mieux qu'on fasse comme si de rien n'était, et qu'Isdragarn nous montre comment rentrer. Et au retour, attention aux entourloupes de notre chère guide ! Souvenez-vous que Gohened nous a recommandé de sortir du faisceau dès notre arrivée...

Aodren posa une main immatérielle sur le bras de Claire.

- Chut, ma chérie, je pense qu'Isdragarn ne devrait pas tarder à nous rejoindre. À moins que... Et son visage se fit songeur.

Claire s'alarma.

- À quoi tu penses ?

- Je me dis que si elle ne vient pas d'ici quelques minutes, il faudra songer à rentrer par nos propres moyens. Et vite, en plus. Parce qu'elle peut très bien profiter de notre absence pour retourner à notre point de départ, et là-bas, nos corps sont sans défense !

- Nooon ! Ce n'est pas possible ! Je n'avais pas pensé à ça... gémit Claire.

- Meuh non, Iowena ne la laissera pas faire ça, dit

Benoît d'un ton assuré.

- On va vérifier ça tout de suite, dit Aodren en scrutant le cylindre blanc.

Et, comme pour lui donner tort, la silhouette d'Isdragarn apparut au loin, qui venait vers eux.

Elle s'arrêta à leur hauteur. Visiblement elle était furieuse mais faisait un effort pour se dominer.

- Bon, je pense que ça suffit pour un premier essai. Vous devez être fatigués, on va rentrer.

- On reprend le faisceau pour revenir ? demanda Benoît.

- Non, sauf si tu as envie de remonter le courant comme les saumons. Les faisceaux, c'est très pratique, ça fait gagner du temps à l'aller, mais ça ne fonctionne que dans un sens. Pour le retour, c'est à pied, dit Isdragarn.

- Comment ça, à pied ? bredouilla le garçon, soudain très inquiet. Quelques kilomètres de randonnée suffisaient habituellement à le fatiguer et il ne se voyait pas faire une longue trotte pour le retour.

- On a fait combien de kilomètres, à ton avis ? demanda-t-il à sa sœur.

- Oh, quelques millions. Non, sans doute plus. Des milliards, je dirais, répondit-elle.

Isdragarn éclata de rire et s'élança dans la direction inverse du faisceau. Elle ne fut bientôt plus qu'un petit point au loin.

Benoît sentit une peur atroce l'envahir. Il avait l'impression d'être un spationaute sorti de son vaisseau pour faire une réparation, oublié par ses coéquipiers et condamné à une lente agonie dans la solitude de l'espace.

- Qu'est-ce qu'on va devenir si elle ne nous attend pas ? On ne retrouvera jamais le chemin de la Terre ! dit-il d'une voix tremblante. Et si on suit le faisceau, ça ne nous avancera pas beaucoup, il y a eu tellement de bifurcations qu'on risque de se tromper !

Aodren essaya de le rassurer.

- Pas de problème, le faisceau était bourré d'énergie vitale, ça a décuplé mes sensations. Mon sens de l'orientation a fonctionné à fond et je n'aurai aucun mal à rentrer, promis. Mais on peut toujours essayer de la rattraper.

Et ils se ruèrent à la poursuite d'Isdragarn.

Celle-ci n'avait de toute évidence pas eu l'intention de les semer, juste de leur faire un peu peur, car elle fut facile à rejoindre.

Le voyage de retour fut plus long que l'aller. Ils constatèrent qu'il était possible de faire avancer son esprit très rapidement, presque aussi vite que dans le faisceau; mais cela requérait une attention de tous les instants, une concentration qui n'avait pas été nécessaire dans le tunnel où il suffisait de se laisser porter.

Ils étaient tellement occupés à suivre Isdragarn et à ne pas se laisser distancer qu'ils ne firent pas trop attention au décor pourtant somptueux qui s'offrait à leurs yeux.

Au terme de ce qui leur parut des heures de "navigation", ils pénétrèrent dans un système planétaire comme ils en avaient vu plusieurs sur leur route. Mais la troisième planète de celui-ci leur parut le plus bel objet céleste qui soit, avec ses océans bleus et ses nombreuses terres émergées.

La Terre, enfin !

Isdragarn se tourna vers eux.

- Pour rentrer à Edelynn, il va falloir revenir par le faisceau de la grotte. Ce sera un peu plus dur. Mais quand vous aurez rejoint votre corps, vous pourrez vous reposer un peu avant de vous relever. Si vous passez trop vite de la mort à la vie, votre corps et votre esprit ne supporteront pas le choc.

Sur ces mots, elle s'approcha du grand cylindre blanc et mouvant et y pénétra.

Les trois amis s'entreregardèrent.

- Souvenez-vous de ce que je vous ai dit, rappela simplement Claire avant de s'enfoncer à son tour dans la paroi du faisceau.

Elle avait un peu peur de se retrouver nez à nez avec des morts, qui la faisaient penser à des méduses; mais il n'y en avait pas dans la portion du faisceau qui ramenait à la grotte.

Les trois luttèrent contre le courant qui voulait les entraîner dans l'autre sens, mais dès l'entrée dans la cheminée ce fut plus simple. Le flot n'était pas impétueux et ils purent redescendre assez facilement.

En bas, leurs corps avaient toujours la même apparence.

Arrivés juste au-dessus, ils se sentirent un peu maladroits. Comment réintégrer leur enveloppe ? Benoît s'approcha de son corps jusqu'à le toucher mais il ne se passa rien. Il restait toujours extérieur.

Claire surprit le regard d'Isdragarn sur Benoît. Elle avait l'air amusée. Et même très satisfaite.

La jeune fille comprit tout à coup le nouveau plan d'Isdragarn pour se débarrasser d'eux: la fée escomptait qu'aucun d'eux trois ne réussirait à retrouver son corps !

Elle n'avait pas besoin de les semer dans l'espace, en effet. Il lui suffisait de constater qu'ils étaient dans l'impossibilité de se réincarner. Elle n'aurait qu'à dire ensuite à sa sœur avec une mine éplorée que le voyage s'était bien déroulé jusqu'au drame des dernières minutes, qu'elle n'avait pas pu éviter !

- On fait comment, pour rentrer ? demanda Benoît

qui s'y était déjà repris plusieurs fois et qui n'avait pas encore compris le piège.

Isdragarn eut un sourire horrible.

- Mais ça, mon pauvre Benoît, je ne peux pas te l'expliquer. Chacun doit trouver sa propre solution ! Tout comme l'enfant qui vient de sortir du ventre de sa mère doit trouver tout seul comment respirer...

Benoît se troubla.

- Alors vous ne voulez pas nous aider. Vous avez décidé de rentrer sans nous ?

- Oui, mais pas tout de suite. Je vais rester à surveiller vos tentatives pitoyables pour revenir dans vos corps. Et quand vous serez épuisés, ce qui ne devrait pas tarder, vous ne pourrez plus lutter contre l'attraction du faisceau. Et cette fois, vous irez jusqu'au bout du voyage !

- Espèce de...

Benoît, fou de rage, serra les poings. Il se retenait pour ne pas lui sauter à la gorge.

Isdragarn éclata de rire.

- Viens, mon mignon, viens me taper avec tes petits poings de brume...

Claire dit d'un ton sec:

- Benoît, ne t'occupe pas d'elle. Elle essaie juste de nous démoraliser. On va y arriver ! Reste calme et rappelle-toi ce que je t'ai dit au sujet de la piscine !

- La piscine... Quelle piscine ? Oh ! s'écria-t-il alors que les conseils de sa sœur lui revenaient en mémoire.

Il prit un peu d'altitude et se mit à la verticale de son corps. Puis il s'imagina tomber comme une pierre.

Pendant un petit moment, il ne se passa rien. Et soudain, les autres virent son esprit aller très vite à la rencontre de son corps et disparaître !

Claire eut un sourire triomphant en direction d'Isdragarn qui paraissait stupéfaite.

- On dirait que le mignon a compris comment respirer seul !

Et elle "sauta" à son tour.

15. SECONDE CHANCE POUR ISDRAGARN

Lorsqu' Isdragarn ouvrit les yeux, elle vit devant elle la haute silhouette d'Aodren. Le jeune faé, habituellement si pondéré, avait l'air furieux.

La fée se releva et lui fit face avec un sourire provocant.

- Un problème, jeune homme ?

- C'est vous qui allez avoir un problème. Ce que vous venez de faire remet en cause le marché que dame Iowena a passé avec vous. Vous avez tenté de nous tuer !

Isdragarn éclata de rire.

- Vous tuer ? Drasque bleue, vous n'avez pas le sens de l'humour. Ce n'était qu'une plaisanterie, pas de très bon goût, je vous l'accorde, mais une plaisanterie tout de même. J'ai toujours adoré faire peur aux gens.

- Vous avez le culot d'essayer de nous faire croire ça ? Vous nous prenez vraiment pour des idiots ! Votre but était tout simplement de nous empêcher de revenir dans nos corps.

- Si j'avais voulu vous tuer, jeune sot, je l'aurais fait plus tôt. Il m'aurait été facile de vous abandonner là haut, mais je vous ai bien sagement ramenés sur Terre.

Aodren secoua ses mèches blondes.

- Vous ne me ferez pas avaler ça. J'ai bien vu comme vous nous regardiez dans la grotte: vous étiez persuadée que nous n'arriverions pas à nous réincarner. À ce moment, vous étiez si sûre de vous que vous n'avez plus caché vos véritables sentiments. Nous allons devoir en référer à dame Iowena.

- Tu te trompes, je n'aurais jamais pris le risque de vous faire du mal. Pas pour vos beaux yeux, mais parce que je n'ai pas du tout envie de me retrouver dans ma prison et encore moins d'y passer l'éternité en étant consciente. Je sais que je ne pourrais pas échapper à ma sœur et à ma mère, et qu'elles ne me louperaient pas en cas de problème.

- De toute façon, on n'a plus besoin de vous maintenant, dit Benoît. On sait comment partir et revenir, et on connaît l'endroit du faisceau.

Isdragarn le toisa d'un air méprisant.

- Ah, tu crois que tu n'as plus rien à apprendre de moi ? Alors dis-moi, toi qui es si malin, comment tu ferais pour retrouver un mort en particulier... Parce que c'est bien ce que vous cherchez, n'est-ce pas ? Quelqu'un que vous connaissez est mort, et vous aimeriez bien le ou la retrouver ! Non, c'est "le", je vois dans tes pensées que c'est un garçon...

Le garçon grimaça d'un air moins assuré.

Isdragarn poussa son avantage.

- Est-ce que tu as vu beaucoup de morts avec qui on pouvait avoir un contact, dans le faisceau, hein ? Tu saurais comment chercher quelqu'un de précis dans le flot des ectoplasmes ?

Vaincu, Benoît baissa la tête.

Aodren était sidéré. Isdragarn était arrivée à les coincer ! Ils étaient tous les trois conscients de son manque absolu de loyauté, mais elle avait tellement d'habileté et d'aplomb qu'elle parvenait à s'en sortir.

Il faudrait compter sur son expérience encore un peu de temps, mais Aodren se jura qu'elle ne s'en tirerait pas comme ça. Soit, ils avaient encore besoin d'elle, mais ensuite Iowena saurait la punir comme elle le méritait.

En attendant, ils devraient rester sur leurs gardes. Elle allait sans doute mijoter autre chose...

Isdragarn reprit pour ne pas leur laisser le temps de changer d'avis:

- Il existe des morts qui n'ont absolument rien à voir avec les ectoplasmes que vous avez vus dans le faisceau. Vous avez déjà pu remarquer qu'ils n'avaient pas tous la même apparence: la plupart n'ont presque plus de forme alors que certains ont réussi à préserver plus ou moins leur aspect antérieur.

La fée avait réussi à capter l'attention des trois amis. Ils l'écoutaient maintenant avec intérêt.

- C'est une question de personnalité et d'attitude face à la mort. Vous avez sans doute entendu parler du jugement dernier. Dans toutes les religions humaines ou presque, on dit qu'au moment de la mort, l'être est jugé d'après ses actes passés et envoyé à un endroit différent selon qu'il s'est bien ou mal comporté tout au long de sa vie, expliqua Isdragarn à leur grande surprise. Eh bien, le jugement dernier existe, mais pas comme on l'imagine. Ce sont les morts eux-mêmes qui font leur propre jugement au moment de mourir ! Chacun, au moment de vivre ce passage traumatisant qu'est la sortie de l'esprit hors du corps, est confronté à sa propre représentation du bien et du mal et a soudain une conscience aiguë des zones d'ombre et de lumière de sa vie. Le mort se retrouve en face de sa conscience et peut avoir plusieurs réactions: soit la mort le terrorise et il abandonne toute volonté et tout espoir; dans ce cas, il se retrouve vite emporté par le courant d'énergie vitale. Ou alors il est horrifié de ses manquements, de la vacuité et de la médiocrité de son existence et se jette dans ce qu'il pense être le néant. Son aspect est alors plus net, mais il se laisse aussi emporter avec la seule volonté d'en finir et d'oublier. Et puis il y a les autres, ceux qui sont en paix avec leur conscience, ceux dont la vie a été féconde et bien remplie, qui ont apporté leur pierre à l'édifice... ceux-là sont sans peur et pleins de curiosité. Ils ne cèdent pas à la panique, ne ressentent pas d'angoisse devant les faisceaux ou devant l'immensité de l'univers. La mort ne les effraie pas, ils y voient la possibilité d'apprendre pour l'éternité.

- Et ils sont où, ces morts-là ? demanda Benoît qui avait complètement oublié son ressentiment envers Isdragarn.

- Ils ont compris qu'on pouvait sortir du faisceau et qu'ensuite, on était libre de parcourir l'univers.

Benoît hocha la tête.

- Ben s'il faut quadriller tout l'univers pour les retrouver, on n'est pas sortis de l'auberge. C'est grand, l'univers !

Isdragarn eut un sourire entendu.

- Il y a des endroits qu'ils fréquentent plus que d'autres. Les morts ont aussi leurs petites habitudes !

- C'est où, ces endroits ? dit Benoît qui ne lâchait pas son idée.

Isdragarn leva le menton d'un air décidé.

- Tu ne crois quand même pas que je vais te livrer mes secrets ? Ensuite vous n'auriez plus besoin de moi, et ma chère soeur me collerait en taule. Non, pas question. Je viens avec vous et je vous montre les endroits moi-même. Ensuite, comme j'aurai rempli ma part du contrat, Iowena ne pourra que me relâcher.

- Bon, ça va. On ira tous les quatre. Mais au moindre doute sur vos intentions, la balade est finie et Iowena sera mise au courant, déclara Aodren d'un ton farouche.

Isdragarn lui adressa un sourire ironique.

- À tes ordres, grand guerrier. On y retourne tout de suite ?

Aodren réfléchit quelques instants. Ils avaient quitté le campement au petit matin, marché deux heures dans les galeries avant d'arriver à l'endroit du départ. Puis il y avait eu ce premier voyage très fatigant.

Il n'avait aucune idée du temps qui s'était écoulé depuis le début du voyage, mais celui-ci lui avait semblé durer des heures. Alors que pour leurs corps, il ne s'était peut-être écoulé que quelques secondes entre le départ et le retour, qui sait. En tout cas, il se sentait nerveusement épuisé.

Il regarda Claire. Elle ne disait rien et avait l'air fatiguée.

- On mange et on fait une petite sieste, décréta-t-il. Puis on fera un deuxième voyage.

Isdragarn haussa les épaules et alla s'asseoir à l'écart dans l'immense salle sous la cheminée.

Aodren hésita sur la conduite à tenir et décida de s'installer à quelque distance, dans la galerie par laquelle ils étaient arrivés, le plus haut possible pour ne pas se retrouver dans le lit de la rivière asséchée, qu'il savait correspondre à la nappe d'énergie vitale. Il ne fallait pas qu'ils soient emportés involontairement pendant leur sommeil...

Les jumeaux le suivirent sans mot dire et s'assirent

à côté de lui.

Le faé saisit quelques cailloux et les transforma en choses comestibles, tandis que Claire, plus prosaïquement, fouillait dans son sac pour en tirer des vivres.

Soudain elle tressaillit. Il y avait dans son sac des choses qui n'y étaient pas le matin même, elle en était absolument certaine: un joli pâté de légumes et une pâtisserie d'Illiriane!

La jeune fille exhiba ses trouvailles et chuchota:

- Iowena est venue pendant qu'on était là-haut! Regardez ce qu'elle nous a laissé...

- Youpi, ça tombe à pic! se réjouit Benoît qui était à la fois affamé et fatigué, ce qui n'en faisait pas le plus joyeux des compagnons. Ça veut dire qu'ils ne nous abandonnent pas, les autres.

- Ben évidemment qu'on peut compter sur eux. Je me demande d'ailleurs où est Iowena en ce moment, si elle est remontée à la surface ou pas.

- Je pense qu'elle a dû ressortir; si elle était trop près, Isdragarn pourrait percevoir sa présence. D'ailleurs on ferait bien de penser à autre chose, j'ai du mal à faire un écran mental autour de nous, je n'ai pas les dons d'Ileana ou d'Iowena pour ça..., dit Aodren.

Après leur repas, Benoît s'allongea.

- Je piquerais bien un petit roupillon, décréta-t-il. Seulement j'ai peur que l'autre garce nous joue un sale tour pendant qu'on dormira. On devrait peut-être se relayer pour la surveiller?

- Et tu prendrais le premier quart? ironisa sa sœur. Non, je pense que ce n'est pas nécessaire. On a bien dormi pas loin d'elle toute la nuit dernière sans qu'elle ne nous fasse rien ni ne s'échappe.

- Sauf que la nuit dernière il n'y avait pas un courant d'énergie vitale juste à côté, prêt à nous envoyer dans la mort en un rien de temps!

- On peut t'attacher, si tu veux, pour que tu ne risques pas de rouler au bas de la pente, sourit Claire.

Benoît grommela une phrase indistincte et se roula en boule. Quelques minutes plus tard, ils dormaient tous les trois.

16. UNE DISPARITION INEXPLICABLE

Le deuxième départ fut plus facile que le premier.

Ils ne perdirent pas de temps et émergèrent rapidement de la cheminée. Là, au lieu de filer vers le ciel, Isdragarn sortit du faisceau et se mit à survoler la montagne.

Son aspect les surprit. La fée était beaucoup plus nette que la première fois, moins ... transparente. Elle avait l'air fichtrement réel, on aurait presque dit qu'elle était faite de chair. Mais c'était impossible! Claire se promit de l'effleurer dès que possible pour en avoir le cœur net.

Isdragarn s'arrêta un peu plus loin et leur dévoila que les morts qui avaient eu le courage de résister à l'appel du faisceau se baladaient un peu partout dans l'univers, mais que souvent ils avaient un point d'ancrage dans l'un des endroits où ils avaient vécu, comme s'ils voulaient conserver un lien avec leur vie.

Elle leur demanda où vivait avant sa mort la personne qu'ils recherchaient.

Les jumeaux se regardèrent et répondirent d'une même voix " à Candoret".

- Vous allez devoir trouver cette ville. Moi, je ne pourrai pas vous aider, je ne connais pas la géographie du monde-du-dehors, dit Isdragarn.

Claire était stupéfaite, elle ne s'attendait pas à devoir faire des recherches sur Terre. Comment allait-elle pouvoir s'orienter? Elle ne pourrait pas compter sur l'aide de Benoît, qui était nul en géo, ni sur celle d'Aodren.

Elle eut un moment d'angoisse. Elle ne savait même pas où on se situait dans le monde-du-dehors! Elle essaya de se raisonner. Peut-être qu'en "naviguant" au jugé, ils finiraient par tomber sur une ville connue?

Mais tout d'abord: quelle pouvait être cette montagne? Elle n'était pas haute, c'était plus une succession de collines. Elle fouilla dans sa mémoire. Peut-être les premiers contreforts du massif central? À moins qu'ils ne se soient dirigés vers l'est et qu'ils soient déjà arrivés en Bourgogne?

Tandis que les autres attendaient plus ou moins patiemment qu'elle prenne une décision, immobiles à quelques dizaines de mètres de la cime des arbres, Claire observa le soleil. Puis elle réalisa que, ne sachant pas quelle heure il était, elle ne pourrait s'orienter de cette façon. Alors elle prit une direction au hasard, suivie par les trois autres.

Elle décida de longer une vallée assez large où coulait une rivière. Ils arrivèrent rapidement à un village dont le nom était inconnu de Claire. Il n'y avait personne, hormis un vieil homme qui cultivait son jardin. Quand elle l'aperçut, Claire fut tentée de se cacher, mais elle se rendit compte que les vieux réflexes n'avaient plus lieu d'être dans cette situation...

Isdragarn passa fièrement à quelques mètres du

bonhomme qui ne réagit pas. Et pour cause: ils étaient invisibles à ses yeux! Y compris la fée que Claire avait soupçonnée à tort de ne plus être qu'un simple esprit.

Ils continuèrent à suivre la rivière qui les mena à une coquette petite ville; celle-ci n'évoquait que quelques trop vagues souvenirs chez Claire. Là, il y avait plus de monde, et ils errèrent un peu au milieu de la foule; les gens ne les voyaient pas, ils pouvaient les toucher et même les traverser, c'était une impression très troublante.

Benoît était quant à lui très à l'aise. Il leur expliqua qu'il avait déjà vécu ça lors de son voyage dans le passé. Là aussi, il avait été un esprit immatériel et personne ne le voyait, excepté une femme qui devait avoir des dons particuliers et qui avait crié au fantôme en l'apercevant.

Le garçon s'amusa à crier à l'oreille des gens et fit même semblant de leur donner des coups. Claire le rabroua; elle trouvait son attitude infantile et choquante. Benoît haussa les épaules, il n'avait pas l'impression de faire quelque chose de mal.

Soudain le crissement des pneus d'une voiture les fit se retourner. Ils virent le véhicule arriver vers eux bien trop vite. Leur instinct de conservation les poussa à prendre rapidement de l'altitude, d'où ils observèrent la scène, impuissants à éviter le drame: la voiture rata le virage et percuta une mère et sa fille qui attendaient au bord du trottoir.

Horrifiés, les trois amis se précipitèrent mais ils ne pouvaient rien faire.

Les gens accoururent de tous côtés.

Le chauffeur de la voiture, hébété, semblait être indemne. La foule furieuse ouvrit la portière et le força à sortir, tandis que d'autres se portaient au secours des blessés.

La mère se releva saine et sauve, mais sa petite fille n'avait pas eu la même chance: elle restait allongée sans connaissance.

Les gens s'affairèrent fébrilement autour d'elle; un médecin qui se trouvait là lui prodigua les premiers secours, tandis qu'on appelait le Samu.

La petite fille était mortellement pâle, et le docteur avait l'air très soucieux.

Tout à coup, le trio vit avec horreur l'esprit de la petite fille sortir de son corps! Comme ils l'avaient fait aussi, elle se dégagea par l'arrière de sa tête et se retrouva au-dessus de son corps. Elle avait l'air complètement perdue. Soudain, elle les aperçut. Ils s'approchèrent d'elle tout doucement pour ne pas l'effrayer. Mais elle détourna les yeux et se désintéressa d'eux.

- Maman, je suis là! dit la petite en se tournant vers sa mère.

Mais celle-ci ne réagit pas. Elle était à genoux à côté du corps de sa fille et fixait le médecin d'un air désespéré.

- Maman, regarde-moi! Ne pleure pas, je suis là! répéta la fillette.

Elle tenta d'agripper le bras de sa mère mais sa main passa au travers.

Claire était affligée. C'était atroce!

Elle tenta de parler à la petite. Mais celle-ci ne l'écouta pas vraiment; elle commençait à lorgner vers le ciel et à avoir l'air absent. Elle s'éleva à quelques mètres au-dessus du sol.

Les trois amis se regardèrent. La gamine était attirée par le faisceau! Claire essaya de capter son attention. Elle lui montra sa mère en bas, qui serait affreusement triste si elle partait. Elle la supplia de retourner dans son corps pour continuer à vivre.

Mais la petite fille n'écoutait plus. Une expression

d'extase se lit sur son visage alors qu'elle contemplait le ciel.

Benoît commença à paniquer. Il lui hurla mentalement dessus en lui disant qu'elle était trop jeune pour mourir. La fillette tressaillit et sembla s'éveiller d'un rêve. Benoît lui ordonna de retourner dans son corps et l'entraîna juste au-dessus. Il lui expliqua comment plonger avec toute sa force de persuasion, tandis que les deux autres se plaçaient tout autour d'elle pour faire barrage.

La gamine essaya plusieurs fois de réintégrer son enveloppe, puis sembla se lasser et recommença à regarder en l'air.

Entre temps une ambulance était arrivée et les infirmiers commencèrent les électrochocs pour faire repartir le cœur de l'enfant. Sa maman pleurait à chaudes larmes à côté de la civière où on l'avait mise.

Les jumeaux se fixaient, catastrophés. La petite devenait de plus en plus pâle, c'était fichu, ils n'allaient pas réussir à la faire revenir!

Soudain, un étrange personnage apparut. C'était un mort, de toute évidence, avec sa silhouette grisâtre. Mais on distinguait bien ses traits de vieux loup de mer.

- Poussez-vous de là, les colorés! Vous n'y arriverez pas.

Et il entreprit de raisonner la petite fille. Celle-ci finit par se laisser convaincre et on la vit tomber comme une pierre vers son corps.

Quelques secondes plus tard, le médecin cria qu'ils l'avaient récupérée.

- Mais comment vous avez fait? demanda Benoît à l'esprit.

- C'est très simple, je lui ai parlé de tout ce qu'elle laissait et qu'elle ne connaîtrait plus de ce côté. Ses friandises préférées, les nounours à la guimauve, Cerfeuil son lapin nain, son petit frère Mickaël et sa fête d'anniversaire de dimanche.

- Mais... répéta Benoît abasourdi. Comment vous savez tout ça?

L'esprit haussa ses épaules immatérielles.

- Je suis mort, je sais certaines choses que vous autres ne savez pas. Il faut bien qu'il y ait un petit avantage, non?

Et il disparut.

- Oh zut! dit Claire. J'aurais eu plein de questions à lui poser. Et il aurait pu nous aider à trouver Candoret.

- En tout cas, on sait maintenant qu'il y a des morts qui ont "survécu", si on peut dire, et qu'on peut leur parler.

Isdragarn, qui n'en avait pas perdu une miette, se rapprocha.

- Il me semble que c'est-ce que je vous avais dit, non?

- Oui, mais sans préciser que les morts savaient des choses qui nous sont inaccessibles, rétorqua Benoît.

- Eh bien maintenant tu es au courant. C'est normal qu'on n'ait pas les mêmes possibilités. Nous, nous sommes vivants et encore rattachés à nos corps. Ça rend nos déplacements plus lents et malaisés, et ça nous coupe d'une certaine forme de connaissance. Mais si tu préfères être mort, on peut arranger ça assez facilement, railla-t-elle. Cela dit, après ce petit intermède touchant, on pourrait se remettre en route? J'ai une furieuse impression de perte de temps...

Claire serra les dents. Quelle personne désagréable! Comment son père avait-il pu tomber amoureux de cette femme sans cœur? Insensible au point de ne pas être touchée par la mort d'une petite fille...

La jeune fille se força à cesser de penser à Isdragarn

pour se concentrer sur sa mission. Il fallait qu'elle trouve Candoret. Et pour cela, inutile d'espérer trouver la ville au hasard de leurs pérégrinations.

- Je vais essayer d'y voir plus clair de là-haut, dit-elle.

Ils s'élancèrent tous les quatre vers le ciel. Bientôt on vit la ville entière, puis les environs, et enfin toute la région.

Mais Claire ne reconnaissait pas les lieux.

- Je n'ai aucun point de repère, je n'y arrive pas! se désola-t-elle. Rien ne ressemble plus à une ville qu'une autre ville... Et une forêt à une autre forêt.

- C'est sûr, il n'y a pas les noms..., dit Benoît pour une fois sans aucune ironie.

- Oh, je pourrais me gifler! gémit la jeune fille. À cause de moi on est bloqués!

- Ne sois pas si dure avec toi-même, la consola Aodren. C'est simplement qu'on n'avait pas prévu ça. Et en plus, on ne peut rien faire pour t'aider. Je suis sûr qu'avec un plan, tu ferais des merveilles.

- Tu as raison, il faut que je regarde le plan! Maintenant que j'ai deux noms de communes, je vais pouvoir m'orienter, s'enthousiasma Claire.

- Pourquoi, tu as un plan? s'étonna Benoît.

- Pas ici, bien sûr. De toute façon, je ne vois pas comment je pourrais transporter un plan en étant un esprit. Mais j'ai une carte dans mon sac à dos, tu sais, la fameuse carte qu'on a achetée le jour du carnaval pour trouver l'emplacement de la cinquième pierre. Je savais qu'elle ferait de l'usage!

- J'le crois pas! Ma sœur trimballe une carte de France dans son sac! Moi, si j'avais un sac, c'est pas une carte que j'aurais dedans...

- Oui, je sais, tu aurais des bonbons et des gâteaux. Un manga chiffonné. Une console de jeux. Et plein de papiers vides et de miettes dégoûtantes.

Benoît haussa les épaules, vexé.

- C'est pas plus débile qu'une carte de France à Edelynn. Faut avouer qu'il y a plus utile!

- Bon, arrêtez de vous disputer, les clones, comme disait Ileana, intervint Aodren.

- C'est pas Ileana qui nous appelait comme ça, c'était Stan, dit Claire d'une toute petite voix.

Sa remarque jeta un froid et leur rappela en même temps le but de leur voyage.

Benoît s'éclaircit la voix pour masquer son émotion.

- Et si on rentrait? Si j'ai bien compris, ce n'est pas la peine de s'entêter aujourd'hui...

Aodren quêta l'approbation de Claire. Celle-ci lui adressa un pâle sourire.

- Pour le retour, on te suit, Aodren, tu retrouveras le chemin de la grotte mieux que nous!

Ils refirent le trajet en sens inverse dans un silence pesant et arrivèrent rapidement en vue des montagnes.

L'entrée de la cheminée était absolument invisible dans le moutonnement des arbres, et si Aodren ne s'y était pas engouffré sans l'ombre d'une hésitation, les jumeaux ne l'auraient jamais retrouvée.

Les trois amis réintégrèrent le faisceau tandis qu'Isdragarn flânait en arrière. Après la liberté totale de l'air libre, ils ressentirent toute la force du courant contraire qui voulait les entraîner vers le ciel. Ils redescendirent dans la purée de pois du faisceau qui masquait le sol de la caverne à leur vue.

Enfin la nappe de brouillard s'éclaircit et ils aperçurent l'endroit où gisaient leurs corps.

Ils poussèrent un cri de surprise: il n'y avait plus que trois corps. Celui d'Isdragarn avait disparu!

17. ENFERMÉS SOUS TERRE

Zut alors! Elle est passée où? s'exclama Benoît dès qu'il eut réintégré son enveloppe physique. Vous croyez que quelqu'un a enlevé le corps d'Isdragarn pour qu'elle ne puisse plus se réincarner? Un de ses ennemis, peut-être?

Et il entreprit de scruter l'obscurité au fond de la caverne pour retrouver le ravisseur.

- J'en sais rien, répondit Aodren qui leva les yeux au ciel pour tenter d'apercevoir l'esprit d'Isdragarn avant de réaliser que c'était idiot. Si elle était là-haut, il ne pouvait plus la voir!

- Je peux vous assurer que personne n'a enlevé son corps, dit une voix sortie de la pénombre.

Et Iowena s'avança à leur rencontre dans la lumière du puits.

- Vous avez tout vu depuis le début? Qu'est-ce qui s'est passé? Les questions se bousculaient dans la bouche de Benoît.

- J'ai rejoint la caverne dès que j'ai senti que vos

esprits en étaient partis. Comme la première fois, je suis venue vérifier que tout allait bien, et j'ai tout de suite constaté que le corps d'Isdragarn n'était plus là.

- Quoiii! Il a disparu dès le départ? Tout seul? éructa Benoît.

- Oui. Au moment où son esprit l'a quitté, le corps de ma soeur s'est évaporé.

- Mais c'est impossible! Vous pensez qu'elle est morte?

- Bien sûr que non, réfléchis un peu, s'exclama Claire, un peu agacée. Si elle était morte, son corps serait resté là jusqu'à ce qu'il se décompose. Et son esprit aurait été gris. Non, elle a réussi à nous jouer un bon tour à sa façon, j'en suis certaine!

- Tu crois qu'elle l'a fait exprès? dit naïvement Benoît.

- Évidemment! Vous n'avez pas remarqué son apparence bizarre, pendant le deuxième voyage? Ça m'a frappée dès notre départ: elle paraissait très nette, comme si elle voyageait en chair et en os. Bien sûr, ce n'était pas le cas, sinon les gens l'auraient vue, en ville. Mon explication est la suivante: elle a trouvé le moyen d'emmener son corps avec elle, d'une façon ou d'une autre, même si ça semble dingue!

Iowena hocha la tête, pensive.

- Ça veut dire alors qu'elle a réussi à nous fausser compagnie. Je me console en pensant qu'elle ne vous a fait aucun mal, j'avoue m'être fait beaucoup de souci pour vous.

- Ce n'est pas faute d'avoir essayé, dit Claire.

Et elle raconta à la reine les tentatives d'Isdragarn pour les attirer vers le trou noir puis son refus de les aider à regagner leur corps.

Les yeux d'Iowena lancèrent des éclairs.

- La peste! La déloyale créature! Comment ai-je pu croire un seul instant qu'elle respecterait sa part du marché? Oh, si je la tenais...

- Elle a quand même tenu parole sur un point, la tempéra Aodren. Elle nous a montré où et comment partir dans le pays de la mort. Sans elle, nous n'y serions jamais arrivés.

- Mon brave Aodren, tu arrives toujours à voir le bon côté des choses, sourit Iowena. Tu as raison, oublions notre envie de réduire Isdragarn en bouillie pour ne plus penser qu'à ce qu'elle vous a appris. Cela a-t-il été profitable? Avez-vous retrouvé la trace de Stan?

- Non, pas encore. Mais nous avons bon espoir d'y parvenir, assura le faé. Nous tenons une piste, à vérifier lors de notre prochain voyage.

Le visage d'Iowena se voila de douceur.

- Ce serait merveilleux. Je me fais tellement de souci pour ma petite fille!

Elle secoua sa crinière blonde dans le même geste qu'Ileana.

- Quelles sont vos intentions, à présent?

- Eh bien, la seule chose à faire, c'est d'y retourner! On sait comment ça marche, on peut se débrouiller seuls, dit Aodren.

- Est-il indispensable que votre départ ait lieu dans cette caverne? Il serait plus simple et plus confortable de faire ça à la surface, remarqua Iowena.

Claire lui expliqua qu'il n'y avait pas de départ de faisceau à Edelynn, et que la caverne était à la frontière avec le monde-du-dehors.

- J'ai une autre idée, s'exclama Benoît. On pourrait carrément partir du monde-du-dehors, j'ai repéré un faisceau dans la petite ville où on était, je ne sais pas si vous avez fait attention.

Aodren acquiesça.

- Oui, je l'ai vu, il était au-dessus d'un endroit bizarre.

Benoît sourit.

- Cet endroit bizarre, comme tu dis, c'est un cimetière. C'est le lieu où on enterre les morts.

Les grimaces d'Aodren et d'Iowena ne lui échappèrent pas. Il haussa les épaules.

- Ben oui, les humains ne se vaporisent pas comme vous. Quand ils sont morts, ils se décomposent et au bout de plusieurs mois il n'en reste plus que les os. Alors on les met en terre deux ou trois jours après leur décès, pour qu'ils lui redonnent la matière dont ils étaient faits.

- "Tu es poussière et tu retourneras à la poussière", comme on dit dans la bible. Ou "tu es carbone et tu redonneras tes atomes à la terre", dans une version plus scientifique, ajouta Claire. Bon, on va arrêter de faire dans le glauque. Il y a un problème avec ton idée, frérot.

- Ah bon, lequel? Moi, je trouve que c'est plutôt une bonne idée. Ça nous éviterait de faire de la spéléo chaque fois qu'on veut aller dans le pays de la mort...

- Sauf que dans le monde-du-dehors, on n'aurait personne pour veiller sur nous, les fées ne voudraient pas aller se balader hors d'Edelynn. Et tu imagines la tête des gens, si on trouvait nos trois corps inanimés entre les tombes, un beau matin?

- Aaargh, ils nous mettraient à la morgue, et nous, on ne pourrait plus rentrer dans nos corps! Effectivement, vu sous cet angle...

Soudain, on entendit comme un roulement de tonnerre dans le lointain.

- C'est quoi, ça? Un orage? demanda Benoît.

Aodren secoua la tête.

- Non. J'ai senti des vibrations sous mes pieds...

Ils se tournèrent vers Iowena.

- Mes chers enfants, je crois qu'il vaut mieux remettre votre troisième voyage à plus tard. Ce bruit provient des galeries et il faut déterminer ce qu'il s'est passé.

La reine alluma une boule de lumière au creux de sa main et s'engagea dans le couloir qui remontait vers les mines.

Les signes qu'Aodren avait semés s'éclairaient au passage des deux fées et guidaient Iowena et Aodren vers la sortie. Les jumeaux ne pouvaient pas les voir, mais ils se contentaient de suivre les deux autres, vaguement inquiets.

La lumière d'Iowena faisait naître des ombres mouvantes sur les parois, qui ajoutaient encore à l'impression oppressante qu'ils ressentaient à plusieurs centaines de mètres sous la surface.

Au terme d'une longue marche, Aodren se tourna vers eux.

- Ce n'est plus très loin, je viens de voir le premier signe que j'ai tracé en arrivant dans la mine.

Mais le faé s'arrêta au bout de quelques mètres.

- C'est bizarre, on devrait voir le bout du tunnel maintenant.

Iowena baissa la main, et la boule lumineuse disparut. Ils se retrouvèrent plongés dans le noir absolu.

On entendit à nouveau la voix du faé.

- Normalement, à cet endroit, on y voyait encore grâce à la lumière du jour.

- Il fait peut-être nuit dehors? hasarda Benoît.

- Non, cette obscurité est totale. S'il faisait nuit dehors, l'impression serait différente, reprit Aodren.

Iowena ralluma la lumière et fit un tour complet sur elle-même pour observer les environs. Elle ferma les yeux un instant puis elle s'avança.

- Isdragarn est passée par là très récemment, je le sens.

- Isdragarn?

Le trio n'y comprenait plus rien. Comment Isdragarn avait-elle pu se trouver ici alors que son corps avait disparu de la caverne et que son esprit était derrière eux dans le pays de la mort?

Iowena continua à avancer.

- Regardez! Voilà l'endroit par lequel nous sommes entrés.

- Mais… il n'y a rien. Que des rochers! commenta Benoît.

- Exactement. Ça s'appelle un éboulis et c'est la dernière surprise de ma chère sœur si inventive.

- Un éboulis? Mais alors, on est enfermés? dit le garçon une octave plus haut.

- Oui. Et elle n'a pas fait les choses à moitié. Pour être sûre que vous ne puissiez pas déblayer, elle a vitrifié les roches pour en faire un mur infranchissable. Elle n'a pas dû percevoir ma présence, elle doit croire que vous êtes seuls. Il faut dire que je n'ai pas non plus senti la sienne, les épaisseurs de roche sont un isolant efficace.

- Mais vous allez pouvoir tenter quelque chose? chevrota Benoît.

Aodren le regarda sévèrement. Comment pouvait-il douter de dame Iowena?

- Bien sûr. J'ai le choix entre faire fondre son mur ou le faire voler en éclats. Je pense que je vais choisir la deuxième solution, car nous courrions le risque de nous brûler au passage des roches fondues. Il faut que vous reculiez. Allez vous mettre à l'abri dans une autre galerie.

- Mais on n'y verra rien, dit Benoît.

- Très juste. Approche, Aodren, je vais te remettre la lumière. Ne la laisse pas brûler toute ton énergie; si tu te sens faiblir, jette-la au loin.

Elle diminua fortement l'intensité de la boule

lumineuse et la fit glisser sur la paume du faé.

- Ça va? Surtout, ne présume pas de tes forces.

- Ouah, ça fait un drôle d'effet, dit le faé. Comme si elle s'était réglée sur mon âme.

- C'est un peu ça. Mais n'hésite pas à t'en débarrasser, je n'aimerais pas qu'elle te vide de tes forces.

Les trois amis s'éloignèrent et se cachèrent à demi dans un tournant. Cependant, ils étaient si curieux de voir Iowena à l'œuvre qu'ils tendirent le cou.

La reine fut tout à coup vêtue d'une armure destinée à la protéger des éclats. Elle leva les bras et déchaîna la puissance de sa foudre sur le mur. Le verre refléta l'aveuglante lueur bleue et se fissura dans un grand bruit. Iowena réitéra son attaque et la paroi explosa, projetant des milliers de bouts de roche vitrifiée.

Aodren perçut le souffle d'air du dehors avant les autres et se précipita. Iowena avait réussi à ouvrir une brèche!

Iowena reprit la boule de lumière dans sa main et éclaira fortement la scène.

- Faites attention où vous mettez les pieds, surtout ne vous blessez pas! recommanda-t-elle. Je passe devant, je préfère vérifier que les parois tiennent le choc.

Elle ouvrit la marche et se dirigea vers la sortie, ses pas crissant sur le sol.

Arrivée au dehors, elle s'arrêta brusquement.

- Un problème? demanda Benoît en accourant avec les deux autres.

Ils stoppèrent net aux côtés d'Iowena.

En face d'eux se tenaient quatre étranges personnes avec de minuscules cornes sur le front.

18. LE CINQUIÈME PEUPLE

Où se trouve Isdragarn? demanda l'une des créatures d'un ton peu amène.

Aodren se fâcha.

- Comment osez-vous parler sur ce ton à dame Iowena? Elle est la reine des fées, et, qui que vous soyez, vous lui devez le respect!

L'expression de la créature s'adoucit. C'était un mâle, de toute évidence, qui ressemblait à un homme comme deux gouttes d'eau, n'étaient ces étranges petites protubérances sur son front. Il était de taille moyenne, comme ses trois compagnons, et tous avaient de magnifiques yeux brun vert, des cheveux brun foncé et dégageaient une impression de vitalité incroyable.

- Je vous prie d'accepter nos excuses, dame Iowena. L'accueil que nous vous faisons n'est pas digne de vous. C'est que l'un des nôtres nous a signalé qu'Isdragarn se trouvait dans ces galeries et que nous aurions deux mots à lui dire.

- Et je vois à votre ton que ces deux mots ne seraient

pas des mots doux, sourit Iowena. Ma sœur a le don de se faire des amis, on dirait. Mais d'abord, auriez-vous l'obligeance de me dire qui vous êtes? Je ne crois pas avoir jamais rencontré de représentants de votre peuple...

La créature sourit à son tour.

- Nous sommes des korrigans. Vous devriez nous connaître, votre peuple et le nôtre ont vécu bien des aventures communes. Mais il est vrai que cela s'est passé il y a très longtemps et qu'on a réussi à nous faire oublier nombre de choses... Maintenant, dame Iowena, nous direz-vous où se trouve votre sœur?

- Je l'ignore complètement. Elle nous a faussé compagnie, et à l'heure qu'il est, elle est sans doute loin.

- Dans ce cas, nous n'avons pas une minute à perdre! dit le korrigan.

Et ils disparurent tous les quatre instantanément, laissant Iowena et le trio bouche bée.

- Ça alors, c'était qui, ces types? demanda Benoît. C'est sans doute eux qu'on a vus en arrivant, ceux qu'Isdragarn a foudroyés en les traitant de tous les noms!

Iowena fronça les sourcils, elle ne comprenait pas. Le garçon lui expliqua l'étrange incident qui avait eu lieu sur le chemin de montagne la veille de leur entrée dans les grottes.

- Vous ne les connaissiez vraiment pas? demanda Benoît à la reine.

Iowena soupira.

- Non, pas le moins du monde. Mais eux ont l'air de bien connaître les fées, surtout Isdragarn qui ne semble pas leur inspirer une grande passion.

- Ce sont peut-être des créatures de Naragd, hasarda le garçon.

- Non, ils sont trop bien fichus pour ça et ils ont l'air parfaitement équilibrés, rétorqua Claire. Les créatures de Naragd étaient toutes monstrueuses et instables. C'est sans doute d'anciennes créations des elfes, comme tous les autres. Un peuple de plus, quoi. Ou alors une variation sur le thème des fées. Ils leur ressemblent plus que les ondines qu'on avait rencontrées près des chutes d'eau, tu te souviens? Or les ondines, les dryades, les sirènes et les fées appartiennent à la même famille.

- Mmm, possible. En tout cas, moi, ce qui m'épate, c'est qu'ils sachent tous se rendre invisibles. Fortiches, les gars, conclut Benoît.

Iowena secoua la tête.

- Non, détrompe-toi, ils ne sont pas devenus invisibles, sinon j'aurais continué à percevoir leur présence. Ils ont disparu purement et simplement. Quant à être une espèce cousine de la nôtre, j'en doute. Je serais au courant! De plus, leur tournure d'esprit est étrange. Encore un mystère à ajouter à la liste déjà nombreuse de choses étonnantes de ces derniers temps...

Un glapissement familier se fit entendre, suivi d'un bruit de battements d'ailes frénétiques. Quelques secondes après, plusieurs tordakyls se posèrent devant eux avec leurs "cavaliers" humains, suivis d'Ingvarna et de quelques fées.

Ingvarna avait mis comme à son habitude des ailes de drasque, qu'elle fit disparaître dès qu'elle eut touché le sol, car elles l'auraient déséquilibrée. Les fées qui l'accompagnaient portaient plus classiquement des ailes d'oiseaux divers, et les jumeaux se dépêchèrent de les admirer avant qu'elles ne les enlèvent. Ils n'avaient jamais vu autant de fées ailées à la fois!

Ingvarna parut très surprise de voir Iowena en

compagnie du trio.

- Où est passée Isdragarn? demanda-t-elle tout de go, sans même les saluer.

- Une minute, maman. As-tu perçu la présence de ceux qui viennent de nous quitter? lui dit Iowena.

Ingvarna fronça les sourcils.

- Mais de qui parles-tu?

- D'eux.

La reine montra sur sa paume tendue une image holographique des korrigans.

- Connais-tu ces gens?

- Pas le moins du monde? Qui est-ce?

- Ils disent être des korrigans et semblent bien nous connaître. Ils ont l'air d'en vouloir à Isdragarn pour je ne sais quelle raison. En tout cas, ils étaient si pressés de la retrouver qu'ils se sont volatilisés sous nos yeux. Ils possèdent visiblement la faculté de se dématérialiser.

La vieille reine affichait une moue perplexe.

- Jamais entendu parler de korrigans. Vous les avez trouvés où, ces drôles d'oiseaux?

- Ils nous attendaient à la sortie de la grotte. Mais ils n'ont pas perdu de temps en grands discours, ils se sont tout de suite lancés à la poursuite de ma chère sœur.

Ingvarna perçut le ton ironique de sa fille.

- Ça ne s'est pas passé comme prévu avec elle?

- En partie si. Elle a effectué deux voyages avec les jeunes, comme convenu. Mais elle a tenté de les perdre à plusieurs reprises. Et la deuxième fois, elle n'est pas rentrée avec eux, elle a manifestement trouvé le moyen de filer.

Et Iowena leur raconta en détails les méfaits d'Isdragarn, en terminant par le récit de l'éboulement.

Ingvarna secoua la tête, accablée.

- Isilda avait raison sur toute la ligne, on ne tirera jamais rien de bon de ta vaurienne de jumelle. A-t-elle au moins pu mettre les jeunes sur la voie, pour Stan?

Claire et Benoît firent signe que oui.

Comme le soir tombait, Iowena proposa qu'ils s'installent tous devant la grotte pour bivouaquer et que les jeunes racontent pendant la veillée ce qu'ils avaient vu dans le pays de la mort. Les fées et les humains organisèrent rapidement un camp confortable et tous s'assirent pour dîner ensemble.

Pendant le repas, on vit arriver Arak et Astara, et Iowena eut l'idée de demander à la licorne si elle savait où se trouvait Algaroth, la licorne d'Isdragarn.

À sa grande surprise, la compagne d'Ileana déclara qu'Algaroth avait filé vers le nord-ouest dès que sa maîtresse était entrée dans le défilé avec Aodren et les jumeaux.

Il n'y avait rien de plus à tirer d'Astara, aussi Iowena n'insista-t-elle pas. Mais l'information la turlupina pendant un moment. Algaroth avait sûrement eu des ordres, sans doute savait-elle déjà que sa maîtresse n'aurait plus besoin de monture à cet endroit. Et qu'y avait-il au nord-ouest? C'était vague... La reine se souvint soudain qu'Imraëgg et Astella avaient parlé d'un abri à proximité du château de Naragd, dans lequel se serait peut-être réfugiée Iolann. Oui, ça se tenait. Algaroth avait dû aller se mettre à la disposition de la fille dégénérée de sa sœur, en attendant qu'Isdragarn les rejoigne.

Tout à coup, Iowena réalisa que les filles d'Isdragarn devaient aussi avoir été appariées avec des licornes! Isdragarn tenait beaucoup à cette tradition, elle l'avait sans doute suivie pour ses filles... La reine nota mentalement de s'informer auprès de sa propre licorne de l'éventualité de l'existence de bébés licornes nés de sa sœur jumelle Algaroth. Un bébé licorne était bien plus facile à pister qu'une adulte, et celui d'Iolann pourrait les conduire tout droit à sa jeune maîtresse!

Après le repas, les fées allumèrent un grand feu, et la veillée commença.

Au moment de raconter les dernières aventures du trio, Iowena pria Aodren de prendre la parole, car il avait comme toutes les fées la faculté d'amplifier sa voix pour que tous l'entendent parfaitement.

Il résuma leurs deux voyages et leurs perspectives - en français, par égard pour Martin et ses semblables, qui ne possédaient encore que des rudiments d'elfique - et termina en déclarant qu'ils avaient l'intention d'effectuer leur troisième tentative le lendemain.

Puis, tandis que Iowena et sa mère se perdaient en conjectures au sujet des korrigans, les conversations des autres se firent plus badines et finirent par tarir.

La nuit était déjà bien avancée, et chacun s'installa pour dormir.

Pour la première fois depuis des jours, Claire se sentait profondément heureuse et en sécurité, parmi ces personnes amicales et familières. Elle se serra contre Aodren qui la prit tendrement dans ses bras. Ils contemplèrent silencieusement les étoiles, ces étoiles qu'ils reverraient de près le lendemain...

19. DÉPART À QUATRE

Le matin suivant fut radieux, à croire que le soleil et le ciel turquoise voulaient dissuader le trio de retourner dans la froide obscurité des grottes.

Après le petit-déjeuner, on discuta du programme de la journée pour les différentes factions. Il était entendu que les jumeaux et Aodren retourneraient dans la caverne, et que Iowena les y accompagnerait pour les surveiller.

Mais les autres fées et les humains n'avaient pas encore réfléchi à ce qu'il convenait d'entreprendre à présent qu'Isdragarn avait disparu.

Ingvarna se décida rapidement.

- Je crains qu'Isdragarn ne renonce pas si facilement à nuire aux jeunes gens et je pense que nous ne serons pas trop de deux pour les protéger.

Cependant, elle laissa les autres fées libres de choisir si elles voulaient rentrer à Illiriane ou rester avec elle.

Les humains demandèrent l'avis de Iowena, ils s'en remettaient entièrement à sa décision. La reine les remercia de leur aide mais estima qu'elle n'était plus nécessaire à présent que sa sœur ne constituait plus une menace immédiate.

Cependant Martin n'avait rien dit. Il ruminait dans son coin, et Iowena, qui lisait sur son visage comme dans un livre, lui sourit.

- Vous souhaitez rester, Martin?

- Oui, majesté. C'est que... Cette grotte, elle débouche sur le monde-du-dehors.

- Et le monde-du-dehors vous attire? Vous êtes pourtant de ceux qui ont décidé de rester à Edelynn.

- Certes. Ma famille vit ici depuis de très nombreuses générations, Edelynn est ma patrie. Mais même si je n'ai pas envie d'aller m'établir là-bas, je suis curieux de voir à quoi ressemble le monde-du-dehors et je serais désireux d'accompagner Aodren et les jumeaux dans leur troisième voyage.

Benoît hoqueta.

- Mais c'est dangereux! Ce n'est pas comme une simple promenade!

Martin sourit.

- Vous le faites bien, vous. Et j'ai l'habitude du danger, le pays de la mort ne peut pas être pire que les trolls ou les monstres de Naragd.

Il se tourna vers Iowena pour quêter son assentiment.

- Eh bien, si tel est votre souhait... Je vais demander à mes sœurs de voyager avec vos amis pour les ramener à votre village.

Les fées firent disparaître les dernières traces du campement et on harnacha les tordakyls qui se mirent à caqueter, impatients de repartir. Les hommes montèrent en selle et les fées s'équipèrent d'ailes solides.

Benoît les regarda bouche bée. La scène était digne d'un film fantastique!

Bientôt tous furent prêts; fées et tordakyls prirent leur envol après un dernier signe d'adieu.

Les trois humains et les trois fées restants se retournèrent et contemplèrent quelques instants l'entrée déchiquetée de la mine.

- Bon, quand il faut y aller... soupira Benoît.

Et ils descendirent dans les profondeurs de la terre sous la direction de Iowena qui les éclairait, tandis qu'Ingvarna fermait la marche. À chaque intersection, les signes placés par Aodren flamboyaient et indiquaient la voie à Iowena.

Le voyage parut plus court aux trois amis, peut-être parce qu'ils connaissaient déjà le chemin et qu'ils se sentaient en sécurité avec les deux reines.

Lorsqu'ils arrivèrent dans la caverne, Claire manifesta le souhait d'étudier sa carte.

- Il faut que je repère le village et la petite ville que nous avons vues pendant notre dernier voyage et que j'en déduise dans quelle direction et à quelle distance se trouve Candoret. Et il faut que je retienne un maximum de points de repère, lacs ou cours d'eau. Aodren, tu as une mémoire prodigieuse, tu pourras m'aider. Pendant ce temps, Benoît, tu peux donner à Martin toutes les indications nécessaires pour le voyage. Et n'oublie pas de lui dire comment revenir!

- T'inquiète, je vais tout lui expliquer.

Et Benoît entraîna Martin à faible distance du tas d'ossements pour lui inculquer les rudiments du voyage dans la mort, suivi par Iowena et Ingvarna, très curieuses de s'instruire aussi.

Claire étala sa carte sur le sable, à un endroit où la lumière venue de la cheminée était suffisante pour qu'on y voie bien, et se mit à chercher les deux communes traversées la veille.

Claire remarqua que la petite rivière qui les traversait

se jetait dans une rivière plus importante dont le nom lui était connu. Puis elle repéra une forêt à quelques dizaines de kilomètres, surmontée d'un chapelet d'étangs.

Ainsi, de fil en aiguille, elle remonta jusqu'à la ville de Candoret.

Quand elle fut certaine que son ami avait enregistré tous les détails qu'elle lui avait donnés au fur et à mesure, elle replia la carte et la remit dans son petit sac à dos. Et ils allèrent rejoindre les quatre autres à l'endroit du départ.

- Nous sommes prêts, déclara-t-elle. Martin est au courant de tout?

- Affirmatif, chef! répondit Benoît. Il en sait autant que moi. Bon, ben c'est parti!

Et il montra l'exemple en s'allongeant dans le sable sur l'un des emplacements libres d'ossements. Les trois autres en firent autant, et ils fermèrent les yeux pour se détendre et atteindre progressivement l'état de relaxation nécessaire.

Ils entendirent encore la voix de Iowena leur recommander d'être prudents, et sombrèrent dans l'inconscience.

20. UNE RENCONTRE INATTENDUE

Martin ouvrait des yeux ronds. Le premier village survolé lui avait semblé gigantesque par rapport à son hameau d'Edelynn. Mais à présent qu'ils approchaient de l'agglomération de Candoret, sa stupéfaction n'avait plus de bornes.

Benoît s'amusait beaucoup de sa surprise et de sa naïveté et lui commentait tout ce qu'ils voyaient, aussi fier que s'il avait inventé maisons, routes, ponts et voitures lui-même.

Claire filait en tête avec Aodren; elle était pressée de passer en revue tous les endroits susceptibles de servir de refuge à Stan.

Ils arrivèrent bientôt en vue du foyer d'Arbassols, côté parc.

Benoît fit la grimace.

- Ça m'étonnerait franchement que Stan ait choisi le foyer comme QG ! Il ne l'aimait pas plus que moi, cette baraque.

Claire haussa les épaules.

- Arrête donc de critiquer le foyer ! On n'y a vraiment

pas été malheureux, et l'endroit est plutôt chouette. Tu ne trouves pas ? demanda-t-elle à Aodren.

Le faé eut une moue appréciatrice.

- Oui, c'est assez impressionnant. Le bâtiment est majestueux et il y a beaucoup d'arbres.

Ils contournèrent le "château" pour survoler la roseraie, la place de jeux et la cour. Mais l'endroit préféré de Stan, un banc à l'écart, était vide.

Soudain, Benoît eut un hoquet.

- C'est pas vrai ! Vous voyez ce que je vois ? dit-il en désignant la maison du concierge.

Un esprit grisâtre était juché sur le toit !

Les quatre amis approchèrent précautionneusement et Claire poussa un petit cri: l'esprit avait les traits reconnaissables entre tous du père Marcel, le concierge !!!

Le vieil homme semblait toujours aussi irascible.

- Je vous reconnais, garnements ! Qu'est-ce que vous me voulez ? Même mort, il faut encore que vous me cherchiez des noises !

Claire tenta de l'apaiser.

- Mais pas du tout, père Marcel. On est très contents de vous voir, au contraire ! On ne s'attendait pas du tout à vous rencontrer, surtout dans cet état. Que vous est-il arrivé ?

- Je me suis noyé dans l'Arbasse en sortant du restaurant sur la place. J'ai toujours pensé qu'un jour quelqu'un tomberait à l'eau à cet endroit. J'avais pourtant dit au maire que c'était dangereux ! Eh ben voilà, ça a été pour ma pomme.

Les jumeaux se regardèrent furtivement. Le concierge avait dû se remettre à picoler et à fréquenter le bistrot du village... À tous les coups il était ivre quand l'accident s'était produit ! Car aucun endroit n'était véritablement dangereux à Arbassols, du moins quand on était dans son état normal.

Le seul à avoir fait un vol plané dans l'Arbasse était Stan, à leur connaissance, et encore, c'était parce qu'Ileana lui avait joué un tour à sa façon.

- Père Marcel, est-ce que vous vous souvenez de Stan ? demanda Claire.

- Le garçon teigneux qui ne faisait que des c..., euh des bêtises, précisa Benoît.

- Ah ça, je me souviens bien de lui. Vous, à côté, vous étiez des anges, et pourtant... Ce qu'il a pu m'en faire voir, avec sa bande de délinquants !

- Il est mort il y a quelques semaines en tombant dans un volcan en éruption. Vous ne l'auriez pas vu traîner par ici, des fois ?

- Mort ? Ce morveux ? Ben ça alors !

Le concierge accusait le coup. Il n'avait plus du tout l'air en colère, à présent.

- Oui, il essayait de désarmer un terroriste et il est tombé dans la fissure, expliqua Claire, soucieuse de redorer le blason de Stan.

- Ça alors ! répéta le père Marcel sous le coup de l'émotion. Il était bien trop jeune pour mourir...

Le concierge avait l'air au bord des larmes. Ça peut pleurer, un esprit ? se demanda Benoît, curieux.

- On pensait que peut-être il serait venu se réfugier ici, dit Claire, dépitée.

Mais Stan n'était visiblement jamais revenu au foyer. Ce que confirma le père Marcel en secouant la tête.

- Non, je ne l'ai jamais revu. Ça fait des années que je ne l'ai plus vu. Il est parti du foyer l'été où vous avez disparu. Ah mais, au fait, ça me revient maintenant ! Qu'est-ce qui s'est passé avec vous cette année-là ? On peut dire que vous en avez donné du souci à vos éducateurs !

Claire regarda son frère. Que dire au concierge,

sans entrer dans de fastidieuses explications ?

- On a retrouvé nos parents, tout simplement. Du coup, on n'est plus jamais revenus.

Le concierge reprit son air méfiant habituel. Il plissa les yeux.

- Mais pourquoi vous êtes tous morts ? Et comment ça se fait que vous ne soyez pas gris comme les autres ? Et qui c'est, les deux autres?

Les autres se regardèrent. Visiblement, le père Marcel n'était pas au courant pour les colorés. Il avait dû venir ici dès sa mort et ne plus en bouger...

- Bon, on va vous laisser. On était juste venus voir Stan...

- C'est ça, allez faire vos bêtises ailleurs, bande de galopins ! dit-il en grommelant et en leur tournant le dos pour aller se jucher sur le mur au bord de son ancien jardin.

Benoît fit la grimace.

- Il ne s'est pas arrangé, le père Marcel. Aussi désagréable mort que vivant. Et en plus, il a l'air de perdre la boule.

- Je ne pense pas qu'il ait dit n'importe quoi au sujet de Stan, mais je propose qu'on aille quand même jeter un œil rapidement... dit Claire.

Et elle vola vers le château qui semblait désert, comme toujours quand les enfants étaient à l'école. Au moment de traverser la monumentale porte d'entrée, elle s'arrêta. Aodren et Martin ne se pressaient pas, ils écoutaient les explications de Benoît qui leur faisait faire le tour du propriétaire.

La jeune fille haussa les épaules et entra dans le bâtiment, laissant les trois autres à leur visite. Elle parcourut rapidement les étages en commençant par la "grotte" au sol-sol et eut une petite bouffée de nostalgie en constatant que rien n'avait changé depuis leur départ. Les petites chambres étaient toujours les mêmes, comme les pièces communes et les portes battantes dans les couloirs.

Seul le personnel s'était renouvelé, et elle aperçut quelques nouveaux visages d'éducateurs dans les bureaux.

Elle finit son inspection en passant par le toit du château et de la maison jaune. Puis elle retrouva les trois autres dans la cour.

- Le concierge avait raison, aucune trace de Stan. Allons à Candoret ! suggéra Claire.

- À Candoret, ça va être la même chose, râla Benoît.

- Oh toi, ne fais pas ton père Marcel, espèce de galopin ! le rabroua sa sœur. T'as une autre proposition, puisque tu es si malin ?

Benoît ne répondit pas. Il n'avait aucune idée de l'endroit où chercher Stan.

- Tu veux qu'on aille où, exactement ? dit-il pour montrer sa bonne volonté.

- On pourrait passer par la place d'Arbassols, puisqu'il zonait parfois près de la fontaine. Et ensuite, je propose qu'on aille au collège de Candoret.

Benoît ricana.

- Ah oui, t'as raison, lui qui était tellement attaché au collège...

Claire se fâcha.

- Premièrement, c'était un bon élève ! Il était peut-être agressif, mais il avait toujours de bonnes notes, lui. Meilleures que les tiennes, de toute façon. Et deuxièmement, si tu n'y crois pas, tu n'avais qu'à rester à Edelynn au lieu de jouer à l'oiseau de mauvais augure, parce que tu commences sérieusement à m'énerver.

- Bon, bon, on reste calme. Va devant, je te suis.

Claire serra les lèvres et prit son envol. Elle longea à

toute vitesse le petit lotissement adjacent au foyer et arriva au centre du village, sur la place où ils prenaient le car tous les matins pour aller en classe.

Il y avait toujours la boulangerie, les arbres et la fontaine, mais pas de Stan.

Ils traversèrent la forêt en suivant la route de très haut et se retrouvèrent rapidement au collège.

Aodren et Martin écarquillaient tous deux les yeux, mais pas pour les mêmes raisons: Aodren parce qu'il trouvait les bâtiments particulièrement laids, et Martin parce que rien à Edelynn ne l'avait préparé à une telle vision.

Ils survolèrent rapidement l'école et le gymnase, puis ils allèrent faire un tour aux Pâquiers, le quartier où Stan avait vécu avec son père malade avant de venir à Edelynn.

Claire passa à travers les murs pour s'assurer que Stan ne s'était pas réfugié dans l'appartement qu'il avait occupé, mais une autre famille s'était installée là.

En attendant qu'elle revienne, Benoît s'assit avec les deux autres sur le toit de la maternelle des Pâquiers et observa quelques instants en silence les enfants qui criaient et couraient dans la cour de récréation. Il était d'humeur un peu sombre, mais la vue de Martin qui regardait les petits avec stupéfaction lui rendit sa bonne humeur.

- Ça grouille de petits humains, hein ? Et encore, là ils ne sont qu'une centaine. Sur Terre, ils sont des millions...

Le pauvre Martin avait l'air un peu perdu au milieu de ces hautes tours sinistres.

Claire arriva sur ces entrefaites.

- On fait encore le centre ville, d'accord ?

Benoît haussa les épaules sans rien dire, mais Aodren acquiesça.

Ils prirent de la hauteur pour mieux se diriger et filèrent à toute allure vers la vieille ville en se repérant aux clochers de la cathédrale.

- Regardez ça, Martin, dit Claire. Il y a de quoi être fier d'être humain, non ?

Mais Martin ne regardait pas l'architecture somptueuse de l'église. Il montrait quelque chose du doigt.

- Des esprits, là... Ils sont nombreux, on dirait.

En effet, on voyait des formes grises un peu partout sur le toit de la cathédrale, perchées sur les gargouilles et sur les statues. Et elles venaient à leur rencontre !

- Des colorés ! Vous venez nous narguer, hein ? Retournez d'où vous venez !

Les quatre amis reculèrent, choqués par l'agressivité des morts.

- Excusez le dérangement, dit Claire d'une petite voix. Nous ne faisons que passer... Nous cherchons un jeune mort nommé Stan. Il doit avoir dans les dix sept ans et a dû arriver récemment. Vous le connaissez ?

- Et ils nous prennent pour un club de rencontres, en plus ! On va s'occuper d'eux, et leur faire perdre leurs belles couleurs !

Une voix mentale pleine d'autorité se fit entendre.

- Laissez-les ! Vous n'avez pas honte ? Vous les avez terrorisés avec votre mauvais théâtre.

Un esprit à l'allure très digne venait de sortir de derrière une cloche, suivi de quelques autres.

- Ne les écoutez pas, ils se font plus méchants qu'ils ne le sont. Je me présente: je me nomme Théobald Menès, j'ai été premier magistrat de cette bonne ville de 1594 à 1612, année de mon décès. Et voici mes adjoints, Lucius Quintus, mort au premier siècle, et Séraphin Guillemin, mort en...

- Monsieur Guillemin !!! crièrent Claire et Benoît

d'une même voix. Mais c'est incroyable !

- Les jumeaux ! s'exclama le vieil homme. Ça par exemple ! Vous avez trouvé le moyen de vous promener dans le monde de la mort... Vous êtes décidément pleins de ressources !

Théobald Menès s'étonna.

- Vous vous connaissez ? C'est bien la première fois que j'assiste à des retrouvailles entre un mort et des vivants qui l'ont connu...

- Ces jeunes personnes sont venues plusieurs fois dans ma boutique se renseigner sur un sujet qui leur tenait à cœur. Vous savez, je vous en ai parlé à plusieurs reprises: Edelynn, le monde des cinq peuples.

Lucius Quintus s'esclaffa. Il portait coquettement une tunique, une toge et des sandales à la romaine.

- Mon cher Séraphin, vous savez bien que votre pays mystérieux n'existe pas. Nous le saurions, si ce n'était pas une chimère.

- Mais si, Edelynn existe ! Vous aviez raison, monsieur Guillemin. Nous y sommes allés, et c'est grâce à vous ! dit Claire, véhémente.

L'ancien libraire en fut comme foudroyé. Il bredouilla:

- Edelynn existe ? Mais comment se fait-il que je ne l'aie jamais trouvée ? J'ai été tellement frustré depuis ma mort de ne pas pouvoir percer ce mystère !

- L'explication, c'est que Edelynn se trouve dans une autre dimension, et qu'elle est séparée de notre monde même dans la mort, sauf à un endroit, dit Claire.

- Et comment avez-vous réussi à y aller ?

- Nous avons trouvé Fonpierre par hasard, vous savez, la fameuse porte dont le mi-elfe vous avait parlé. Ce sont des archéologues travaillant sur des ruines gallo-romaines qui nous ont dévoilé l'existence de ces vestiges.

- Et cette porte se trouve où ? demanda monsieur

Guillemin, comme transfiguré.

- Dans la forêt du Roussail, près de Cantargues. À quelques dizaines de kilomètres à l'est de Vergneray. On vous montrera, si vous voulez. Peut-être qu'un esprit peut aussi passer par les portes ?

Théobald prit la parole.

- Je vous prie d'excuser cette interruption, mais nous serions mieux là-bas pour discuter.

Il désigna les cloches.

- C'est notre endroit préféré. Ici, nous avons une vue panoramique sur la ville, expliqua-t-il. Pas que nous ayons besoin de nous asseoir, mais nous tenons à garder des habitudes civilisées.

De fait, l'espace entre les quatre grosses cloches était grand, et ils s'assirent en rond, libérés des regards inquisiteurs des autres esprits.

Guillemin revint dans le vif du sujet.

- Racontez-moi tout, je suis terriblement impatient de vous entendre.

Claire jeta un regard embêté aux trois autres. Elle n'avait rien contre le fait d'étancher la curiosité légitime du vieil homme, mais ils étaient venus dans un but bien précis. Benoît haussa les épaules et fit une discrète mimique qui signifiait qu'ils n'étaient pas à une heure près.

C'est d'ailleurs Benoît qui prit la parole.

- Vous vous souvenez d'Ileana, la fille blonde qui nous accompagnait ?

- Oui. Elle avait l'air de ne pas croire à mes histoires de fées, dit Guillemin, un peu dépité.

Les jumeaux éclatèrent de rire.

- Monsieur Guillemin, vous êtes bien assis, on peut vous faire une révélation ? Ileana *est* une fée. D'ailleurs, le garçon que voici en est une aussi.

Le vieux libraire fixa Aodren d'un air hébété.

Aodren lui sourit et fit apparaître ses ailes, des ailes dont il n'avait nul besoin dans le pays de la mort.

- C'est fantastique ! s'écria Guillemin après quelques secondes de mutisme. C'est le plus beau jour de ma vie ! Enfin j'ai la preuve que je n'ai pas consacré toutes ces années à des folies. Et toi, Lucius, tu me dois des excuses.

Lucius grommela pour la forme.

- Bon, bon, je reconnais que tu avais raison. Ça va, tu es content ?

Guillemin rayonnait.

- Et vous dites que je vous ai aidés...

- Oui, c'est vous qui avez mentionné le nom de Fonpierre. Quand nous avons entendu ensuite les archéologues le prononcer, nous avons su que nous touchions au but.

- Je comprends maintenant ! Votre amie fée voulait retourner chez elle !

- Exactement. Elle était arrivée par une porte à sens unique et n'en connaissait pas d'autre.

- C'est formidable ! Et vous l'avez accompagnée là-bas, chanceux que vous êtes...

- Oui, nous avons traversé une partie d'Edelynn, rencontré des fées et certaines de leurs cousines.

- Je me souviens vous avoir prévenu, jeune homme, qu'Edelynn ne serait sans doute pas de tout repos. Avais-je vu juste ?

- Tout à fait. On est tombés sur des monstres dans la forêt des elfes, puis près du château de votre fameux mi-elfe. Car figurez-vous que le toubib qui était venu vous voir après vos conférences est devenu un redoutable chef de guerre à Edelynn. Mortellement vexé d'avoir été mal aimé des humains, puis rejeté par les elfes, il a rassemblé une troupe de trolls, de nains et de créatures de sa fabrication pour mettre

Edelynn à feu et à sang. Mais nous l'avons vaincu, ajouta Benoît fièrement.

Guillemin sourit.

- D'autres surprises de ce genre ?

- Oui, une surprise de taille: nous avons retrouvé nos parents à Edelynn et appris que notre père était une fée, ou plutôt un "faé", comme on appelle les fées de sexe mâle. Ce qui fait de nous des sorciers, dit Benoît d'un ton cabotin.

- D'où les légendes de sorciers, les histoires sur Merlin et ce genre de choses... murmura Guillemin. Oh, comme je suis content d'avoir un nouveau sujet de recherches ! Il faudra que vous m'en disiez plus, que nous ayons de longues conversations.

Cette fois, Claire n'y tint plus.

- Ce sera bien volontiers, une autre fois. Mais il faut que vous sachiez que nous ne sommes pas venus ici juste pour nous promener. Nous cherchons quelqu'un, un garçon nommé Stan, qui est mort il y a quelques semaines dans l'éruption d'un volcan, à Conques. Vous le connaissiez, d'ailleurs, il paraît qu'il était aussi de vos clients. Nous pensions qu'il s'était peut-être réfugié ici après sa mort...

Guillemin secoua tristement la tête.

- Non, nous n'avons jamais entendu parler de ce Stan. Les morts forment une petite communauté assez soudée, et pas très nombreuse. Les nouvelles vont vite, et si ce garçon était passé par Candoret, nous l'aurions appris. D'autant qu'il n'y a pas beaucoup de jeunes par ici.

- Comment ça se fait ? demanda Benoît.

- Les jeunes sont moins attachés que les vieux aux lieux où ils ont vécu. On ne les trouve pas à des endroits fixes.

- Ouh là, ça va être dur de le retrouver, alors.

Guillemin eut l'air très embêté tout à coup.

- Êtes-vous sûr que ce Stan soit un rescapé ?

- Qu'est-ce que vous appelez un rescapé ?

- Un esprit qui a échappé à l'attrait du vortex. Un gris, si vous préférez, par opposition aux très rares colorés qui viennent parfois visiter le pays de la mort avant de rentrer dans leur corps.

- Non, bien sûr, nous ne sommes pas sûrs qu'il soit rescapé. Nous l'espérons, c'est tout.

- Je ne voudrais pas vous saper le moral, mais la probabilité pour qu'il ait résisté est faible, moins de un pour cent de chances. Je suis plutôt pessimiste quant à vos possibilités de le retrouver.

Les jumeaux soupirèrent.

Théobald intervint.

- Séraphin, vieux brigand, ne sois pas si dur. Même si la chance est faible, elle existe néanmoins, et il faut y croire.

Claire adressa à l'esprit un sourire de gratitude.

- Avez-vous déjà cherché à l'endroit de sa mort ? demanda Lucius. Beaucoup d'esprits passent des semaines sur le lieu de leur décès avant d'abandonner la partie et de se résigner. Ensuite, ils vont ailleurs ou se font aspirer par le vortex.

Claire secoua la tête.

- Non, nous avons commencé par ici.

- Eh bien, il faut encore éliminer cette piste. Nous vous accompagnons, si vous le voulez, ça nous fera une petite promenade. Pas vrai, vous autres ?

Théobald et Guillemin acquiescèrent.

- Mais... on ne sait pas où c'est ! Je n'ai pas ma carte de France, dit Claire.

Les trois esprits éclatèrent d'un rire homérique.

- Une carte de France ! Hahaha, jamais rien entendu de plus drôle ! Mais, ma chère petite, nous n'avons pas besoin de cartes pour nous repérer, il suffit d'un peu de volonté. Vous avez dit Conques, n'est-ce pas ? Allez, c'est parti !

Théobald, Lucius et Guillemin prirent leur envol en formation serrée et se payèrent le luxe de repasser en rase-mottes au-dessus des rescapés groupés sur les toits de la cathédrale, comme une espèce de patrouille de France des esprits.

Ils filaient si vite que les quatre jeunes n'eurent pas le temps d'admirer le paysage, concentrés pour ne pas les perdre.

La vue du volcan serra le cœur d'Aodren et des jumeaux. La fissure rougeoyait encore, même si la lave avait cessé de s'épancher. Partout on voyait les stigmates de la catastrophe: les ruines effondrées, les routes bloquées, les coulées encore fumantes par endroits.

Cependant, la petite ville n'avait pas été désertée pour autant. Des habitants téméraires dont les maisons n'avaient pas été touchées continuaient visiblement à y habiter.

Les trois esprits inspectèrent rapidement le centre et se dirigèrent sans mot dire vers une chapelle un peu à l'écart, épargnée par l'éruption. Un cimetière entourait la minuscule église, et dès leur arrivée une poignée d'esprits les entoura, venus d'on ne savait où.

Certains gémissaient et se lamentaient, d'autres étaient tristement muets.

Théobald jeta un œil entendu à ses adjoints. Vraisemblablement des rescapés de la catastrophe qui ne s'étaient pas encore fait une raison…

Il avisa un esprit dont le calme olympien tranchait avec l'agitation des autres. Un vieux de la vieille, de toute évidence.

- Théobald Menès, mort en 1612, se présenta-t-il.

- Joseph Nesbinel, mort en 1904, répondit le nouveau venu avec un hochement de tête poli.

- Dites voir, il a dû y avoir un sacré arrivage il y a quelque temps...

- Ne m'en parlez pas. Le coin était bien tranquille, et il y a six mois est arrivé tout un groupe de morts à consoler et à conseiller.

- Ils sont nombreux pour un seul accident, remarqua Lucius. J'aurais pensé qu'un ou deux seulement "survivraient".

- Oui, ça m'a étonné aussi. Peut-être parce qu'il y avait beaucoup de pèlerins, des gens courageux et pleins de foi.

- Peut-être, en effet. Nous sommes à la recherche d'un jeune homme tombé dans le volcan, un certain Stan d'environ dix sept ans. Ça vous dit quelque chose ?

- J'en ai entendu parler. N'est-ce pas celui qui a maîtrisé le terroriste ?

Claire opina.

- Oui, c'est bien lui. Qui vous en a parlé ?

- Oh, tous ceux là, répondit Joseph en désignant les esprits geignards. J'ai moi-même assisté à une partie de la scène, mais je suis arrivé trop tard pour voir ce qu'il s'est réellement passé.

- Savez-vous ce que Stan est devenu ?

Joseph fixa la jeune fille d'un regard perçant.

- Vous voulez dire, s'il est rescapé ? Je n'en sais rien. On ne l'a pas vu par ici.

Claire baissa la tête, affreusement déçue. On ne l'avait vu nulle part ! Pourvu que ce ne soit pas mauvais signe...

Comme s'il avait lu dans les pensées de la jeune fille, Joseph lui fit un sourire encourageant.

- Ne baissez pas les bras ! Les jeunes se retrouvent

entre eux, il est sans doute avec ses semblables.

- Mais où ? L'univers est grand, autant chercher une aiguille dans une botte de foin !

- Eh bien... Joseph se tourna vers Théobald et ses adjoints. Vous leur avez parlé des chevaucheurs de comètes ?

- Non, pas encore. Nous voulions d'abord chercher à proximité, avant de les envoyer à l'aventure, répondit Guillemin.

- Les chevaucheurs de comètes ? dit Benoît, tout excité. C'est quoi, ça ?

Joseph chercha ses mots.

- Comment dire... Les jeunes n'aiment pas rester en place. D'ailleurs on les voit rarement sur Terre. Ils préfèrent l'espace, et pour s'occuper, s'amusent souvent à suivre les comètes dans leur course. À croire que le goût des ados pour les comportements à risques se poursuit dans la mort !

Lucius haussa les épaules.

- En même temps, ils ne risquent plus grand-chose, puisqu'ils sont déjà morts.

- Et c'est où, les comètes ? C'est loin du système solaire ? demanda Benoît.

Claire soupira.

- Encore une leçon que tu n'as pas apprise... Les comètes sont à l'intérieur du système solaire, frérot.

- Il y en a à plusieurs endroits, expliqua Joseph: d'abord dans la ceinture d'astéroïdes entre Mars et Jupiter. On y dénombre plusieurs milliards d'objets qui sont susceptibles d'être attirés par la gravitation des planètes du système et de devenir des comètes. Quand elles s'offrent une course en direction du soleil, nos jeunes fous adorent se faire des émotions en les chevauchant.

- Et on m'a raconté que des jeunes s'amusaient à

éviter de justesse les astéroïdes dans la ceinture de Kuiper, dit Théobald.

- La ceinture de qui ? dit Benoît.

- De Kuiper. C'est au-delà de Neptune. Là-bas, il y a beaucoup d'astéroïdes qui ne sont plus rocheux ou métalliques, mais qui sont composés de méthane, d'ammoniac ou d'eau gelés. Alors, quand ces comètes-là s'approchent du soleil, elles perdent en chauffant des panaches de gaz et de matière. Et plus ça dégage, plus les jeunes sont contents ! précisa Guillemin.

- Il y en a aussi sur les astéroïdes du nuage d'Oort, aux confins du système solaire, ajouta Théobald.

- J'ai même entendu dire que certains jeunes n'hésitent pas à jouer avec les trous noirs, chuchota Guillemin comme si c'était le comble de la folie.

- Qu'est-ce que vous nous conseillez de faire, alors ? demanda Claire.

- Si vous voulez vraiment chercher votre ami, il faut aller là où les jeunes se trouvent. Dans les ceintures d'astéroïdes.

21. DES ESPRITS FRAPPEURS

On y va tout de suite ? dit Benoît, pressé de jouer à Zorro avec la comète de Halley.

Théobald toussota, un peu gêné.

- C'est que je ne suis plus tout jeune. Et Lucius non plus. Nous avons passé l'âge de baguenauder dans les étoiles. Et nos administrés nous attendent à Candoret...

Benoît, offusqué par tant de mauvaise foi, était sur le point de répliquer qu'ils avaient toute la mort pour se reposer, et que leurs administrés se passeraient très bien d'eux, mais Claire le prit de court.

- Nous comprenons, messire Menès, et nous vous sommes très reconnaissants de nous avoir accompagnés jusqu'ici. Vous nous avez beaucoup aidés !

Benoît foudroya sa sœur du regard. Non mais, quelle lèche-bottes, celle-là !

Ils allaient devoir se débrouiller tout seuls pour aller dans la ceinture de Machinchose, alors qu'ils ne savaient même pas où c'était.

- N'ayez crainte, Benoît, je vous accompagne,

déclara Guillemin.

- Zut, j'ai pensé trop fort ! se dit Benoît, un peu gêné.

Théobald parut à peine surpris de la proposition de son adjoint. Il eut un petit rire mondain.

- Il est vrai que vous êtes encore plein d'énergie, Séraphin. Vous êtes mort si récemment ! (Il se tourna vers les quatre colorés) Eh bien, bon voyage ! Je suis enchanté d'avoir fait cette petite escapade en votre compagnie.

Lucius et lui prirent congé non sans avoir recommandé à Guillemin de faire attention à lui.

- Vous êtes sûr que ça ne vous dérange pas ? demanda Claire au libraire. On ne vous en voudra pas si vous suivez vos amis, vous savez !

En vérité, monsieur Guillemin était si frêle et semblait si vieux que la jeune fille craignait un peu de l'emmener dans l'espace.

- Ne vous en faites pas pour moi. Ça me donnera l'occasion de bouger un peu. Je n'ai pas encore eu le temps de me lasser de tout ça, contrairement à ces deux vieux croûtons ! sourit-il.

Claire avait une question sur le cœur mais hésitait un peu à la poser.

- Vous vous demandez si c'est embêtant d'être mort, dit Guillemin. Eh bien, pas du tout ! Bien sûr, je n'aimerais pas être à la place de ces pauvres ectoplasmes qui filent tout droit vers on ne sait où. Mais être rescapé, c'est une expérience fabuleuse.

- Vraiment ? Et si vous aviez la possibilité de revivre ?

- Pourquoi voudriez vous que j'aie envie de m'encombrer de ma vieille carcasse pleine de rhumatismes alors qu'ici, je peux flâner sans fatigue entre les étoiles ? Pourquoi se limiter quand on peut tout visiter, tout connaître ? Non, je ne suis pas comme Théobald et Lucius, je crois que je ne m'en lasserai jamais. Quand on pense que Lucius n'est jamais allé plus loin que la lune ! Cela dit, assez bavardé, un long chemin nous attend...

- À ce propos, dit Aodren soudain, crois-tu qu'il soit judicieux de faire le voyage maintenant, Claire ? Nous devrions peut-être d'abord rentrer en aviser dame Iowena et nous reposer un peu.

- Oh non ! s'écria Claire. Finissons-en ! Nous sommes sur la bonne voie, ce serait dommage de reporter à plus tard.

Aodren fit un geste de la main qui signifiait "comme tu voudras".

- Je compatis, beau frère. J'ai l'impression que tu as déjà compris qu'on n'avait jamais le dessus avec ma sœur, plaisanta Benoît.

Claire lui fit une affreuse grimace et se tourna vers le vieux libraire qui décolla dare-dare. Il ne leur accorda qu'un bref regard pour voir s'ils suivaient et fonça à la verticale.

Bientôt, la France entière, puis la planète se montrèrent dans toute la splendeur de leurs couleurs bleue, fauve et verte, quoique légèrement atténuées par la nappe d'énergie vitale qui les recouvraient. Les cinq voyageurs sortirent de l'atmosphère et soudain le ciel fut d'un noir d'encre.

Pour la première fois depuis le départ, Guillemin se tourna vers eux. Il avait l'air très heureux.

- Vous voyez la tête d'épingle couleur saumon, là-bas ? C'est Mars, notre première étape. La ceinture d'astéroïdes se trouve juste après.

- Et elle est grande, cette ceinture ? demanda Benoît qui s'imaginait un anneau de quelques dizaines de mètres de large.

- Oh, juste 200 millions de kilomètres de large, sourit Guillemin.

- Deux cents millions ?! Et on est censés pouvoir retrouver des gens là-dedans ? gémit Benoît. C'est qu'on n'a pas l'éternité devant nous !

- Ne t'en fais pas, dit le vieil homme. Les jeunes, surtout ceux-là, sont plutôt bruyants. Je saurai les trouver.

Le garçon réfléchit un instant.

- Je ne comprends pas le rapport entre la ceinture d'astéroïdes et les comètes. Les uns tournent gentiment en rond autour du soleil, bien groupés. Et les autres ?

- Elles viennent aussi de là. Mais au lieu de suivre sagement le mouvement, comme les autres, elles ont leur propre orbite autour du soleil. Elles viennent de la ceinture, foncent vers le soleil, tournent autour et reviennent dans la ceinture, et ainsi de suite. On les appelle "périodiques" ou "géocroiseurs", parce qu'elles repassent régulièrement. Ça fait des siècles que les astronomes le savent et ont calculé au jour près quand on les reverrait dans le ciel de la Terre.

Sur ces entrefaites, ils arrivèrent au-dessus de Mars.

- Pourquoi on l'appelle la "planète rouge" ? dit Benoît. Moi, je la trouve plutôt orange beurk.

- Parce que l'appeler la "planète orange beurk", c'était pas terrible, se moqua Claire.

- C'est sa teneur en métaux qui lui donne sa couleur, expliqua Guillemin.

- Elle est rouillée, quoi, résuma le garçon. Oh, et ça, c'est quoi? Des astéroïdes ?

Ils venaient de commencer à contourner Mars, lorsqu'ils virent devant eux deux petits corps célestes.

- Non, ce sont les deux lunes de Mars, répondit Claire. La plus grosse, en forme de patate, c'est Phobos. Et la petite, derrière, s'appelle Deimos.

- J'aurais dû le deviner, dit Benoît un peu marri. Elles sont attachées par un fil au faisceau riquiqui de Mars.

- On a de la chance de les voir alignées, apprécia Guillemin. En plus, comme elles sont dans la bonne direction, on va pouvoir aller les admirer de près, en passant.

Benoît observa encore quelques instants la surface de la planète rouge, qui l'avait tant fait fantasmer quand il était plus jeune, et les quatre autres s'arrêtèrent pour l'attendre. Voir Mars en vrai, c'était sympa, mais un peu décevant. Maintenant, il ne pouvait plus du tout croire aux martiens ! Il tourna le dos à la sphère ocrée et s'interrogea sur l'énorme faisceau qu'il voyait à l'horizon.

- C'est celui qui vient de Jupiter, répondit Guillemin qui avait "entendu" sa question. Il est immense car il y a une activité intense sur Jupiter, des tempêtes de méthane d'une violence inouïe. Ça s'en ressent d'ailleurs dans le faisceau, ça remue beaucoup, paraît-il.

- "Paraît-il" ? Vous n'êtes pas allé vérifier vous-même ?

- Les esprits ne vont pas dans les faisceaux, trop dangereux. Les rescapés ont réussi à en sortir et se gardent bien d'y retourner, ce serait tenter le diable. Surtout dans un faisceau aussi puissant que celui-ci. La preuve: quand Jupiter se trouve dans l'alignement de la Terre et du soleil, le faisceau jovien[5] passe brièvement sur la Terre. On constate alors qu'il y a beaucoup plus de morts à ce moment. Nous-mêmes, esprits, nous nous sentons très mal ces jours-là et nous devons résister à l'envie de nous laisser aller.

Benoît eut soudain très peur.

- Et il arrive que le faisceau de la Terre passe par le soleil, ou le contraire ?

- Bien sûr !

---

5 jovien = de Jupiter

- On se fait griller, alors ?

- Non, un esprit ne peut pas rôtir. Mais ça fait une drôle d'impression, même si ce n'est pas dangereux. Le plus impressionnant, c'est de plonger carrément dans une étoile. Ça, c'est une expérience sidérante. Mais je ne sais pas si les colorés peuvent faire ça sans dommage.

- Dans le doute, on s'abstiendra, dit Aodren. Et si on y allait ? Dans la ceinture, je veux dire, pas dans une étoile...

Guillemin rit de bon cœur.

- Tu as raison de me rappeler pourquoi nous sommes là, quand on me lance, j'ai un peu tendance à devenir bavard.

Et le libraire se lança dans la direction de Phobos, avec Claire et Martin à ses côtés. Il se mit à leur expliquer que dans 50 millions d'années, Phobos s'écraserait vraisemblablement sur Mars et se transformerait alors en anneau.

Benoît resta un peu en arrière, le temps de faire quelques grimaces à Aodren pour lui signifier que le père Guillemin était effectivement un bavard de première.

Quand l'attaque eut lieu, les trois autres étaient déjà loin devant.

Une horde d'esprits jaillit de derrière Phobos, avec Isdragarn à leur tête !

Paniquée, Claire s'en fut en direction du satellite, suivie de Martin et de Guillemin. Aodren se rua à leur poursuite, mais le gros de la horde fonça vers les deux garçons, qui reculèrent et tentèrent de leur échapper en obéissant à un réflexe bien naturel.

Guillemin poussa Claire vers Mars et hurla:

- Mettez-vous dans le faisceau, ils ne vous suivront pas !

Et la jeune fille, mobilisant toutes ses forces, se hâta de pénétrer dans le petit faisceau qui reliait les satellites à leur planète mère. Un bref coup d'œil en arrière la rassura: Martin l'avait suivie.

Pendant de longs instants elle avança le plus vite possible dans l'étroit tuyau blanc pour mettre un maximum de distance entre elle et ses poursuivants. Quand le petit faisceau se jeta dans le gros faisceau de Mars, quelques instants plus tard, elle s'autorisa enfin à regarder à travers la membrane, mais ne vit plus personne, ni amis ni ennemis.

Morte d'inquiétude, elle se demanda ce que faisaient Aodren et Benoît. Sans doute, après l'avoir sauvée, monsieur Guillemin s'était-il porté au secours des garçons qui rejoindraient l'abri du faisceau en un autre endroit. Quelle chance que le vieil homme leur ait justement expliqué que les esprits n'osaient pas y pénétrer !

Eux pas, mais Isdragarn ? Cette affreuse femme n'hésiterait pas une seconde ! Raison de plus pour ne pas se montrer.

Claire chercha Martin des yeux; il était non loin d'elle. Elle s'approcha de lui.

- Ça va, Martin ?

Il hocha la tête, l'air un peu crispé. Le pauvre, ça faisait beaucoup pour un premier voyage: les esprits sur la cathédrale, puis l'espace, une attaque, puis l'expérience troublante du courant du faisceau... Pourvu qu'il ne se fatigue pas trop vite !

- Martin, vous vous souvenez de ce que Benoît vous a dit ? Ne vous laissez surtout pas emporter par le courant !

L'humain acquiesça sans mot dire, trop occupé à s'habituer à la drôle de navigation dans le faisceau pour avoir envie de répondre.

Claire écarquillait les yeux pour essayer d'y voir à l'extérieur de la tornade mouvante qui les emportait de plus en plus vite. Tournée vers le vide, elle ne vit pas que le faisceau s'approchait de celui, gigantesque, venant de Jupiter.

Soudain, elle se retrouva dans un maelström hallucinant. Ballottée dans tous les sens, elle tenta d'apercevoir Martin.

Soudain, elle le vit. Il était beaucoup plus loin ! Elle essaya de le rejoindre, mais les furieuses vagues d'énergie l'empêchaient de maintenir le cap et d'avancer droit.

Elle peina pour atteindre le milieu du courant et fut aspirée vers l'avant. Elle rejoignit Martin, morte de fatigue, et ce qu'elle vit la glaça: Martin avait perdu ses couleurs, il avait pris l'apparence d'un esprit grisâtre !

Eperdue, elle lui cria de résister en essayant de se maintenir à sa hauteur mais Martin allait inexplicablement plus vite qu'elle. Elle se souvint que trop de volonté ou de pensées parasites gênait l'avancement et s'efforça de se laisser emporter. Lorsqu'elle arriva à rejoindre son ami humain, Claire hurla d'horreur: Martin commençait à perdre de sa netteté et de sa cohésion ! Elle lui parla mais il ne répondit plus. La forme de celui qui avait été Martin finit par se déliter sous ses yeux horrifiés et fut emportée à une vitesse inimaginable par le courant maintenant qu'elle ne lui opposait plus aucune résistance. En quelques instants, l'ami humain, le joyeux complice des derniers mois était devenu un ectoplasme qui filait aveuglément vers son triste destin !

Elle lutta contre la houle et finit par s'éjecter du faisceau, abandonnant en sanglotant celui qui avait été Martin. C'était sa faute, entièrement sa faute ! Si elle avait écouté Aodren quand il avait suggéré de se reposer avant d'entreprendre le voyage vers la ceinture d'astéroïdes, Martin n'aurait pas été épuisé ! C'était son premier voyage, il ne pouvait pas résister à un faisceau comme celui de Jupiter...

Elle pleura amèrement, se traitant de meurtrière. Puis elle se rendit compte qu'elle aussi était dans de beaux draps et se demanda ce qu'il fallait faire. Elle décida de rejoindre les garçons et revint en arrière en suivant le tracé du faisceau.

À bout de forces, elle retrouva enfin Mars et ses lunes mais ne vit personne. Elle était seule dans l'espace glacé et ne savait pas comment revenir dans la grotte !

Le désespoir la submergea et elle se remit à pleurer en criant "au secours !".

22. UNE NOUVELLE TRAGIQUE

Aodren et Benoît refluèrent pour échapper à leurs assaillants.

Tout à coup, le faé réagit.

- Mais, Benoît, ils ne peuvent rien nous faire ! Le pire qui puisse nous arriver, c'est qu'ils nous passent au travers !

Et il fit volte-face. Benoît l'imita, quoique assez inquiet, et attendit le choc en serrant les dents.

Quand les esprits grimaçants se ruèrent sur eux, Benoît ferma les yeux... puis les rouvrit en constatant qu'il ne s'était rien passé ! Aodren avait raison, tout ça n'était que du bluff, ces clowns ne savaient que prendre des faces de cauchemar et hurler, et puis basta !

Même Isdragarn ne pouvait rien contre eux, elle avait momentanément perdu tous ses pouvoirs de fée en devenant un esprit.

Dépitée de voir que sa ruse ne fonctionnait pas, elle rameuta ses troupes.

- Sus aux autres ! aboya-t-elle. Où est la fille ?

Les gris désignèrent le faisceau. Elle comprit qu'elle avait perdu cette manche, jura et disparut. Les esprits restèrent un moment à se demander quoi faire puis se dispersèrent.

Aodren était fou d'inquiétude. Sa couardise passagère lui avait fait perdre la trace de Claire ! Comme Guillemin était introuvable, les deux garçons décidèrent d'entrer dans le faisceau pour suivre le même chemin que les humains.

La texture en était étrange, presque impalpable, sans doute parce que l'énergie n'en provenait pas de sources biologiques mais uniquement minérales. Et bien sûr, il n'y avait aucun esprit dedans.

Ils furent précipités dans les remous du faisceau jovien au moment où Claire en sortait quelques milliers de kilomètres plus loin; ils ne la virent donc pas.

Ils eurent toutes les peines du monde à rester ensemble, car le courant impétueux les écartait sans cesse l'un de l'autre. Ils se laissèrent porter jusqu'au confluent suivant, puis Aodren fit signe à Benoît de sortir du faisceau.

Ils examinèrent le nouveau tuyau qui se raccordait à cet endroit, mais n'arrivèrent pas à déterminer sa planète d'origine, d'autant que son tracé n'était pas du tout rectiligne et qu'il occultait tout l'horizon.

Benoît essaya de se souvenir de l'ordre des planètes dans le système solaire mais tout cela était très vague dans son esprit.

- Je crois que tout près du soleil, il y a Mercure. À moins que ça ne soit Vénus ? Ensuite euh...

Aodren haussa les épaules.

- Ça ne sert à rien de raisonner comme ça, puisque les faisceaux changent de place tout le temps, en fonction de la position des planètes par rapport au soleil.

- Tu veux bien répéter ? J'ai absolument rien compris, dit Benoît.

- Imagine que Mars soit à l'opposé de la Terre sur son orbite et alignée entre le soleil et le centre de la galaxie. Tu me suis ?

- Euh...pas bien.

- Essaie de visualiser. Eh bien, son faisceau rejoindrait celui du soleil bien après celui de la Terre, bien que dans l'ordre des planètes elle soit plus loin du soleil que la Terre.

- Laisse tomber, dit Benoît. Ça donne quoi, concrètement ?

- Ça veut dire que si on était sûrs que ce soit le faisceau de la Terre, on pourrait le suivre, mais là...

- Tu ne crois pas que ce serait mieux de retourner à la grotte par le chemin qu'on a pris avec le père Guillemin ? Comme il est resté avec Claire, il l'a sans doute ramenée là-bas et elle nous attend saine et sauve avec Martin.

- Puisses-tu dire vrai ! marmonna Aodren, la mine sombre.

La mort dans l'âme, ils s'éloignèrent de l'embranchement et prirent de la hauteur pour avoir une meilleure vue d'ensemble. Ils finirent par détecter le petit point bleu de la Terre. On distinguait bien sa couleur, bien qu'elle soit minuscule.

Aodren battit des records de vitesse, comme s'ils avaient tous les esprits du pays des morts à leurs trousses. Il avait un air si sinistre que Benoît n'osait pas lui adresser la parole.

La Terre grossit rapidement jusqu'à occuper tout l'horizon. Benoît, subjugué par sa beauté, s'émerveilla de reconnaître la France, mais Aodren continuait à foncer, indifférent au décor pourtant magnifique.

Ils arrivèrent au-dessus d'un massif montagneux,

et quelques instants après ils se précipitèrent dans la cheminée de la grotte. Ils aperçurent enfin les quatre corps étendus en contrebas, et la silhouette des deux reines curieusement agenouillées à côté de Martin.

Saisi par un horrible pressentiment, Benoît se dépêcha de plonger dans son enveloppe charnelle et ouvrit les yeux quelques secondes plus tard. Il remarqua tout de suite l'expression préoccupée des deux fées.

- Claire n'est pas revenue ? Quelque chose ne va pas ?

- Non, Claire n'est pas revenue. Elle n'était pas avec vous ?

- Non, on a été attaqués par des esprits menés par Isdragarn. Et Claire et Martin sont encore là-haut, avec un esprit ami, celui du libraire de Candoret.

Ingvarna pesta.

- Isdragarn ? Encore elle ! Oh, je n'aime pas ça...

- Comment vont-ils ? demanda Aodren en désignant les deux corps inanimés.

Iowena pinça les lèvres.

- Je me fais beaucoup de souci pour Martin, son corps commence à dépérir. Et Claire s'épuise à vue d'œil.

23. UN SECOURS BIENVENU

J'y retourne ! cria Aodren, fou d'inquiétude.

- Je viens avec toi, dit Benoît.

- Et je vous accompagne, déclara Iowena. Si ma sœur est dans les parages, nous ne serons pas trop de trois pour ramener Claire et Martin.

Et elle prit place dans le cercle.

Mais la tension des deux garçons les empêchait de trouver le calme nécessaire au départ. Iowena finit par leur donner un petit coup de pouce pour les aider à s'endormir. Puis elle adressa un dernier regard à sa mère qui restait seule dans la grotte, avant de sombrer elle aussi.

Lorsqu'elle sortit de son corps, les garçons l'attendaient quelques mètres plus haut. Elle les suivit dans la cheminée, puis dans le faisceau au-dessus de la montagne. Toute à son émerveillement, elle en oublia pendant quelques instants les circonstances tragiques de leur mission, mais Aodren eut tôt fait de la replonger dans la réalité.

- Je propose qu'on retourne sur Mars, là où on les a

vus pour la dernière fois. Dame Iowena, j'ai remarqué que je n'avais plus aucun de mes pouvoirs de faé dans le pays de la mort. J'espère que vous aurez gardé un peu des vôtres...

Iowena secoua la tête.

- J'ai bien peur que non, Aodren. À part entendre ce que tu dis et m'exprimer sans un corps de chair, ce que vous pouvez visiblement faire également tous les deux, je ne peux que voir et me mouvoir. La bonne nouvelle, c'est qu'Isdragarn est sans aucun doute dans le même état et qu'ainsi elle ne peut pas nuire.

- Je m'en doutais un peu: quand elle a vu que les esprits nous traversaient sans rien pouvoir nous faire et que Claire s'était cachée dans le faisceau, elle a semblé jeter l'éponge.

- Et que sont devenus les esprits qui l'accompagnaient ?

- Quand elle est partie, ils n'avaient plus de raison de rester, alors ils se sont dispersés.

Ils firent le chemin jusqu'à Mars, explorèrent le cratère de Phobos à tout hasard, puis poussèrent jusqu'à Deimos, qui n'était qu'un rocher de quelques kilomètres de diamètre sur lequel on ne pouvait pas se cacher.

Ils savaient que devant eux s'étendait la ceinture d'astéroïdes et se demandèrent si les deux autres avaient pu se cacher là-bas.

Aodren soupira. Comment les retrouver, dans ce cas ? Il devait y avoir des milliards d'astéroïdes dans cette zone... Il secoua la tête. Non, Claire était partie dans l'autre sens, il l'avait bien vue entrer dans le petit faisceau des satellites.

Ils décidèrent de l'explorer à nouveau, en se séparant cette fois. Aodren pénétra dans le tuyau blanchâtre, tandis que Benoît et Iowena le longeaient par l'extérieur, de part et d'autre, afin de ne rien rater.

Ils avancèrent ainsi jusqu'au soleil, puis rebroussèrent chemin et explorèrent tous les faisceaux intermédiaires.

Aodren, de plus en plus désespéré, ne savait plus que faire.

Benoît avait envie de pleurer.

- Je ne peux pas croire que monsieur Guillemin n'ait pas réussi à les sortir de là ! Dans le pays de la mort, les esprits savent des choses qui nous échappent...

- Mais oui, tu as raison ! Si Guillemin est avec eux, ils sont sans doute retournés à Candoret ! Il faut vite aller voir.

Ils foncèrent à la vitesse inimaginable que peuvent atteindre les esprits et arrivèrent en vue de la cathédrale de Candoret qui produisit son petit effet sur Iowena. Celle-ci se promit de revenir explorer le monde-du-dehors en passant tout simplement par une porte, quand toute cette histoire serait réglée. Il semblait y avoir des choses tout à fait stupéfiantes chez les humains !

De toute évidence, les esprits massés sur le toit les reconnurent mais les laissèrent passer sans faire d'histoire, se contentant de les regarder d'un air torve.

Théobald et Lucius étaient à leur place habituelle et parurent surpris de les voir. Ils s'inclinèrent bien bas en voyant Iowena, ce qui fit sourire fièrement Aodren. Même privée de ses pouvoirs et incognito, dame Iowena inspirait toujours le même mélange de respect et de vénération...

Les garçons résumèrent leurs aventures après leur départ de Conques et demandèrent à l'ancien maire s'il avait vu Guillemin depuis.

- Non, nous n'avons revu ni Séraphin, ni vos amis. Pouvons-nous vous être d'une quelconque utilité ?

Aodren déclina son offre.

- S'ils reviennent, demandez à monsieur Guillemin de ramener Claire et Martin à leurs corps. C'est dans la montagne la plus haute près de Mestranet, ajouta-t-il pour le cas où le père Guillemin devrait se débrouiller tout seul pour retrouver l'endroit.

Puis, ayant épuisé toutes leurs ressources, les garçons et Iowena prirent congé de Lucius et Théobald et revinrent à la grotte.

Aucun changement n'était survenu en leur absence, Claire et Martin n'étaient toujours pas rentrés. Ingvarna leur dit que l'état de Claire s'aggravait et qu'elle craignait fort que Martin ne soit mort.

Benoît se mit à pleurer et Aodren lutta en serrant les dents pour ne pas l'imiter.

Il se laissa tomber à genoux à côté de Claire et prit sa main pâle et froide dans la sienne.

- Mais où peuvent-ils être ? On les a cherchés partout !

Il baissa la tête.

- Et pourquoi on s'est laissé séparer ? Je ne me pardonnerai jamais d'avoir été aussi lâche. Je n'aurais pas dû les quitter d'une semelle !

Ingvarna posa une main apaisante sur l'épaule du jeune homme.

- Ne vous fustigez pas, vous avez fait tout votre possible et même plus que ça.

Aodren, les yeux pleins de larmes, dit:

- Il faut que j'y retourne, je ne peux pas la laisser seule là-bas, surtout si Martin...

Iowena et sa mère se regardèrent, catastrophées.

Le faé avait déjà tout exploré par deux fois, il ne trouverait sans doute rien de plus. En outre, il frôlait lui aussi l'épuisement, il serait dangereux de le laisser repartir dans cet état...

Soudain, Benoît sursauta. Il avait cru voir Claire

bouger les paupières !

Tous se précipitèrent à ses côtés. Les fées massèrent les mains et les tempes de la jeune fille, et ses yeux papillotèrent. Elle finit par ouvrir les yeux puis les referma aussitôt.

Benoît éclata en sanglots de soulagement et cette fois, Aodren laissa libre cours à ses larmes.

Claire ouvrit des yeux vagues et chuchota une phrase incompréhensible.

Elle essaya à nouveau de parler, et Aodren approcha son visage de sa bouche.

- Martin... mort.

Ainsi donc c'était vrai. Aodren, bouleversé, leva les yeux vers les autres, mais tout le monde avait entendu. Ingvarna et Iowena caressèrent tendrement les cheveux du jeune humain et le portèrent hors du cercle. Il allait falloir ramener son corps au village...

Claire marmonna à nouveau. Ils tendirent tous l'oreille.

- Stan...

Abasourdis, tous se regardèrent.

- Quoi, Stan ? Qu'est-ce que tu veux dire ? la pressa Aodren.

- C'est Stan..., répéta Claire qui n'avait pas la force de finir sa phrase.

- Tu veux dire que tu as vu Stan ? Juste là, maintenant ???

Claire hocha la tête, les yeux toujours fermés.

- C'est lui qui m'a fait revenir.

24. MESSAGE SUBLIMINAL

Benoît s'abandonna à ses pensées, bercé par le galop régulier d'Arak. À côté de lui, Claire chevauchait comme à l'accoutumée Astara, tandis qu'Aodren volait haut dans le ciel avec d'autres fées venues les retrouver.

Devant les jumeaux, une compagnie d'archers dryades rapatriait le corps de Martin sous l'œil attentif d'Ingvarna et de Iowena montées sur leurs licornes.

- Tu sais, Claire, je me demande si on a raison d'aller dire à Ileana que tu as vu Stan.

- Quoi ! Tu plaisantes ? rétorqua Claire à Benoît.

- Non, je suis très sérieux. J'y ai beaucoup réfléchi et je trouve ça cruel, finalement.

Claire fronça les sourcils et se demandant quelle mouche avait piqué son frère.

- Je ne te comprends pas. On a fait tout ça pour retrouver Stan, on s'est donné de la peine, on en a bavé, et maintenant qu'on l'a localisé, tu ne veux plus en parler à Ileana ? Mais c'est dingue, ça ! C'était ton idée, en plus !

- Oui, je sais. Mais j'ai un doute, tout à coup. C'est horrible de faire se rencontrer deux amoureux, en sachant que l'une est vivante et l'autre mort ! Dans la série des d'histoires d'amour impossibles, celle-là serait vraiment le pompon. En être réduit à se voir dans le pays de la mort, à se donner rendez-vous entre deux étoiles et ne même pas pouvoir s'étreindre, tu parles d'une idylle ! Je me demande s'il ne vaut pas mieux qu'elle le croie définitivement disparu, à la réflexion.

- Au contraire ! Si on a fait ça, c'est justement pour la sauver, elle ! Pour l'instant c'est comme si elle était morte, elle aussi. Je te rappelle que le but, c'est de la ramener à la vie.

- Oui, mais je pensais surtout qu'on pourrait ramener Stan à la vie. Là, c'est comme s'il était en prison à perpétuité et qu'elle ne puisse le voir qu'au parloir.

Claire se tut quelques instants et reprit:

- Si tu avais perdu l'être le plus cher à ton cœur et si tu avais la possibilité de revoir cette personne, même si c'était dans le pays de la mort, en sachant qu'elle ne reviendrait jamais, est-ce que tu le ferais ou pas ?

- Mmm, oui, je crois que je préférerais ça à rien du tout.

Claire haussa les épaules et ne répondit pas. Personne n'avait jamais prétendu que la situation était idéale ! Mais ils allaient devoir s'en satisfaire. D'ailleurs, c'était déjà inespéré ! Bien des gens seraient prêts à tout pour revoir un de leurs chers disparus...

La jeune fille était dans cette disposition d'esprit lorsqu'Aodren vint rejoindre les jumeaux.

- Illiriane n'est plus très loin maintenant. J'avoue que je suis impatient de revoir Ileana et de lui annoncer la nouvelle...

Les jumeaux échangèrent un regard lourd qui laissa

le faé perplexe. Mais il décida de ne pas relever, ce devait être un de ces sempiternels accrochages entre le frère et la sœur !

Lorsqu'ils arrivèrent à la cité, une foule très nombreuse les attendait. La plupart des fées d'Illiriane, bien sûr, mais aussi des humains du village qui avaient appris la triste nouvelle de la mort de Martin et qui voulaient accueillir sa dépouille.

Isilda était là aussi, curieuse d'entendre le récit du voyage des trois jeunes gens, ainsi qu'Imraëgg, qui cachait son admiration sous une mine bourrue. Il était stupéfait des résultats que les jumeaux et leurs amis obtenaient à force de volonté et de ténacité, des qualités que les elfes avaient fini par oublier.

Tandis que les humains et les fées commençaient à s'occuper de la toilette funéraire de l'infortuné Martin sous la direction d'Isilda, Iowena, sa mère et les trois amis se rendirent à la maison des parents des jumeaux pour voir Ileana.

Quand ils arrivèrent sur la terrasse qui entourait la maison, Madeline rêvassait en regardant la rivière. Benoît se précipita vers elle en piaillant "maman !" et elle se leva en hâte, toute joyeuse.

Elle serra ses enfants très fort sous l'œil attendri d'Aniel accouru aussitôt. Le père et le fils échangèrent un clin d'œil complice par-dessus l'épaule de Madeline. Car on avait servi à la maman des jumeaux une version très édulcorée de l'endroit où ils étaient allés et de ce qui leur était arrivé. Cependant, elle sentait bien qu'ils avaient vécu des choses très dures, elle le voyait à leur mine fatiguée et à la nouvelle maturité de leur regard.

Elle était d'autant plus heureuse de les retrouver sains et saufs qu'elle ne les avait pas vus beaucoup ces derniers mois ! À peine les avait-elle retrouvés après son année de détention chez le nain du Seigneur Noir qu'ils étaient repartis pour le pays des drasques. Ensuite ils n'avaient fait qu'une brève irruption à Edelynn avant de retourner chercher la pierre dans le monde-du-dehors. Puis ils étaient revenus avec une Ileana fort mal en point et avaient eu l'idée de se lancer en quête d'un remède miracle...

Ils avaient vraiment la bougeotte !

Voyant Iowena qui attendait gentiment qu'ils aient fini leurs gros câlins, elle se troubla. La pauvre femme... Qui sait quand elle pourrait à nouveau cajoler sa fille!

Madeline mena la reine, Ingvarna et les trois amis à la chambre où Ileana reposait. Une fée soignante était à son chevet et se leva en voyant entrer Iowena. Elle ne dit rien mais sa mine soucieuse indiquait qu'il n'y avait eu aucune amélioration dans l'état de la jeune fée.

Iowena et sa mère s'assirent au bord du lit. Un peu gêné, Aodren se retira et les jumeaux lui emboîtèrent le pas.

Un long moment plus tard, les deux fées les rejoignirent sur la terrasse.

- Alors, vous lui avez dit, pour Stan ? demanda Benoît.

- Bien sûr. Hélas, elle n'a pas réagi, dit Ingvarna. On réessaiera demain, je pense que ça ne se fera pas en un jour. Mais elle finira par intégrer le message, j'en suis sûre.

Cette dernière phrase était surtout destinée à rassurer Iowena. Mais celle-ci ne donna aucun signe de désespoir, comme à l'accoutumée. Elle était sans doute d'avis que se plaindre ou montrer des sentiments négatifs était indigne d'une reine, se dit Claire, admirative.

Iowena et sa mère prirent congé de la famille d'Aniel

et se dirigèrent vers la cité. Elles avaient promis à Isilda de la tenir au courant des derniers évènements, et Imraëgg devait aussi en être informé.

Elles étaient à peine parties qu'Alixen, Alwena et Alsander arrivèrent. Alixen poussa un cri de joie et se rua sur Benoît sans se préoccuper le moins du monde de ce que pourraient penser les gens.

Le garçon, un peu embarrassé, ne savait pas trop comment se comporter. Il n'avait encore rien dit à personne et Alixen était si entreprenante !

Madeline éclata de rire en voyant sa mine confuse.

- Venez, on va s'installer à l'intérieur, le fond de l'air est frais, mentit-elle pour laisser son grand dadais de fils seul avec sa dulcinée.

Et elle entraîna tout le monde dans la maison.

Quand Benoît et Alixen rejoignirent les autres, un peu plus tard, ils étaient un peu décoiffés et avaient l'air béat, ce qui fit sourire toute l'assemblée.

Alsander s'écarta pour leur faire de la place sur la banquette, et Benoît s'assit dans un état second. Il était si content d'être là, avec Alixen à côté de lui, ses parents, sa sœur et ses meilleurs amis... Il flotta quelques moments dans la plus parfaite félicité mais soudain il revint à la réalité. Sa sœur était en train de raconter leurs péripéties, et de toute évidence elle disait la vérité à leur mère !

Il la regarda d'un air catastrophé, mais Aodren, qui avait perçu son inquiétude, lui adressa un geste discret d'apaisement. Claire avait peut-être expurgé les épisodes les plus litigieux, après tout... Le garçon écouta plus attentivement.

- Et, alors que j'étais à la traîne et que je commençais à me fatiguer, l'esprit de Stan est soudain arrivé à côté de moi.

Benoît fut rassuré, Claire ne parlait pas de l'attaque.

- C'était vraiment lui ? s'émerveilla Alwena.

- Oui, sans aucun doute, c'était lui ! Il m'a parlé pour me réconforter et m'a dit de ne pas paniquer. Je lui ai alors expliqué que je voulais rentrer dans le faisceau de la montagne près de Mestranet et il m'a guidée... En chemin, il m'a demandé comment allait Ileana. Je lui ai dit que sans lui elle n'avait plus envie de vivre, il a eu l'air très triste. Et quand il a appris que le voyage au pays de la mort était une idée de Benoît, il a plaisanté en disant que l'avorton l'épatait. Je lui ai promis que bientôt on reviendrait et qu'on lui ramènerait Ileana.

Elle se tut et tous furent saisis par l'émotion.

Un garçon mort et triste, et une fée dans le coma, quel affreux gâchis.

Benoît se leva.

- Mais où tu vas ? lui demanda sa sœur. Tu n'as encore rien mangé !

- Je vais parler à Ileana. Lui donner ma version des faits.

Le garçon se rendit dans la petite chambre où la fée veillait toujours, assise dans un coin. Il s'agenouilla au pied du lit pour pouvoir parler à l'oreille de son amie.

- Ileana, il faut que tu te réveilles, c'est urgent ! On a retrouvé Stan dans le pays de la mort, il attend que tu viennes le voir ! Il est malheureux sans toi, il faut que tu nous accompagnes là-bas... Réveille-toi, je t'en prie, Stan compte sur toi !

Claire ne dit rien. Son frère faisait un peu dans le mélo, mais pourquoi pas, après tout ?

Ils guettèrent longuement une réaction, même infime, sur le visage de la jeune fée, mais en vain. Elle restait immobile, les yeux fermés, d'une pâleur de cire.

Benoît soupira et finit par se relever en se massant les genoux.

- Je n'ai pas osé te le demander devant Iowena et les autres... Et puis j'avais peur de la réponse. Stan, il a quelle tête ? Il est encore net ou il fait ectoplasme ? dit-il d'un air sinistre.

- Oh non, pas de danger qu'il lui arrive la même chose qu'à Martin, il est en pleine forme, si je puis dire. Il est comme toi et moi, quand on est là-bas.

- Sauf en gris. Alors que nous on est colorés.

- Eh bien justement, il n'est pas gris. Il est bleu. Entièrement bleu.

25. UN CAUCHEMAR TRÈS RÉALISTE

Benoît grommela dans son sommeil. Il était en train de gambader avec Alixen dans une prairie en fleurs, accompagné de Bambi et de Panpan, quand soudain quelqu'un l'appela: "Benoît, Benoît, réveille-toi !".

Mais il n'avait pas envie de se réveiller, il était si bien à faire des sauts de biche par-dessus les buissons... Il se tourna vers le mur en grognant.

- Benoît, réveille-toi !

On l'agrippait par le bras, maintenant, et on le secouait sans ménagements.

Le rêve s'effilocha et disparut. À la place, l'obscurité de sa chambre et une forme en blanc à côté de son lit.

Benoît eut un accès de mauvaise humeur. Pourquoi Claire venait-elle le réveiller en pleine nuit ? Elle avait intérêt à avoir une bonne raison, parce que sinon...

Il se redressa sur son avant-bras et dévisagea la silhouette en chemise de nuit. Et il poussa un cri de stupéfaction.

C'était Ileana !!!

- Benoît, j'ai fait un affreux cauchemar ! J'ai rêvé que Stan était tombé dans un volcan avec Naragd. C'était horrible, je le voyais dégringoler et je ne pouvais rien faire... Oh, quelle sale impression !

Et elle s'assit sur le bord de son lit.

Benoît était éberlué. Ainsi donc elle pensait avoir imaginé tout ça ? Et elle s'était réveillée d'un coup, comme si de rien n'était... Sans doute les messages subliminaux d'hier avaient-ils fonctionné quand même.

- Euh...

Il ne savait pas du tout comment lui dire que ce n'était pas un cauchemar mais la réalité. Zut, pourquoi n'était-elle pas allée voir Claire ? Sa soeur aurait su quoi lui dire !

Il fut sauvé par l'arrivée de la fée soignante qui s'était assoupie et avait constaté à son réveil qu'Ileana n'était plus dans son lit.

- Damoiselle, vous êtes guérie ! C'est merveilleux, je vais tout de suite en informer dame Iowena.

La fée effleura brièvement Ileana pour vérifier que toutes ses fonctions vitales étaient en ordre, sourit puis sortit sur la terrasse, d'où elle s'envola dans un bruissement d'ailes.

Ileana poursuivit son babillage.

- Ouh là, j'ai un de ces maux de crâne ! J'ai l'impression d'être passée sous un train, comme tu dirais... À tel point que je ne me souviens même pas de ce qu'on a mangé hier soir. Ni d'ailleurs de ce qu'on a fait...

Soudain inquiète, elle porta la main à sa tête.

- Je suis dans le brouillard, ce n'est pas normal... J'essaie de me souvenir des jours précédents et je n'ai que des images vagues. Oh, je me rappelle ! On cherchait la pierre... Je vois une église, une espèce de chandelier.

- C'était un ostensoir, corrigea Benoît machinalement.
- Alors ce n'était pas un rêve... On a vraiment trouvé le cristal, et Naragd est venu. Oh, Benoît, dis-moi que la suite de mon cauchemar est fausse, que rien de ceci n'est arrivé ! gémit Ileana en lui pétrissant le bras.
- Eh bien... commença le garçon.

Zut de flûte ! Comment lui dire l'atroce vérité ? Et si ça lui redonnait un choc ? Il choisit de dégager en touche.

- Je crois qu'il vaut mieux qu'on en parle tous ensemble. Ta maman sera là dans un instant, et je propose qu'on réveille les autres.

Les souvenirs continuaient à affluer dans l'esprit d'Ileana. Elle se prit le visage dans les mains, la mine décomposée.

Benoît suivait avec angoisse l'évolution de son état. Lorsqu'il vit de grosses larmes couler sur les joues de la jeune fée, il sortit de ses draps, se mit à quatre pattes pour contourner Ileana qui était toujours assise au bord de son lit, prostrée, et se leva.

Il mit les mains sur ses épaules et les massa doucement.

- Il est mort, ce n'était pas un rêve, dit Ileana entre deux sanglots.
- Ne pleure pas. Il ne veut pas que tu sois triste.

Elle le regarda, bouleversée.

- Que je ne sois pas triste ? Alors que c'est la pire chose qui me soit arrivée ?

Et une nouvelle vague de larmes la submergea.

Soudain la porte grinça. C'était Claire que le bruit avait fini par réveiller.

Elle vit Ileana en pleurs, toute ratatinée sur elle-même et comprit aussitôt qu'elle avait non seulement recouvré sa conscience et sa mobilité, mais aussi sa mémoire.

Elle se précipita vers son amie et la prit dans ses bras.

- Il s'inquiète pour toi, il aimerait te revoir, dit Benoît à Ileana pour la consoler.

La réaction de la jeune fée fut immédiate; elle se redressa, fulminante.

- Arrête de dire n'importe quoi et de jouer les mediums ! Et laisse-moi pleurer en paix au lieu de dire des âneries !

- Pour une fois, ce ne sont pas des âneries, intervint Claire d'une voix douce. J'ai vraiment pu parler à Stan, il t'aime et pense à toi.

Ileana regarda son amie d'un air égaré.

- Claire, tu ne me ferais pas ce genre de blague idiote ? Pas maintenant ?

- Fais-moi confiance, je vais t'expliquer. Ça a commencé par une idée complètement folle que Benoît a eue après notre retour ici. Tu étais dans les choux et toute cette histoire nous rendait malade. Et mister Benoît s'est souvenu qu'Isdragarn lui avait promis un voyage dans la mort avec elle s'il rejoignait son camp, tu sais, avant la bataille. Je passe sur les détails, mais ta mère a décidé de faire sortir ta tante de sa bulle pour qu'elle nous explique comment faire. Elle a accepté le marché et nous a conduits à un endroit où Edelynn touche le monde-du-dehors, et où on peut partir pour le pays de la mort.

- Vous êtes vraiment allés dans la mort ? demanda Ileana, totalement incrédule. Tu es sûre que c'est moi qui ai été dans les choux et pas vous ?

- Rassure-toi, on est complètement sains d'esprit, moi tout du moins, ajouta-t-elle en souriant. Non seulement on a réussi à aller dans la mort, mais on y a d'abord rencontré monsieur Guillemin ! Tu sais, c'est comme un pays à explorer. Et comme à l'époque, monsieur Guillemin nous a bien aidés...

- Il a des amis marrants, enchaîna Benoît. Ils habitent tous sur le toit de la cathédrale de Candoret. Et tu ne sais pas la meilleure: le père Guillemin s'appelle Séraphin ! Je suppose qu'avec un nom pareil, c'était forcé qu'il s'intéresse aux anges et aux fées... On a aussi vu le père Marcel, au foyer. Figure-toi qu'il s'est tué en tombant dans l'Arbasse, un soir où il était complètement bourré !

Ileana avait cessé de pleurer mais arborait une expression sceptique. Elle n'était visiblement pas disposée à les croire.

Sur ces entrefaites, un brouhaha se fit entendre à l'extérieur. Les jumeaux entraînèrent Ileana sur la terrasse, où Iowena, sa mère et quelques suivantes venaient d'arriver.

Ileana se précipita dans le giron de sa maman qui l'étreignit en fermant les yeux. Claire alla chercher ses parents qui dormaient à l'opposé et n'avaient rien entendu.

Bientôt, Madeline et Aniel arrivèrent en tenue de nuit, et tout le monde s'installa dans la grande salle qui donnait sur la rivière, comme la veille au soir.

Iowena avait perçu le trouble dans lequel était Ileana et avait profité de leur étreinte pour anesthésier sa douleur psychique. Elles s'assirent l'une à côté de l'autre, encore enlacées.

Tandis que Madeline et Aniel distribuaient boissons chaudes et pâtisseries, Claire se tourna vers la reine.

- Dame Iowena, nous avons commencé à raconter à Ileana que nous avons pu voyager dans la mort avec l'aide d'Isdragarn, et que j'ai eu l'occasion de rencontrer l'esprit de Stan. Or c'est un peu difficile à croire, et elle n'aurait plus aucun doute si vous lui disiez vous-même ce que nous avons fait.

Iowena eut un sourire chaleureux pour sa fille et lui pressa la main.

- Ce que t'ont dit les jumeaux est tout à fait exact, ma chérie. Grâce à cette peste d'Isdragarn, ils ont tenté et réussi l'incroyable voyage dans le pays de la mort. Claire a eu un petit problème pour en revenir, après leur troisième expédition, et elle a été ramenée par Stan qui, bien qu'esprit, continue à t'aimer et à penser à toi.

- Ainsi c'est vrai ? s'émerveilla Ileana. Alors je veux y aller tout de suite, je veux le revoir, lui parler !

- Tu iras, mais il faut d'abord que tu reprennes des forces. Le voyage dans la mort est dangereux, il faut que tu sois en pleine forme.

- Mais maman ! Je ne pourrai pas attendre un jour de plus !

- Il est hors de question que tu risques ta vie faute de préparation ! Je dois t'avouer que les voyages ont fait une victime: Martin. Le pauvre a voulu accompagner les trois autres, mais leur expédition a mal tourné et il n'a pas résisté, il a lâché prise.

- Martin ? Encore un... C'est horrible !

Mais Ileana ne se mit pas à pleurer, le petit tour d'Iowena l'avait euphorisée.

- De toute façon, tu n'es plus à un jour près, remarqua Benoît. Ça fait des jours et des jours que tu es dans le cirage.

- Combien de temps ?

- Presque un mois.

- Un mois ! Et qu'est-ce qui s'est passé depuis le moment où je suis tombée dans les pommes ?

- C'est une longue histoire ! Pour résumer un peu: le lendemain de la catastrophe, le secteur de Conques a été envahi de flics et de pompiers. On s'est fait repérer et on a été obligés de te mettre dans une ambulance, mais on s'est éclipsés dès l'arrivée à l'hôpital. Ensuite on a pris le train pour aller chez Colette et Xavier, parce que Fonpierre est la seule porte qu'on connaisse. Ensuite on t'a rapatriée à Illiriane sur le dos de Gahadiel, la licorne d'Iliorna. Même que moi, j'ai volé à dos de tordakyl ! ajouta-t-il fièrement.

- Ici, tout le monde a essayé de te guérir, mais pas moyen, continua Claire. Alors on t'a mise dans la maison de mes parents en attendant que tu veuilles bien te réveiller. Et un jour, Benoît a eu l'idée saugrenue d'aller retrouver l'esprit de Stan dans la mort, et il s'est souvenu qu'Isdragarn lui avait fait miroiter cette possibilité quand elle essayait de le séduire, au château de Naragd. On a d'abord pensé que Benoît était devenu dingue, mais un copain d'Imraëgg nous a confirmé qu'Isdragarn avait effectivement trouvé un moyen de faire ça.

- Ta maman a pris la décision de laisser sa sœur sortir de la bulle en échange de cette information et de la promesse de nous enseigner le voyage, dit Benoît. Mais Isdragarn a essayé de nous piéger et elle a fini par disparaître; on ne sait pas où elle est passée. Et ensuite, Claire a revu Stan, comme elle te l'a dit. Ça va, je n'ai rien oublié ? demanda-t-il aux autres.

- Il y a eu aussi l'épisode de la rencontre avec les korrigans, dit Iowena en souriant.

- Ah oui, s'exclama le garçon. Quand on est sortis de la grotte – parce que le départ pour le pays de la mort se fait dans une grotte, on te la montrera -, des types bizarres nous attendaient pour nous demander où était passée Isdragarn. C'était des gars avec de toutes petites cornes sur le front, qui savent se dématérialiser. Un peuple que les fées ne connaissent pas, apparemment. Et qui ont l'air d'en vouloir à ta tante.

Ileana enregistrait toutes ces informations, perplexe. Claire sourit malicieusement.

- Il y a encore un truc que tu as oublié de raconter. Monsieur Benoît a une copine, maintenant, et il rattrape bien le temps perdu.

- Gnagnagna, tu ne pouvais pas garder ça pour toi, espèce d'infâme pipelette !

- Ce n'est pas secret défense, que je sache. Même si on regarde ailleurs, on ne peut pas ignorer qu'Alixen et lui... railla Claire.

- Oh, Benoît, comme je suis contente pour vous ! C'est super ! s'écria Ileana. Vous allez si bien ensemble... Et c'est une fille extra !

Benoît rougit jusqu'aux oreilles. Tout le monde le regardait, et pour une fois il détesta être le point de mire.

- Bon, et si on allait se recoucher ? dit-il pour changer de sujet.

- Oh non, pas question, j'ai dormi assez longtemps ! s'exclama Ileana. Je vais à la cité !

Iowena et Ingvarna se levèrent.

- Quant à nous, nous devons nous occuper d'organiser la cérémonie en hommage à Martin. Elle aura lieu en début d'après-midi, pour laisser aux gens du village humain le temps d'arriver. À tout à l'heure !

Les fées parties, Claire aida ses parents à débarrasser la table, tandis que Benoît les regardait faire, l'esprit un peu embrumé. Sa maman lui ébouriffa les cheveux au passage.

- Va te coucher, mon biquet, tu tombes de sommeil.

- Oh, bof, ça va. Mais si tu insistes...

Deux minutes plus tard, il était de retour dans la prairie de son rêve et faisait des bonds de plusieurs mètres. La seule différence, c'est que cette fois, il était tout bleu.

26. CÉRÉMONIE ET VISION

La cérémonie mortuaire avait eu lieu à la clairière. Les fées n'avaient pas l'habitude de ce genre de célébration, car la mort était quasi absente de leur quotidien, les quelques rarissimes très vieilles fées qui mourraient se vaporisant au bout de quelques heures sans laisser de traces.

Le maire du village, Mathieu, avait dirigé l'hommage, et plusieurs humains s'étaient succédés pour raconter quelques souvenirs de Martin et évoquer sa perpétuelle bonne humeur et son dynamisme.

Tous ceux qui l'avaient connu étaient très émus, et plus particulièrement Ananka, la fée mutilée. En la voyant, tout le monde comprit que quelque chose de plus fort que l'amitié l'avait liée à l'humain décédé.

Les fées avaient participé en jouant les morceaux de musique les plus mélancoliques qu'elles aient pu trouver dans leur répertoire habituellement plutôt gai.

Très affectée, Ileana avait de la peine à retenir ses larmes. La mort de l'humain lui rappelait d'autres morts, celle d'Aslan, et celle, insupportable, de Stan.

Elle passa la main sur son poignet nu.

- J'ai même perdu son bracelet, la seule chose que j'avais de lui, dit-elle tristement à Claire à l'issue de la cérémonie.

- Non, il n'est pas perdu, je l'ai récupéré. Je l'ai rangé dans ma chambre, je te le donnerai tout à l'heure.

Elles se dirigèrent vers la maison des jumeaux qui n'était pas loin de la clairière, suivies de Benoît et des Quatre. Alsander attendit le garçon, qui marchait un peu en retrait, et lui dit avec un clin d'œil appuyé et une bourrade dans les côtes:

- Alors, toi et Alixen, hein... Sacré Benoît ! On n'avait rien remarqué.

Benoît, très chatouilleux sur le sujet, réagit un peu abruptement.

- Oh, de toute façon, j'ai l'impression que tu ne remarques pas grand-chose, toi. Par exemple, tu ne vois pas qu'Alwena a un gros faible pour toi, alors que tout le monde l'a compris et qu'elle attend depuis des années que tu te décides à faire quelque chose !

Et il le planta là, assez content de sa répartie sournoise.

Puis, comme il n'entendait plus rien, il se retourna au bout de quelques mètres: Alsander s'était arrêté, sonné, comme si le ciel lui était tombé sur la tête. Benoît regretta son accès d'humeur.

- Allez, viens, c'est pas si grave ! On dirait un zombie... Viens, je te dis. Et excuse-moi, j'ai été un peu brusque.

- Non, c'est pas ça, c'est juste que...

- T'en fais pas, tu t'y feras. On est toujours le dernier au courant de ces choses-là.

Devant, la petite troupe s'était arrêtée pour les attendre. Alwena trotta vers eux. Benoît ricana.

- Bon, ben je te laisse. Bonne chance !

Et Alwena rejoignit Alsander, lui sourit et lui prit le bras pour le faire avancer. Le faé la regarda l'air complètement stupide et le rouge aux joues. Benoît était mort de rire.

- Qu'est-ce que tu as fait, mauvais garçon ? le réprimanda sa sœur. Dans quel état tu l'as mis, ce pauvre Alsander ?

- Oh, je lui ai juste dit pour Alwena, histoire d'accélérer le schmilblick. Mais il n'est pas très solide, il est en état de choc, là.

- Mais qu'est-ce qui t'a pris ? Tu joues les agences matrimoniales, maintenant ?

- Bah, j'ai rien fait de mal, je leur ai juste rendu service. D'ici quelques jours, quand il aura digéré la nouvelle et fait ce qu'il faut, il me remerciera, tu verras.

- Pour l'instant, il a plutôt l'air mal à l'aise, rétorqua Claire.

- C'est qu'il n'avait jamais capté qu'Alwena n'était pas un copain mais une vraie fille. Il était temps que quelqu'un le lui fasse remarquer !

Claire haussa les épaules. Pourquoi pas, après tout...

La bande d'amis s'installa sur la terrasse qui était devenue leur quartier général, et Claire alla chercher dans sa chambre le bracelet brésilien de Stan.

Lorsqu'elle le tendit à Ileana, la jeune fille eut une idée.

- Et si tu essayais d'avoir un flash ? Peut-être que ça marcherait aussi avec un esprit ?

Ileana serra les lèvres.

- Oui, ça marche aussi avec les esprits, j'en ai déjà fait l'expérience. Je ne vous l'ai pas dit, mais j'ai eu une vision d'Aslan après sa mort.

- Ah oui ? Et il était où ? demanda Benoît, très intéressé.

- Je n'en sais rien. Je l'ai simplement vu, lui. Il était très flou et on aurait dit qu'il essayait de me dire quelque chose, de me prévenir...

- Oh, mais alors, ça va marcher aussi pour Stan ! Comme ça, tu verras qu'on ne t'a pas raconté de blagues. Je vais chercher une bassine d'eau...

Et Benoît courut à l'intérieur et en revint avec un récipient plein d'eau qu'il posa devant la jeune fée.

Les autres firent cercle autour d'elle. Aucun des Quatre n'avait jamais assisté à une vision d'Ileana ! D'ailleurs personne n'avait jamais entendu parler d'un tel don.

Ileana déglutit difficilement et elle prit le bracelet des mains de Claire. Aussitôt elle fut traversée par un spasme et eut un étourdissement.

Blanche comme un linge, se tenant d'une main à la table, elle fixa la surface de l'eau qui scintilla comme d'habitude, tourbillonna et enfin se figea en une image. Tous se levèrent pour mieux voir ce phénomène hallucinant.

Stan était là, sur le miroir de l'eau, et il regardait Ileana avec un sourire tendre et désolé à la fois. Puis l'apparition se brouilla et disparut, et l'eau reprit son apparence banale.

- Ouah, ça alors ! C'est saisissant ! s'exclama Aodren. C'est bien lui ! Mais quelle étrange image... Tes visions sont toujours de cette couleur ?

Ileana secoua la tête, trop troublée pour parler. Stan avait l'air tellement vivant ! Comment se persuader après ça qu'elle ne pourrait plus jamais se blottir dans ses bras ?

Claire répondit à Aodren.

- C'est un mystère dont j'ai parlé hier avec Benoît. Stan avait cette drôle de couleur, quand je l'ai vu dans le pays de la mort. Il est franchement bleu, comme fluorescent. Ni gris, ni coloré. Et je n'ai pas la moindre idée de ce qui peut le rendre comme ça.

- Il y a peut-être d'autres catégories que les gris et les colorés, décréta Benoît.

- Mais monsieur Guillemin nous en aurait parlé ! objecta Claire.

- Il ne sait pas tout, le père Séraphin ! La preuve, il n'avait rien trouvé sur Edelynn, bien qu'il ait accès à des connaissances que nous n'avons pas. Et tu as bien vu sa bande de copains: un peu trop flemmards ou froussards pour aller visiter le vaste monde. Tu t'étonnes qu'ils ne connaissent pas les fluos...

Ileana se redressa, toute son énergie récupérée. Elle lissa ses cheveux en arrière, dans un geste familier qui exprimait sa détermination à agir.

- Eh bien nous irons dès demain étudier la question par nous-mêmes ! dit-elle.

- Mais ta mère a dit que... hasarda Benoît.

- Maman, je l'adore, mais il est hors de question que j'attende un jour de plus. Je me sens d'attaque ! Et comme de toute façon, le voyage dure deux ou trois jours, j'aurai le temps de me remplumer. Je n'aurai qu'à m'empiffrer et me bourrer de potions fortifiantes de ma grand mère. C'est décidé, on part demain !

27. DES RETROUVAILLES ÉMOUVANTES

Parle-moi encore de lui, Claire, s'il te plaît. Est-ce qu'il t'a raconté son voyage dans la mort ? demanda Ileana. Sa chute dans le volcan ? Ses occupations depuis ? Et comment il t'a trouvée ?

Les deux jeunes filles chevauchaient côte à côte, et c'était la première fois en trois jours qu'Ileana abordait le sujet de Stan.

- Non, on n'a pas vraiment eu le temps de parler. J'étais absolument épuisée, à deux doigts de me laisser aller. Et il est apparu comme par miracle... Je me suis laissée traîner, je ne sais même pas comment il a retrouvé la montagne avec mes maigres indications. Il ne m'a pas bombardée de questions, pourtant il y aurait eu de quoi ! Il m'a juste demandé comment tu allais. Sans doute a-t-il vu que je n'étais plus en mesure d'aligner deux mots.

- Hé, les filles, vous avez vu ? Je progresse, hein ? cria joyeusement Benoît.

Il caracolait fièrement sur un cheval gris prêté par les archers d'Isilda. Les deux bêtes qui avaient été confiées aux jumeaux avaient d'ailleurs fait l'objet d'un choix prudent, vu l'absence totale d'expérience équestre des jeunes humains. C'étaient deux gentils animaux, doux et dociles, qu'Ingvarna pilotait à distance pour plus de sûreté.

Ileana et sa grand-mère avaient leurs propres licornes, tandis qu'Agared, le meilleur ami d'Aslan, les suivait sur son cheval en compagnie de deux autres archers envoyés par Isilda, toujours aussi méfiante vis-à-vis des entourloupes possibles de sa cousine Isdragarn.

Claire sourit à son frère.

- Pas trop triste qu'Alixen ne soit pas venue ?

La jeune fée avait insisté pour faire partie de l'expédition, mais Benoît avait tenu bon. Après ce qui était arrivé à Martin, il n'était pas question de lui faire courir le moindre risque !

- Ben si, j'aimerais bien qu'elle soit là, avec nous ! Mais elle est si fofolle que j'aurais été mort de peur sans arrêt. J'ai eu un peu la trouille qu'elle nous suive quand même, alors je l'ai confiée à Alsander pour qu'il la surveille le temps qu'on parte. Quoique le pauvre ne soit pas très efficace en ce moment, il est encore dans les nuages après ma révélation de l'autre jour…

- Et dire qu'on a failli avoir une des ces vieilles pies d'Anciennes avec nous! souffla Ileana. Je n'en suis pas revenue qu'Athalpi ait exigé que leur groupe soit représenté dans notre expédition !

- Visiblement, elle n'a pas digéré d'avoir été mise à l'écart. Les Anciennes n'ont plus aucune influence, et Athalpi en est verte de jalousie, dit Claire.

- Je ne la sens pas du tout, celle-là, décréta Benoît. Il faudrait la surveiller, je la crois capable de tout. Elle me fait penser à une méchante sorcière.

Claire rit.

- C'est ton sixième sens féminin, frérot ?

Benoît haussa les épaules.

- C'est ça, fiche-toi de moi. Je te le dis, c'est tout. Un jour, tu verras que j'ai raison. C'est comme Iolann, elle va nous causer du tort si on ne s'en occupe pas bientôt. Quand on laisse flotter les rubans, on s'en mord les doigts ensuite, dit-il sentencieusement.

- Tu n'as pas tort, Benoît, mais tu sais bien qu'on ne peut pas tout faire à la fois, répondit Ileana. Pour Athalpi, je pense que tu exagères, elle brasse surtout de l'air pour se donner de l'importance. Mais pour Iolann, on va devoir intervenir, c'est certain, surtout maintenant qu'Imraëgg a repéré le fameux abri.

- Ce qui m'inquiète le plus, c'est les cuves qu'il a distinguées dans le sous-sol de l'abri. Tu imagines, s'il y a de nouveau une horde de sales bêtes qui déferle sur nous ? Des monstres que Naragd aurait créés avant la bataille et qui continueraient à grandir dans leurs cuves ?

- Tu sais bien qu'Imraëgg a dit qu'une seule cuve était occupée. Et la bestiole ne va pas en sortir toute seule ! Si Naragd n'est plus là pour s'en occuper, elle va finir par mourir de faim. D'ailleurs, ça doit déjà être le cas. Ne t'en fais pas pour ça. De toute façon, Imraëgg garde maintenant ses caméras spéciales braquées sur la maison.

- Mmm.

Benoît ne semblait pas convaincu.

Soudain, on entendit une galopade. C'était Aodren qui revenait de sa mission de reconnaissance.

- On approche ! La grotte n'est plus qu'à une lieue d'ici.

Ils parcoururent les derniers kilomètres à un rythme plus vif et se retrouvèrent devant les hautes murailles.

- Il va falloir passer à la queue leu leu dans le défilé,

car il est très étroit, prévint Aodren.

- Je vais passer devant, on ne sait jamais, dit Ingvarna. Agared, vous voudrez bien fermer la marche ?

Peu de temps après, il se retrouvèrent à l'endroit où ils avaient bivouaqué avec Martin et les fées, la veille du voyage tragique. Ils descendirent de leurs montures, et les archers préparèrent le camp.

Ileana contemplait le ciel. L'après-midi était déjà bien avancé. La raison aurait voulu qu'elle passe la nuit ici, et qu'elle ne se lance dans l'exploration des galeries que le matin suivant, mais elle n'en pouvait plus de remettre au lendemain.

- Il m'attend. Je veux y aller tout de suite, dit-elle d'une voix douce mais d'un air têtu.

Ingvarna soupira.

- Je pensais bien que tu réagirais ainsi. Bon, je suppose qu'on va y aller, alors... Sinon, tu trouveras le moyen de nous fausser compagnie et de suivre les signes laissés par Aodren sur les parois des galeries. Vous êtes d'accord, tous ?

Aodren et les jumeaux hochèrent la tête.

Ils prirent congé des trois archers et pénétrèrent dans la mine. Car il était convenu qu'Agared et ses deux amis surveilleraient l'entrée de la grotte pendant leur voyage tout en prenant soin des huit montures, tandis qu'Ingvarna veillerait sur le corps des quatre amis, en bas, dans le faisceau.

La descente se fit sans un mot. Ileana s'était fait expliquer en long et en large la technique du voyage dans la mort tandis qu'ils chevauchaient, aussi n'avait-elle pas besoin de mise au point de dernière minute.

Elle était plongée dans ses pensées, impatiente de revoir son aimé, et les autres respectèrent son silence.

Quand ils firent irruption dans l'immense caverne baignée de lumière naturelle, Ileana ne put retenir un petit cri de surprise. Elle avait beau s'être fait décrire les lieux plusieurs fois, rien ne la préparait à une telle démesure. Benoît la guida jusqu'à l'endroit des ossements.

- Tu veux te reposer ou y aller tout de suite ? demanda-t-il tout en sachant ce qu'elle allait répondre.

Elle sourit sans un mot et désigna les emplacements dans le sable.

- C'est là, je suppose ?

- Oui. Tu veux que je te réexplique ?

- Mais non, bêta, vous me l'avez déjà répété dix fois. Ne te fais pas de souci, tout se passera bien.

Et elle s'allongea, imitée par les trois autres. Elle adressa un clin d'œil à sa grand-mère qu'elle sentait un peu tendue et ferma les yeux.

Elle fut la première à sortir de son corps et à s'élever lentement dans le faisceau blanc. Émerveillée, elle regarda les quatre silhouettes inanimées au sol, constata qu'effectivement on voyait aussi bien les vivants que les esprits, et tourna la tête vers le haut de la cheminée, impatiente d'aller vers son destin.

Elle jaillit de l'ouverture de la montagne et soudain elle le vit.

Il attendait tranquillement au bord du trou et la regardait avec un sourire éblouissant. Complètement bouleversée, elle se souvint néanmoins qu'il fallait sortir du faisceau et elle le rejoignit sur l'herbe.

Ils se contemplèrent intensément et approchèrent leurs paumes l'une de l'autre jusqu'à ce que leurs mains se traversent.

- C'est pas glamour, hein, dit Benoît derrière eux. Sacré Stan, j'aurais jamais cru qu'un jour je serais si content de te voir !

Aodren s'approcha, très ému.

- Bonjour, Stan. Je voudrais te dire, pour l'autre

fois, devant le volcan... Excuse-moi d'avoir réagi si lentement ! Si j'avais...

- Ne t'excuse pas, Aodren, tu as fait ce qu'il fallait. Ce qui est arrivé n'était pas de ta faute. C'est de la faute à pas de chance, c'est tout. N'en parlons plus. Moi aussi, je suis sacrément content de vous voir, tous. Je n'aurais jamais imaginé que ça arriverait un jour, c'est formidable. Comment vous avez réussi cet exploit ?

Claire faisait depuis un petit moment des signes discrets à son frère. Il comprit enfin.

- Euh... Ileana te l'expliquera mieux que nous. On a un truc à faire dans le village de la vallée. C'est dans cette direction, au bord de la rivière. Vous nous rejoignez là-bas ?

Et le faé et les jumeaux laissèrent Ileana et Stan au bonheur de se retrouver.

Lorsque les amoureux vinrent les rejoindre, longtemps après, ils avaient l'air resplendissant, et Benoît se dit qu'il avait eu tort de se faire du souci. Ce n'était peut-être pas l'idéal, mais au moins ils pouvaient se voir et se parler, et pour l'instant, ça semblait leur suffire.

- J'aimerais bien vérifier que monsieur Guillemin est bien rentré après l'attaque de l'autre jour. Ça ne vous dérange pas qu'on aille le voir à Candoret ? demanda Claire.

Comme elle regardait surtout Stan, il répondit:

- Pas du tout. Je n'y suis d'ailleurs pas retourné depuis que...

Les autres baissèrent la tête. Ils n'allaient jamais pouvoir prononcer l'horrible mot ! Mort, il était mort, même s'ils essayaient de faire comme si de rien n'était.

Aodren s'envola le premier pour dissiper sa gêne.

- C'est par là...

Et ils entreprirent le voyage rapide vers Candoret. Benoît retrouva vite sa tchatche habituelle et fit à Ileana et Stan tous les commentaires imaginables sur leurs premiers voyages dans le pays de la mort.

Il leur raconta l'expérience de mort imminente d'une petite fille à laquelle ils avaient assisté, leur première rencontre avec un gris, les tentatives d'Isdragarn pour les perdre, les retrouvailles avec Séraphin Guillemin. Lorsqu'ils arrivèrent en vue de la cathédrale, Ileana et Stan savaient presque tout de leurs aventures passées.

Les esprits sur le toit ne pipèrent mot à leur passage mais ouvrirent tout de même de grands yeux à la vue de l'esprit bleu qui accompagnait les colorés qu'ils connaissaient déjà.

Les amis se dirigèrent vers les cloches et poussèrent un soupir de soulagement: monsieur Guillemin était assis là, avec Théobald et Lucius ! Claire se précipita vers eux, et ils se levèrent galamment pour l'accueillir.

- Ma chère Claire ! s'exclama le père Guillemin. Vous êtes saine et sauve, Dieu merci ! J'avoue m'être fait un sang d'encre à votre sujet. Mais... voici notre jeune fée ! En pleine forme, on dirait. Et ce jeune homme ? S'agirait-il de...

- Oui, monsieur Guillemin, nous avons retrouvé Stan ! Ou plutôt, c'est lui qui nous a retrouvés.

- Formidable, tout est bien qui finit bien !

- Enfin presque, si ce n'est un détail important: Stan est coincé ici pour toujours, puisque c'est un rescapé, comme vous... Alors que nous, nous ne pouvons pas rester très longtemps ici sans nous affaiblir. Donc, ce n'est pas vraiment un happy end.

Guillemin fronça les sourcils et sauta du coq à l'âne.

- Quelle étrange couleur vous avez, jeune homme. Lucius, toi qui es là depuis si longtemps, as-tu déjà vu un esprit ayant cette apparence ?

- Jamais ! En vingt siècles, pas une seule fois, répondit le gallo-romain.

- Et je suis prêt à parier qu'aucun gris de Candoret n'a jamais vu un esprit semblable, continua Guillemin. Me permettez-vous de faire une petite expérience ?

Stan acquiesça.

- Connaissez-vous mon plat préféré ? demanda le vieil homme.

Les jumeaux se regardèrent. Le père Guillemin avait peut-être eu un choc dans l'attaque ? Ou il était devenu sénile ? Stan secoua la tête négativement.

- Désolé, je ne connais pas votre plat préféré. Je ne pense pas que vous m'en ayez parlé, à l'époque où je fréquentais votre magasin.

Guillemin sourit comme un enfant qui s'apprête à faire une bonne farce.

- Et savez-vous comment se prénomme mon vieil ami ici présent ? demanda-t-il en désignant Théobald.

- Non plus.

- Et l'animal dont j'avais très peur quand je vivais encore?

Stan fit un geste de dénégation.

Cette fois, Guillemin éclata d'un rire triomphant.

- Les rescapés savent instinctivement plein de choses sur les esprits en face d'eux; pas tout, bien sûr, mais des petites choses, comme leur nom ou leurs distractions favorites. Vous ne savez rien de tout ça ! martela-t-il. Vous ne lisez rien dans mon esprit !

Stan écarta les bras en geste de regret.

- Je suis désolé, mais je ne sais rien de tout ça, en effet. Peut-être parce que ça ne fait pas très longtemps...

- Oh non ! C'est tout simplement *parce que vous n'êtes pas mort* !

28. L'INCROYABLE RÉCIT DE STAN

On aurait pu entendre une mouche voler, s'il y en avait eu sur le toit de la cathédrale. Tout le monde fixait alternativement Stan et monsieur Guillemin.

Stan, pas mort ??? Après sa chute dans de la lave à plus de mille degrés?

Ileana se rendit compte qu'elle était comme tétanisée; elle n'arrivait plus à penser de façon cohérente. Les jumeaux étaient bouche bée, Aodren pensif, Stan hébété, et monsieur Guillemin toujours hilare, très content de son joli coup.

Benoît fut le premier à réagir.

- Mais c'est absolument impossible! On l'a tous vu tomber. C'était de la lave, pas une piscine! Le truc avec zéro pour cent de chances de survie! Et il n'y avait pas d'aspérité pour se raccrocher à la dernière minute comme dans les films...

Il se tourna vers Stan.

- Tu es tombé, hein? On a bien vu, tu n'as pas pu te rattraper.

Stan secoua la tête.

- Oui, j'ai bien fait le plongeon. Et j'ai toujours été persuadé d'être mort!

- Moi, je suis convaincu du contraire, dit Guillemin. Certes, vous n'avez pas l'apparence habituelle des colorés, mais je suppose que cela doit pouvoir s'expliquer. Si vous nous racontiez votre version des faits?

- D'accord. Quand on est tombés dans la lave, Naragd m'a lâché, et je l'ai vu brûler devant moi. Ça a été très rapide, il a flambé, s'est racorni et est devenu complètement carbonisé en quelques secondes. Et moi, je le regardais, c'était si horrible...

Guillemin hocha la tête d'un air entendu. Jusqu'à présent, le récit du jeune homme lui donnait raison.

- Je ne comprenais pas pourquoi je n'avais pas encore brûlé, j'attendais la mort, mais bizarrement la lave ne me touchait pas. Au bout d'un moment, je me suis rendu compte que si je n'entrais pas en contact avec le magma, c'est que les cristaux formaient autour de moi comme une espèce de sphère électrique. Car je n'avais pas lâché les pierres, je les serrais toujours contre moi. La bulle s'est enfoncée et j'ai rapidement perdu le sens de l'orientation, puisque j'étais complètement immergé dans la lave; je me sentais ballotté, complètement impuissant, et je ne comprenais pas pourquoi j'avais la vague impression de descendre au lieu d'être entraîné vers le haut par le flot de lave. J'étais désespéré, j'enviais presque Naragd d'avoir été tué sur le coup, et je pensais que ma mort n'était que partie remise, car je ne voyais aucune raison de m'en sortir. Soudain la sphère a cogné contre quelque chose, elle est restée accrochée et n'a plus bougé. J'ai continué à tenir très fort les cristaux qui étaient mon seul rempart contre l'enfer à l'extérieur de la sphère. Je me disais "Pourvu qu'ils tiennent le coup, qu'ils aient assez d'énergie pour me protéger jusqu'à ce que la sphère remonte à la surface!". La paroi de la sphère était à peine tiède, et j'ai fini, au bout de je ne sais combien de temps, par tomber de fatigue et me recroqueviller sur le sol de la bulle. Dans un demi sommeil, je pensais que bientôt je n'aurais plus d'oxygène, et que je mourrais de faim et de soif. Et j'avais si peur de lâcher les cristaux en dormant! D'orangé, la lave est devenue rouge sombre puis noire. J'avais l'impression d'être là depuis des jours...

Tous étaient suspendus à ses lèvres. Son récit était si captivant que même Benoît ne trouvait rien à dire.

Stan continua son histoire hallucinante, plongé dans ses souvenirs.

- Au bout d'une éternité, je me suis réveillé. J'étais tout cotonneux, j'avais du mal à réfléchir, et le moindre geste m'était difficile. J'ai constaté que la sphère était toujours immobilisée et je me suis dit que si je ne tentais rien, je n'en avais plus pour longtemps. J'ai essayé de faire bouger la bulle, et je sentais bien qu'elle butait contre quelque chose de solide d'un côté. Mais je n'arrivais pas à la décrocher. Alors j'ai joué mon va-tout: c'était arriver à la décoincer et pouvoir éventuellement remonter, ou ne rien faire et mourir à petit feu. Je préférais prendre le risque d'en finir. J'ai brandi les cristaux comme Naragd l'avait fait, et j'ai pensé au laser. Un faisceau bleu s'est matérialisé, alors j'ai essayé de couper dans ce qui retenait la sphère, sans doute du rocher. J'étais mort de peur, car je me disais que si je faisais un trou dans la sphère, la lave allait y entrer et me faire griller. Il y a eu un grand choc, un trou, des remous, et la sphère a commencé à se déformer et à s'introduire dans la paroi que j'avais creusée, comme si elle était aspirée. De la lave presque figée commençait à entrer aussi, mais il y a eu un effondrement, et le flux s'est tari. J'ai eu envie de voir où j'étais, et les cristaux ont lui plus fort. J'ai vaguement discerné les parois d'une galerie, mais je n'avais pas la force de l'explorer. De toute façon, les cristaux continuaient à faire écran entre l'extérieur et moi. Je me suis rendormi, et j'ai fini par mourir, du moins c'est ce que je pensais. Rien de ce que j'avais vécu n'aurait pu me faire penser le contraire! Mon esprit est sorti de mon corps et je me suis retrouvé dans l'espace, où j'ai fait connaissance avec les chevaucheurs de comète. Et pendant des mois, j'ai partagé leur quotidien, entendu l'histoire de la mort de chacun... La mienne était quand même l'une des plus originales, ça m'a valu le respect des autres, malgré ma couleur bizarre. Et puis, un jour, j'ai entendu l'appel au secours de Claire et reconnu sa voix. La suite, vous la connaissez.

- Eh bien, sais-tu ce que je crois, jeune homme? dit Guillemin après un petit instant de réflexion. Je pense que tu es toujours sous l'influence des cristaux. Si tu étais mort, tu serais devenu gris, comme tous les autres! Mais les cristaux t'ont protégé et je suis sûr qu'ils continuent à protéger ton enveloppe charnelle, là-bas, sous la terre. Je pense que ta couleur est le signe évident que tu n'es pas coupé de ton corps, mais qu'il t'attend. Les cristaux sont de couleur bleue, je présume?

Ileana acquiesça.

Benoît était enthousiaste.

- Alors ça veut dire qu'on va pouvoir lui faire réintégrer son corps et qu'il va pouvoir revenir avec nous dans le monde-du-dehors!

Aodren dit d'un ton soucieux:

- Oui, à condition que Stan arrive à localiser son corps. Il est humain, comme toi et Claire, et on sait tous que vous n'avez pas un sens inné de l'orientation. S'il ne sait pas où il est, on fait comment?

- Tu saurais y retourner? dit Benoît à Stan d'un ton suppliant.

- Non, je n'ai pas la moindre idée de l'endroit où est mon moi physique. D'ailleurs je vais te dire une chose: j'ai passé des semaines à imaginer dans quel état mon corps pouvait être, c'était affreux.

- Beurk, dit Benoît qui voyait très bien, étant doté d'une imagination fertile. Bon, on sait déjà une chose, c'est que ton corps est resté dans les parages du volcan. Donc dans le sous-sol de Conques. On n'a qu'à y aller, là, tout de suite.

Guillemin tempéra l'ardeur du garçon.

- Si ce n'est que vous, les colorés, n'avez aucun moyen de vous diriger à travers une matière solide. Pas que ce soit impossible d'y pénétrer, non, puisque les esprits traversent la matière. Mais vous y seriez comme sourds et aveugles. Je crains même que vous puissiez y rester enfermés, ne sachant plus par où sortir!

- Beurk, dit Benoît pour la deuxième fois en trois minutes. Il s'imaginait très bien en train de tâtonner dans la roche en essayant désespérément de retrouver l'air libre. Quelle horreur!

- Et les gris alors? enchaîna-t-il. Vous pourriez le retrouver? Vous avez le GPS intégré!

- Ce n'est pas si simple. Nous pouvons aller où nous voulons, à condition de savoir vers où nous diriger. Au jugé, nous ne trouverions jamais. La probabilité de tomber dessus serait absolument infime.

Ileana se tordait les mains nerveusement. Se pouvait-il qu'après l'extraordinaire nouvelle on se rende compte que finalement, on ne pouvait rien entreprendre?

Aodren et Claire retournaient le problème dans leur tête mais ne trouvaient pas de solution. Quant à Benoît, il tripotait sa bouche, signe d'une intense réflexion.

- Si on ne peut pas le trouver en passant par le pays de la mort, il faut aborder le problème sous un autre angle, dit-il. Il faut retourner dans le monde-du-dehors. Et faire de la spéléo dans la galerie où se trouve le corps de Stan!

29. PÉLERINAGE À CONQUES

Faudra quand même un jour qu'on dessine une carte des portes, côté France et côté Edelynn, déclara Claire. Ce serait pratique! On devrait interroger tous ceux qui savent quelque chose au sujet des passages; en rassemblant toutes les informations, on parviendrait à avoir une liste assez complète des portes.

Les quatre amis marchaient d'un bon pas dans la campagne avoisinant Conques.

Ileana hocha la tête.

- Isilda m'en avait appris quelques unes lors de mon initiation, mais elle est loin de les connaître toutes... Et maman n'en sait pas plus sur le sujet.

- Heureusement qu'Ingvarna a pu nous dire qu'il y avait une porte à peu près à la hauteur de Conques! J'ai l'impression qu'elle en sait plus que beaucoup... déclara Benoît. Et que monsieur Guillemin n'avait pas tout à fait raison quand il parlait d'une ligne nord-sud.

- Non, d'après les portes qu'on a identifiées, la ligne est plutôt oblique, précisa Claire.

- Et il y en a probablement d'autres éparpillées un peu partout, rappelle-toi ce que disait Isdragarn: elle prétendait que les portes qu'on connaissait étaient loin d'être les seules.

- En tout cas je ne suis pas fâchée d'arriver, j'en ai plein les pattes, dit la jeune fille. Il est plus fatigant de marcher dans le monde-du-dehors que de voler dans le pays de la mort !

Aodren sourit.

- D'habitude, c'est plutôt Benoît qui fait ce genre de remarque, non?

Claire fit une affreuse grimace et porta les mains à sa gorge.

- Aaah, je suis contaminée! Mon frère a déteint sur moi, je suis perdue! Bientôt je ne vais plus savoir mes tables de multiplication et je croirai que Charlemagne s'est battu contre les prussiens en 1515! Au secours!

- Haha, très drôle, grommela Benoît en donnant un coup de pied dans un caillou. Tu devrais être contente que je déteigne sur toi, c'est la meilleure chose qui puisse t'arriver. Mais malheureusement, tu ne resteras à jamais qu'une pâle copie du merveilleux, de l'irremplaçable Benoît.

- Je t'interromps deux secondes, merveilleux Benoît, on arrive! Où avez-vous donné rendez-vous à Stan et à monsieur Guillemin? demanda Ileana.

- À l'ancien cimetière, parce que c'est un endroit que monsieur Guillemin connaît; on l'a prospecté avec lui, la dernière fois.

- C'est juste derrière ce tournant, précisa Aodren.

Les quatre amis entrèrent dans le petit cimetière de la chapelle et regardèrent autour d'eux. Ils se sentaient un peu bêtes, car ils étaient presque sûrs que Stan et monsieur Guillemin étaient là, au rendez-vous, mais ils ne pouvaient ni les voir, ni les entendre.

Et ils savaient que les autres esprits, ceux de Joseph et des morts du volcan, étaient là aussi, à tournoyer sans doute au-dessus d'eux!

Ileana se décida à appeler.

- Stan, tu es là?

- C'est un peu idiot, ce que tu dis, fit remarquer Benoît. Il ne va pas te répondre! On n'est pas dans un film avec des mediums qui font tourner des tables: "Esprit, si tu es là, frappe un coup!"...

Ileana haussa les épaules.

- C'était une entrée en matière, voilà tout.

N'empêche qu'elle se sentait un peu nerveuse. Quelle drôle de situation! Penser qu'il était peut-être là, à la frôler, et qu'elle n'en savait rien...

Elle reprit la parole et s'adressa à l'air environnant, de façon pas très naturelle.

- Bon, comme convenu, on va enquêter dans le village. On te suit, Aodren.

Et les quatre amis se dirigèrent vers le village, suivis, ils l'espéraient, par les deux esprits. En se quittant, sur la cathédrale de Candoret, ils s'étaient promis de se donner rendez-vous à Conques, afin que Stan et Guillemin n'ignorent rien de leurs recherches, puisqu'ils pouvaient entendre et voir la même chose que les vivants, même s'ils ne pouvaient pas communiquer avec eux.

Puis Ileana, Aodren et les jumeaux avaient réintégré leur corps dans la grotte et avaient expliqué leur projet à Ingvarna. Ils pensaient d'abord devoir retourner à Illiriane pour reprendre une porte connue, mais la grand mère d'Ileana leur avait dévoilé l'existence de Naga Ur, une porte bien plus au sud. Elle les y avait accompagnés avec Agared et les deux archers, puis était retournée à Illiriane en leur faisant promettre de les appeler s'ils avaient besoin d'eux.

Ils s'approchèrent le plus possible des ruines de l'église; le tympan de l'église était tombé dans le volcan ainsi qu'une partie de la nef, mais l'abside restait quasi intact.

Ils furent surpris de voir autant de monde dans les rues. La vie avait repris son cours, et le volcan qui rougeoyait toujours avait attiré une foule de touristes. Les abords avaient été sécurisés, de nombreux pannonceaux prévenaient les gens des dangers qu'ils courraient en s'approchant trop, mais cela n'empêchait pas les curieux de s'agglomérer le long des rambardes.

Une stèle toute neuve avait été érigée près de l'édifice religieux. Le texte, très court, était orné d'une photo dans un médaillon bombé, comme sur certaines tombes, et au sommet de la stèle figurait un ange.

Stupéfaits, ils lurent: "en hommage reconnaissant à Stan Grégorieff et à l'ange" !

La photo, un peu floue, était bien celle de Stan!

Ileana, très émue, ne put retenir ses larmes.

- Incroyable, s'écria Benoît. Mais qu'est-ce qui leur a pris?

- C'est normal, expliqua Claire. Pour eux, Stan a mis fin aux agissements de Naragd, c'est un héros! Il a connu une fin affreuse, qui plus est. Et l'ange, pas besoin de demander qui c'est, dit-elle en souriant tendrement à Aodren.

- N'empêche que je ne comprends pas comment ils ont fait pour découvrir son nom!

- On n'a qu'à interroger quelqu'un d'ici. Par exemple dans un magasin, suggéra Claire.

- Ou plutôt, on pourrait aller prendre une glace, si le troquet existe toujours, lui opposa Benoît. Comme ça, on ferait d'une pierre deux coups: on aurait les renseignements et on se ferait un petit plaisir...

- Une coupe avec 8 ou 9 boules, tu appelles ça un

"petit" plaisir? ricana sa soeur. Je n'ose pas imaginer ce qu'est un grand plaisir pour toi. Une bassine pleine? Ou carrément te vautrer dans le chariot à glaces?

Benoît décida d'ignorer sa soeur et lui tourna le dos.

- Aodren, tu n'y avais pas eu droit, la dernière fois. Tu vas goûter aux glaces, tu verras, c'est fameux!

Ileana ne disait rien, elle reniflait et s'essuyait le bout du nez.

Benoît lui tendit un mouchoir en papier.

- Pleure pas, va, on le retrouvera, ton chéri. On a tout réussi, jusqu'à présent. Aller dans la mort, le retrouver, découvrir qu'il était vivant... Y a pas de raison qu'on ne réussisse pas à le faire rentrer dans sa jolie carcasse qui plaît tant aux dames.

Ileana ne put s'empêcher de sourire.

- En tout cas, vous êtes vraiment des amours, tous les trois. Quand je pense aux folies que vous avez faites pour me redonner le moral! On ne peut pas trouver de meilleurs amis que vous. Vous n'avez pas hésité à risquer votre vie pour ça, c'est fou. Vous êtes trop...

Et elle se remit à pleurer, d'émotion cette fois.

- Ouh là! Tu n'es pas complètement requinquée, à ce que je vois! Tu nous fais des compliments, ce n'est pas normal. Et tu te transformes en fontaine pour trois fois rien. Allez, viens manger une bonne glace, ça te remettra les idées en place. Oh, ça rime, en plus!

Benoît repérait les marchands de friandises mieux qu'un cochon les truffes. Bientôt tous quatre furent assis devant "de petits plaisirs".

Claire était allée payer et poser quelques questions. Elle revint en rangeant son porte-monnaie dans son sac à dos.

- Je sais maintenant comment ils ont identifié Stan, pour la stèle. Les gens qui ont vu la scène ont permis d'établir un portrait-robot de Stan. C'est lui qui a attiré tous les regards, puisqu'il s'est battu contre celui qu'ils considèrent toujours comme un terroriste. Ils ont été plusieurs à le décrire. Et comme le lycée de Candoret avait signalé sa disparition, les enquêteurs se sont procuré une photo de classe où on le distinguait bien, de sorte que le rapprochement a été fait assez facilement. Mais la police s'intéressait surtout à l'arme utilisée par Naragd, ils pensaient que c'était un nouveau type d'arme nucléaire. Bien sûr, ils n'ont trouvé absolument aucun indice sur place.

- Et pourquoi ils ont fait une stèle? demanda Benoît.

- Mais en l'honneur des héros! s'exclama Claire. Et d'abord, ce n'est pas la police qui l'a fait ériger, c'est la commune de Conques. Tu ne comprends vraiment rien! Stan est devenu un héros pour ces gens, malgré son jeune âge. Il a eu beaucoup de courage de se battre contre un type armé, et grâce à ça il a empêché que la totalité du village ne soit détruite, ou même la région entière, car qui sait où Naragd se serait arrêté! Et l'ange, c'était le petit coup de pouce divin. Ils ont adoré en voir un, surtout ici, sur le chemin de Compostelle! Ça leur a presque semblé normal.

- Et tu as pensé à demander s'il y a des galeries ici? reprit Benoît.

- Non, désolée, je préfère que tu t'occupes toi-même de cette partie du problème.

Benoît se leva en grommelant des choses un peu indistinctes qui ressemblaient à "ralàlà... pas aidé... toujours tout faire soi-même..." et entra dans le restaurant.

Il en ressortit un peu plus tard, la mine déconfite.

- Il ne sait rien sur les galeries de la région, le gars. Il m'a dit qu'il n'en avait jamais entendu parler, et que s'il y avait un club de spéléo dans la région, il le saurait sans doute. Tu ne veux pas aller regarder dans l'annuaire? demanda-t-il à sa soeur avec son regard de chien battu.

- Ouh toi, tu ne peux jamais terminer ce que tu commences?

- Mais s'il faut téléphoner, j'aime pas trop. S'il te plaîîîît!

- Grrr, tu m'agaces!

Mais elle se leva néanmoins pour aller demander un annuaire et passer quelques coups de fil.

Lorsqu'elle revint, une vingtaine de minutes s'étaient écoulées et Benoît commençait à perdre patience. Sa glace n'était plus qu'un lointain souvenir, et il promenait machinalement sa cuiller dans la coupe vide.

- Je me demandais si tu avais dû construire un téléphone ou si tu t'étais amusée à recopier l'annuaire en entier, bougonna le garçon. Alors? Elles sont où, les galeries?

- Eh bien ça se présente plutôt mal: il n'y a pas une seule galerie, un seul souterrain, une seule grotte dans le sous-sol de Conques. Rien.

30. UN ARCHANGE PASSE

Pas une seule galerie? s'écria Benoît, stupéfait.

- Non. Ici, le sous-sol est plein, c'est le contraire d'un gruyère. Pour la spéléo, il faut aller plus loin, faire quelques dizaines de kilomètres, les mordus locaux le déplorent assez!

- Mais est-ce qu'il ne peut pas y avoir de nouvelles galeries dues au volcan? Tu n'as peut-être pas pensé à demander... argumenta Benoît.

- C'est ça, prends moi pour une quiche. J'ai posé la question, figure-toi: effectivement, une éruption provoque des fissures, mais elles sont tout de suite remplies par de la lave, et dans quelques millions d'années, si la roche autour s'érode, ça formera des dykes, des pitons de lave solidifiée, comme les gars me l'ont expliqué. En tout cas, il n'y a aucun creux connu.

- Mince de zut! C'est vraiment la tuile, ça! Où est-ce qu'il peut bien être? Tu entends, Stan? On n'est pas dans la mouise, hein...

Un silence lourd plana autour de la table. La piste

semblait s'arrêter là, que faire de plus?

Soudain, Ileana fixa un homme qui venait à leur rencontre, et les trois autres tournèrent la tête dans sa direction. Il était encore loin, mais on pouvait voir qu'il n'était pas banal. Grand, mince, une musculature incroyable, des cheveux blonds très longs flottant au vent, il semblait extraordinairement sûr de lui.

Ileana siffla entre ses dents.

- Ce gars, c'est un faé, j'en suis sûre, je le sens!

- Nooon? Qu'est-ce qu'il fait là? Tu le connais?

Ileana secoua la tête négativement.

- On ne va pas tarder à savoir qui c'est et ce qu'il nous veut, puisqu'il vient vers nous...

Le type était maintenant suffisamment proche pour qu'on distingue bien son visage. Il était d'une beauté renversante et les regardait en souriant, tout en jetant de brefs coups d'oeil à droite et à gauche comme pour vérifier qu'on ne le suivait pas.

Il s'arrêta devant eux et leur demanda s'il pouvait prendre place à leur table.

Sans un mot, Aodren, saisit une chaise libre à côté et la plaça entre la sienne et celle de Benoît. L'homme s'assit et dévisagea chacun d'eux d'un air pénétrant.

- C'est bien ce que je pensais. Vous venez d'Edelynn, du moins vous deux. Et si je ne me trompe, damoiselle, vous faites partie de l'élite, ajouta-t-il en souriant malicieusement à Ileana.

- Vous ne vous trompez pas, je me nomme Ileana, fille d'Iowena, reine des fées. Et voici Aodren, de la cité d'Illiriane. Et nos amis Claire et Benoît, enfants d'Aniel d'Illiriane et de Madeline, une humaine. À qui avons-nous l'honneur de parler?

- Aimez-vous les devinettes? Mais d'abord, il me faut savoir... Avez-vous un rapport avec ce qui s'est passé ici il y a quelques mois?

Benoît regarda Ileana d'un air méfiant. Elle avait donné leurs identités bien facilement. Qui leur disait que ce type n'était pas de la police? Après tout, les pouvoirs d'Ileana ne fonctionnaient pas correctement dans le monde-du-dehors, elle avait très bien pu se laisser impressionner par la prestance du bonhomme et sa ressemblance avec un faé!

L'homme sourit à Benoît.

- Désolé de lire dans vos pensées, mais c'est une question de survie, ici, dans le monde-du-dehors. Je suis bien un faé, et non un policier, rassurez-vous. Je suis de votre côté, et, si vous êtes bien ceux que je crois, je viens vous demander votre aide.

Benoît cessa instantanément de le regarder bizarrement. Il avait dit "Edelynn", "monde-du-dehors", "faé"... Un policier n'aurait pas connu tous ces termes.

Ileana répliqua.

- Avant de vous dire si nous sommes qui vous croyez, j'aimerais bien que vous vous présentiez.

- À Edelynn, je ne suis qu'un faé parmi d'autres. Ici, dans le monde-du-dehors, je fais partie des légendes depuis des siècles.

Ils comprirent tous en même temps.

- Quoi, vous êtes Amékel??

Le faé éclata de rire.

- Au temps pour moi. Je pensais être inconnu de vous. Mais apparemment vous en savez sur moi plus que je ne le pensais.

- C'est vous qui prenez les humains pour des imbéciles depuis deux mille ans, à jouer à l'archange St Michel? s'exclama Benoît.

- Je ne joue pas, je *suis* l'archange. Un type très spécial avec des ailes, capable de choses que les humains ne savent pas faire, qui apparaissait déjà il y a des siècles et qui n'a pas changé d'apparence depuis. Ce n'est pas un jeu, répliqua Amékel en regardant autour de lui pour vérifier qu'on ne les écoutait pas.

- Mais vous leur faites faire et croire des trucs, ce n'est pas très honnête, dit Claire.

- Je ne le nie pas. Quoique j'aie plutôt eu une influence civilisatrice sur les humains... Jamais je n'ai utilisé l'ascendant que j'avais sur eux à des fins amorales. J'ai toujours essayé de les tirer vers le haut.

- Mouais... Forcer un pauvre ermite à construire une église pour abriter le cristal des elfes, je ne trouve pas ça particulièrement moral, dit Benoît.

Amékel rit franchement.

- J'adore les humains! Toujours en train d'argumenter, de pinailler. Ce n'est pas si évident de les mener par le bout du nez, ils résistent!

- Ouh là, on croirait entendre Imraëgg, marmonna Benoît.

Amékel reprit.

- Vous avez déjà répondu à ma question. Si vous êtes au courant pour le cristal, vous êtes ceux qui ont participé aux évènements d'il y a six mois.

- Étiez-vous ici, lors de ces faits tragiques? demanda Ileana.

- Non, j'étais dans une autre région du monde-du-dehors, mais quand j'ai lu dans le journal qu'un ange était apparu ici, je suis tout de suite venu faire ma petite enquête. En principe, aucun ange ne fait d'apparition chez les humains sans que je sois au courant. Enfin, ça, c'est la théorie. Depuis que j'ai eu des petits problèmes avec les elfes bleus, ils ont peut-être décidé de me doubler. Donc, j'ai voulu en avoir le coeur net.

- Les elfes bleus? s'exclama Benoît. Mais il y en a de combien de couleurs? Ça devient ridicule, entre les elfes gris, les morbides, les noirs, et maintenant les bleus... Et pourquoi pas les verts à pois roses, pendant qu'on y est?

- Vous connaissez les elfes noirs? s'étonna Amékel.

- On a eu affaire à eux, il y a quelque temps. Des sacrés c..., si vous permettez! déclara Benoît. Des brutes épaisses, pas du tout diplomates, qui veulent régenter votre vie et vous dire ce que vous devez faire. Et qui vous prennent pour des larbins, en plus.

- C'est assez bien résumé, sourit Amékel. J'ai aussi eu affaire à eux, ils ne sont pas très contents que j'aie pris le cristal aux drasques pour le refiler aux humains. À chaque fois que je reviens à Edelynn, je dois faire très attention de ne pas tomber sur eux, car ils aimeraient bien me faire passer un mauvais quart d'heure.

Amékel s'interrompit un instant car un couple passait à proximité de la terrasse où ils étaient assis.

- Et les elfes bleus, c'est qui? demanda Benoît.

- Ceux-là se sont spécialisés dans les religions humaines. Ils se sont dit en créant les humains, il y a des milliers d'années, qu'il fallait leur donner un idéal de vie un peu plus élevé que "si tu m'embêtes, je te tue". Alors ils ont entraîné des fées et des faés à faire des missions pour eux. J'y participe de toute éternité, j'ai longtemps trouvé ça non seulement follement divertissant, mais aussi très utile. Certains se sont montrés en Egypte, d'autres en Grèce ou dans d'autres pays de l'Antiquité, moi j'ai toujours été St Michel, le patron des anges.

- Ouah, ça devait être marrant, dit Benoît qui s'imaginait souriant à une foule prosternée.

- Cela a eu une utilité certaine, à une époque. Mais les humains ont fait un usage assez bizarre de ces histoires, et le principe a été complètement dévoyé.

J'avoue que j'en ai assez depuis un moment; je veux laisser les humains tranquilles, arrêter de les manipuler, mais les elfes bleus ne l'entendent pas de cette oreille. Donc j'ai deux factions elfes sur les bretelles, ce qui explique que je ne revienne pas souvent dans mes cachettes d'Edelynn, soupira Amékel.

- Mais comment faites-vous pour survivre dans le monde-du-dehors, sans énergie vitale? demanda Ileana. Personnellement, je n'y ai passé que quelques mois, mais je me sentais assez affaiblie.

- À force de passer du temps ici, j'ai découvert de nombreux endroits où l'énergie est plus abondante qu'ailleurs et me permet de tenir le coup sans trop de problèmes. Parfois je fais une brève incursion à Edelynn pour me ressourcer.

- En tout cas, dit Benoît, vous pouvez vous vanter de bien nous avoir fait courir! Vous l'avez baladé, le cristal! Et du coup, nous avec.

- Je n'allais pas le mettre à un endroit évident, avec un panneau marqué "c'est là" ! Mais bravo, je vous félicite, vous avez été très forts.

- Faut dire qu'on avait un avantage sur les autres: on connaissait l'existence d'Eden, avoua Benoît. Mais au fait, tout à l'heure, vous avez dit que vous aviez besoin de notre aide. Vous voulez qu'on vous indique une porte pour rentrer?

Amékel rit sincèrement.

- Non, merci, je connais toutes les portes. De toute façon, il ne peut pas être question pour moi de rentrer définitivement, il est trop désagréable de devoir surveiller sans cesse ses arrières. Ce n'est pas une vie! Je préfère encore être libre dans le monde-du-dehors...

- Je peux vous promettre, Amékel, qu'à la cité de ma mère vous recevriez la protection nécessaire. Rentrez avec nous, revenez dans votre vrai pays, retrouvez vos semblables ! dit Ileana.

Amékel parut touché.

- Je vous remercie de cette proposition généreuse. Si toutes les fées de votre cité sont aussi courageuses que vous quatre, je peux effectivement me cacher parmi elles. Mais ce n'est pas ce qui m'amenait. Je voulais d'une part que vous me racontiez ce qui s'est passé exactement à Conques. Et surtout que vous m'aidiez à résoudre un problème urgent.

- Nous vous écoutons ! déclara Ileana.

- Si nous n'agissons pas rapidement, les trolls vont massacrer les humains du monde-du-dehors.

31. CHASSE AU TROLL

Les trolls? Ah, zut alors, on les avait oubliés, ceux-là! Ils ont tué des gens? demanda Benoît.

- Non, pas encore, mais ça va arriver bientôt, si on ne fait rien, déclara Amékel d'un ton soucieux.

Sur ces entrefaites, le patron du restaurant s'approcha d'un air peu amène.

- Vous restez dîner? demanda-t-il. Parce qu'il faut qu'on prépare les tables...

- Non, on s'en va, excusez-nous! dit Claire.

Et la petite troupe s'éloigna.

- Je vous propose d'aller dans le petit cimetière, dit Amékel. C'est l'endroit où il y a le plus d'énergie dans le coin.

- On connaît, on y a des amis... dit Benoît, pas mécontent de lire l'incompréhension sur le beau visage du faé.

Ils s'installèrent sur des bords de tombes pour continuer à discuter. Les quatre amis ne pouvaient s'empêcher de regarder en l'air, sachant que l'endroit était peuplé d'esprits qui ne perdaient rien de leurs discours...

Amékel, sans doute à l'affût de leurs pensées, les dévisagea de façon interrogative. Benoît se dit que le faé, malgré toutes ses expériences extraordinaires, ne connaissait rien de la mort et des esprits.

Mais Ileana n'avait pas envie de perdre du temps à lui raconter leurs voyages dans le pays de la mort, car ça n'avait aucun rapport avec son histoire et l'aide qu'il leur demandait.

- Vous disiez que les humains couraient un grand danger... fit-elle pour amorcer la discussion.

- En effet. Vous n'avez pas semblé surpris que je vous parle des trolls. Que savez-vous d'eux exactement? répliqua Amékel.

- Nous les avons combattus à plusieurs reprises à Edelynn, dit Benoît. Nous savons donc que ce sont de grosses brutes poilues et sanguinaires.

Amékel ouvrit de grands yeux. Il ne savait pas que quiconque s'était déjà battu contre ces créatures! À fortiori ces jeunots, là, devant lui!

Claire lui expliqua en quelques mots leurs aventures avec les trolls et Naragd à Edelynn puis dans le monde-du-dehors.

- Quand nous nous sommes mis à la recherche du cristal que vous aviez euh... subtilisé aux drasques, Naragd s'est lancé à notre poursuite. Il a introduit une douzaine de trolls et deux ou trois nains dans le monde-du-dehors, par la porte du Mont St Michel, et ils nous ont poursuivis jusqu'au Puy et finalement nous ont rattrapés ici, à Conques, alors que nous venions de mettre la main sur la pierre. Naragd a assemblé le cristal aux quatre autres qu'il possédait déjà, et il a ouvert une brèche dans le sol en déchaînant le pouvoir des cristaux. Notre ami Stan a essayé de lui arracher les pierres avec l'aide d'Aodren qui a été obligé de contrebalancer leur poids avec ses ailes, d'où l'apparition non homologuée de l'ange! Mais ça n'a pas suffi à les rattraper au bord de la fissure du volcan. Naragd y a entraîné Stan dans sa chute.

- Le Stan Grégorieff de la stèle... Je comprends mieux. Et les cristaux sont donc tombés avec eux. Ce sont les elfes noirs qui ne vont pas être contents, dit Amékel avec un sourire cynique.

Aodren et les jumeaux ne jugèrent pas opportun de lui dire que la disparition des cristaux pourrait à terme provoquer leur disparition à tous, comme le leur avait expliqué Imraëgg.

- C'est donc ce Naragd qui a amené les trolls dans le monde-du-dehors, résuma Amékel. Je les avais repérés dès mon arrivée ici, mais je ne comprenais pas ce qu'ils venaient faire dans l'histoire. J'avais compris que des fées avaient un rôle là-dedans, que la cinquième pierre avait été trouvée et les cristaux rassemblés, mais je ne savais pas par qui ni dans quel but. Je me demandais si les elfes noirs avaient tout fomenté. Mais revenons à notre problème le plus urgent, les trolls... Curieusement, ils ont réussi à passer inaperçus pendant des mois, se terrant dans la forêt. Ils ne s'en sont jamais pris aux humains, et se sont contentés de prélever du bétail pour se nourrir. Mais à force de tuer des moutons et des vaches, ils ont fini par provoquer une vraie psychose parmi les habitants de la région qui pensent qu'il y a un ou plusieurs loups qui déciment les troupeaux. Et je viens d'apprendre que les humains ont décidé de lancer dans quelques jours une grande battue pour débusquer les loups!

- Pfff, dit Benoît. Les trolls ne craignent rien. On n'a pas à s'en faire pour eux!

- Ce n'est pas pour les trolls que je m'inquiète, c'est

pour les humains! Jusqu'à présent, les trolls les ont laissés tranquilles et ne se sont pas attaqués à eux. Mais si les humains viennent les chercher sur leur territoire, les trolls vont se défendre et ce sera un effroyable bain de sang!

- Effectivement, ce serait un carnage, soupira Ileana. On ne peut pas laisser faire ça. D'autant qu'au delà du problème de la sécurité des humains, c'est de la protection d'Edelynn qu'il s'agit... Les humains ont déjà vu le cadavre d'Yghwnn et se sont posé des questions. Ensuite, ils ont vu Naragd et son "arme", et Aodren avec ses ailes. Et je suis même surprise que les trolls n'aient pas plus attiré l'attention le soir du drame. Personne n'a semblé les voir, aucun témoin n'en a parlé! Quoi qu'il en soit, je préfèrerais qu'aucun humain ne connaisse leur existence!

- Et qu'est-ce qu'on peut faire? demanda Benoît.

- Les rapatrier à Edelynn, tout simplement. C'est là qu'est leur place. Il faut leur faire repasser une porte, décréta Amékel.

- Ouh là! dit le garçon. C'est suicidaire, votre plan! Je suis bien d'accord, on ne peut pas les laisser vagabonder ici, mais on ne peut pas non plus les attraper avec un filet à papillons, vos lascars. Comment on s'y prendrait?

- En parlementant avec eux. Ils ne sont pas complètement abrutis, ils savent bien qu'ils ne sont pas chez eux et ils doivent n'avoir qu'une envie: rentrer à Edelynn. Si votre Naragd a réussi à les dresser, c'est qu'on doit pouvoir leur parler.

Benoît fit la grimace.

- C'est vraiment urgent? On avait un sanglier sur le feu...

- Oh, vous avez lu Astérix? Moi aussi, j'adore, dit Amékel. Vous savez que j'ai vu Jules César en chair et en os? C'était pendant la guerre des Gaules, j'étais tout jeune alors. Mais je vous raconterai ça un autre jour, si ça vous intéresse.

Ileana soupira une fois de plus.

- Je crois qu'on n'a pas le choix. Stan comprendra qu'on s'occupe des trolls d'abord. De toute façon, le pauvre, il n'en est plus à un jour près...

Amékel la regarda comme si elle était un peu dérangée.

- Vous parlez de Stan Grégorieff comme s'il était vivant. Je croyais qu'il était tombé dans le volcan?

Ileana fit le geste de chasser une mouche avec la main.

- C'est compliqué. On en reparlera une autre fois, quand on aura le temps. Nous allons vous aider à ramener les trolls à Edelynn. Vous savez où ils sont?

- Oui. Je suis dans le coin depuis six mois. Quand il y a eu les premières attaques de bétail, je suis allé voir sur place. J'ai bien vu que les traces laissées dans les pâtures n'étaient pas celles de loups mais de trolls. Alors je les ai discrètement traqués, et j'ai trouvé leur repaire, dans une forêt pas loin d'ici. Ils sont douze, comme vous disiez. Par contre, je n'ai jamais vu de nain par ici. Ils n'ont pas dû rester ensemble.

- C'est embêtant, ça, dit Ileana. Si on laisse les nains dans le monde-du-dehors, le risque demeure qu'ils fassent connaître Edelynn aux humains.

- Je ne pense pas, objecta Amékel. Les nains sont très intelligents, et sont susceptibles de passer pour des humains et de se fondre dans la masse. Ils vont essayer de s'intégrer. À moins que leur maître ne leur ait indiqué l'emplacement d'une porte et qu'ils soient retournés seuls à Edelynn en laissant les trolls ici.

- Bon. On va donc essayer de convaincre les trolls de partir sans faire d'histoire. Vous avez un plan?

demanda Ileana.

- Non, pas vraiment. Je ne pensais pas vous rencontrer, ça a été une vraie surprise quand j'ai senti la présence de deux fées dans le village, tout à l'heure! Je n'ai appris la nouvelle de la battue prochaine qu'il y a peu... Il faudra donc improviser.

- Improviser? Je n'aime pas trop ça, dit Aodren qui parlait pour la première fois. Surtout quand on se retrouve face à des tueurs. Je propose qu'on élabore un plan.

- Si vous voulez. Moi, j'ai l'habitude de travailler seul et d'agir en fonction des gens que je trouve en face, mais je suis ouvert à vos suggestions.

Ils réfléchirent tous.

- J'ai du mal à imaginer une façon pacifique de les aborder, dit Benoît. D'habitude, c'était "on prend les massues et on y va".

- Il faut qu'ils puissent nous identifier immédiatement comme venant d'Edelynn, ça leur donnera le mal du pays. S'ils nous prennent pour des humains, ils risquent d'être agressifs, dit Aodren.

- Oui, bonne idée, approuva Claire. Vous trois, vous pourriez mettre vos ailes.

- On pourrait faire comme dans les westerns: avancer à cinq, histoire de prouver qu'on est quand même assez nombreux, et les mains tendues pour montrer qu'on vient en paix, suggéra Benoît. Et comme Claire et moi, on est un peu désarmés par rapport à vous, on pourrait se placer dans cet ordre: Amékel à une extrémité, puis Claire, puis Ileana au milieu, puis moi, et Aodren à l'autre bout.

- Oui, pourquoi pas, dit Amékel. Ça vous convient à tous?

Ils acquiescèrent tous les quatre.

- Et le plan B? demanda Benoît.

- Le plan B? demandèrent les trois fées qui ne connaissaient pas cette expression.

- Oui, le deuxième plan, au cas où le premier foirerait.

- Bah, on improvisera, dit d'un ton léger Amékel, qui ne paraissait pas trop s'en faire.

- Et vous avez l'intention d'y aller quand? demanda Claire. Demain, à l'aube?

- Je propose qu'on y aille tout de suite, dit Ileana, qui n'avait pas envie de perdre plus de temps que nécessaire. Il reste quelques heures de jour, profitons-en.

- Il faut préparer un peu d'équipement, dit Aodren. D'après ce que vous m'avez raconté et ce que j'ai malheureusement pu constater personnellement, ils ont la lance et la flèche faciles et tirent avant de réfléchir.

- Oh oui, dit Benoît. On pourrait mettre des armures et des gilets pare-balles! Et des casques. Et des gants. Et acheter des talkies-walkies pour le plan B.

- Et pourquoi pas des grenades et des lance-flammes? railla Claire. Je suis sûre qu'on trouverait ça à la supérette de Conques.

- Benoît exagère un peu, mais je pensais effectivement à des tenues renforcées, dit Aodren. On peut faire ça facilement, Amékel, Ileana et moi.

- D'autant qu'Amékel doit avoir l'habitude des armures, si l'on en juge par toutes les statues de St Michel qu'on voit, ironisa Claire.

Amékel sourit malicieusement.

- Et moi, je peux essayer de faire un dôme de protection, même si dans le monde-du-dehors, ça ne marche pas forcément, proposa Ileana.

- Mais si, ça marche, rappelle-toi les autos tamponneuses à Candoret! dit Claire.

- Bon, tout ceci étant posé, allons-y. Le camp des

trolls est loin d'ici, Amékel?

- Non, quelques kilomètres à peine.

- Et la porte ?

- Naga Ur ? À une quizaine de kilomètres.

- Oh, c'est le même nom que la porte qu'on a utilisée dans l'autre sens.

- C'est qu'elle est en pleine nature. Quand elle est près d'un lieu connu, on lui donne un nom humain, mais là, ce n'était pas le cas, alors elle porte le nom de sa porte jumelle à Edelynn. Bon, suivez-moi. Quand je vous ferai signe, c'est qu'on approchera de leur repaire. À ce moment, nous nous équiperons et nous approcherons d'eux à cinq de front, comme prévu. Puis je leur parlerai. D'accord?

- Mmm.

Ils empruntèrent un chemin pour sortir du village et le quittèrent bientôt pour traverser de vastes étendues non cultivées et enfin s'enfoncer dans une forêt.

La journée avait été assez couverte, et en fin d'après-midi, le soleil disparut soudain derrière un nuage énorme, jetant un voile sombre sur le paysage.

- Manquait plus que ça, qu'on ne voie plus où on marche, grommela Benoît en s'accrochant à des ronces. J'adore l'ambiance "forêt hantée".

- Chut, on approche! dit Amékel à voix basse.

Il leur fit signe de s'arrêter et procéda lui-même à l'équipement de chacun. Nul ne savait s'il s'était réellement battu un jour, mais ses protections étaient légères, solides et agréables à porter.

Aodren contempla avec satisfaction ses manchettes rigides, tandis que Benoît bombait le torse fièrement en exhibant son plastron.

Ileana passa devant eux et couvrit les armures de vêtements de tous les jours. Il ne s'agissait pas de paraître devant les trolls harnachés comme pour une bataille si on voulait les convaincre qu'on venait en paix!

- Il faut maintenant vérifier que les douze sont bien là, pour ne pas se faire prendre à revers, dit Amékel.

- Je sais me rendre invisible, je peux aller les compter, proposa Ileana.

- Oh, formidable! Voilà un don bien pratique, qui pourrait me servir en maintes situations, répondit l'archange d'un ton envieux.

Ils attendirent impatiemment le résultat du comptage d'Ileana.

- Ils sont au complet, mais on dirait qu'ils s'apprêtent à partir, rapporta la jeune fée en revenant quelques minutes plus tard.

- C'est qu'ils ont sans doute l'intention d'aller chasser, maintenant que la nuit tombe... Cueillons les avant qu'ils ne s'en aillent! Je vous signale aussi que leur chef est le grand mâle roux avec une crête blanche, il faudra toujours l'avoir à l'oeil, car de ses réactions dépendront celles des autres.

Ils se mirent en formation et commencèrent à avancer, un peu gênés par les branches et les arbustes bas qui tapissaient le sol de la forêt.

Les jumeaux n'en menaient pas large, ils avaient très peur de l'affrontement. Lors de la bataille, c'étaient les humains du village qui avaient combattus les trolls, les jumeaux quant à eux ne les avaient vus que brièvement lorsque les terribles créatures pourchassaient Ananka, et quand Claire s'était laissé attraper pour rencontrer Naragd...

Soudain ils furent en face d'eux.

Amékel commença à leur parler en elfique, mais un troll l'interrompit d'une langue gutturale mais néanmoins compréhensible, en désignant Aodren:

- C'est lui qui a tué le maître!

Et une pluie de flèches jaillit vers le faé. Heureusement, le dôme détourna les projectiles. Amékel leur cria de se mettre à l'abri.

Benoît hurla.

- Mais où ça? Ah, je savais qu'il fallait un plan B!

Aodren dit à Ileana:

- Ici, en l'air!

Et il saisit Benoît par les aisselles pour le mettre à l'abri sur une grosse branche, à une dizaine de mètres de hauteur, tandis qu'Ileana faisait de même avec Claire une seconde plus tard.

Les tirs cessèrent. Juchés sur leur perchoir, le coeur battant, les quatre se rendirent compte qu'Amékel ne les avait pas suivis! Mais quel imprudent! Il allait se faire massacrer!

L'archange était resté en face des trolls et paraissait n'éprouver aucune crainte. Il psalmodiait quelque chose d'une voix hypnotisante, et tendit la main. Soudain on vit un hologramme se former sur sa paume.

- Je ne vois pas ce que c'est! chuchota Benoît.

- Une construction comme les pierres blanches, mais tout en longueur, décrivit Ileana, qui voyait tout avec ses yeux de lynx.

- Et pourquoi il leur fait un cours d'architecture? Comprends pas, dit le garçon.

Les trolls paraissaient fascinés, ils faisaient cercle autour d'Amékel qui continuait à les baratiner, et semblaient avoir abandonné toute agressivité.

Au bout d'un moment, Amékel dit en français aux quatre qu'ils pouvaient venir, doucement, sans faire de geste brusque.

La descente fut assez inélégante. Benoît aurait bien aimé sauter souplement de branche en branche pour regagner la terre ferme tout seul, mais il n'en était pas capable. Il dut accepter qu'Aodren le prenne en main comme un vulgaire paquet et le pose au sol.

Lorsque les trolls les virent clairement, ils grognèrent car ils reconnaissaient ceux qu'ils avaient ficelés quelques mois plus tôt sur l'ordre de Naragd. Mais Amékel les convainquit de sa voix follement persuasive que les jeunes représentaient leur seul espoir de rentrer à Edelynn, tout comme ils avaient été le seul espoir de Naragd de retrouver le cristal. L'idée mit un certain temps à pénétrer le cerveau des trolls, mais ils finirent par cesser de grogner en brandissant leurs armes.

Lorsqu'ils se furent calmés, Benoît dit à voix basse:

- Bon, et maintenant, on fait quoi?

- On bat le fer pendant qu'il est chaud, répondit Amékel en ne quittant pas les trolls des yeux. Ils sont sous contrôle, et je n'ai pas envie de recommencer demain; alors on va marcher de nuit jusqu'à la porte.

- Là, tout de suite? On ne peut pas se reposer un peu? gémit le garçon. Et manger quelque chose?

Claire ricana.

- Tu te sens de faire une petite sieste sous leur garde? Et de manger cru le reste des carcasses que je vois pourrir là-bas?

- De toute façon il vaut mieux partir de nuit pour éviter toute rencontre indésirable, ajouta Aodren.

- Je vais marcher devant et leur demander de me suivre. Vous fermerez la marche, dit Amékel.

L'archange s'adressa tout particulièrement au grand mâle roux pour lui expliquer qu'ils allaient maintenant entreprendre le voyage de retour vers Edelynn. Il lui demanda sans se faire trop d'illusions d'exiger de sa troupe obéissance absolue et discrétion totale.

La marche se révéla plus facile qu'ils ne l'auraient cru. Contrairement à ce que leur apparence balourde pouvait laisser penser, les trolls étaient doués pour se faufiler et se cacher, et ils avançaient rapidement. Derrière, Aodren et Ileana soutenaient moralement les jumeaux qui commençaient à se fatiguer.

Heureusement, la région était assez désertique, et ils arrivaient facilement à contourner les bourgades.

Au premier village, cependant, ils avaient craint d'attirer l'attention car un chien s'était mis à aboyer. Lorsque la lumière s'était allumée, dans la maison d'à côté, Aodren s'était précipité et avait endormi le chien. Toute la troupe s'était terrée dans un fossé en attendant que la lumière s'éteigne, avant de repartir avec prudence.

Ç'avait été une expérience étrange de voisiner de longues minutes avec des créatures couvertes d'un long pelage et au faciès de cauchemar, unis dans la même crainte d'être découverts...

Depuis, les quatre marchaient en tête avec Amékel, et les trois fées neutralisaient les chiens dès qu'elles percevaient leur présence, avant même qu'ils aient commencé à grogner.

Après de longues heures de marche à une allure soutenue, ils grimpèrent au sommet d'une falaise. La montée fut malaisée, bien que la pleine lune les éclairât.

Arrivés près d'un amoncellement de rochers au bord du précipice, Amékel s'arrêta et dit:

- C'est là. Voici Naga Ur.

- Entre deux rochers? demanda Benoît. Pas très original, comme porte.

- Oh si, elle l'est assez. Il faut sauter dans le vide.

- Sauter? Ah, jamais! s'écria Benoît. Je préfère encore faire des kilomètres pour aller à Fonpierre. Au moins là-bas on est tranquilles, on ne risque pas de se fracasser en bas!

- Il n'y a aucun risque, Benoît, je vous assure. J'ai

emprunté cette porte des dizaines de fois. On saute, et on se retrouve dans l'herbe à Edelynn, sans même être décoiffé, expliqua patiemment Amékel.

- C'est hors de question que je saute! J'ai le vertige! Je refuuuuuse! s'énerva Benoît qui en avait plus qu'assez.

Amékel saisit le bras du garçon et força celui-ci à le regarder dans les yeux, tandis qu'il lui parlait de sa voix suave:

- Il n'y a aucun danger, Benoît, vraiment aucun danger. Vous allez donner la main à Ileana et sauter. C'est facile!

Les yeux de Benoît se fermèrent à demi, comme s'il allait s'endormir.

- C'est facile, murmura le garçon. C'est sans danger...

Amékel poussa doucement Benoît et le plaça au bon endroit entre les rochers, puis il fit signe à Ileana.

- Allez-y avec lui, et Aodren avec Claire. On ne tombe pas, en face, c'est au même niveau. Dès que vous serez passés, j'expliquerai aux trolls comment faire et je passerai le dernier. Je risque d'en avoir pour un petit moment à les convaincre, ils seront sans doute aussi têtus que Benoît. Mais de vous voir faire va les aider à comprendre...

Ileana hocha la tête, prit la main de Benoît et regarda en bas, non sans une petite appréhension. C'est que la falaise était haute à cet endroit, et l'obscurité rendait les choses encore plus inquiétantes!

Derrière eux, Aodren et Claire attendaient en se tenant par le bras.

Ileana adressa un au revoir mental à Stan, retint sa respiration et sauta, docilement imitée par Benoît.

Mais elle aurait mieux fait d'écouter le garçon...

32. COLÈRE NOIRE DES ELFES

Lorsqu'Aodren et Claire "atterrirent" de l'autre côté de la porte, un halo vert les entoura en crépitant et ils se retrouvèrent entravés par un lien invisible. Ils tombèrent à genoux sur Ileana et Benoît, également immobilisés, et se cognèrent durement.

- Aïe!

- Menez-les au camp! dit une voix sèche.

C'était une nuit sans lune, ici, et les jumeaux ne voyaient que des silhouettes indistinctes.

Ileana essaya de faire tomber ses liens et se démena comme une furie, en vain.

- Lâchez-moi! Je vous ordonne d'enlever ça! rugit-elle, folle de rage. De quel droit...

Une des silhouettes leva la main, et un halo verdâtre luit brièvement, la bâillonnant.

Ils furent traînés sans ménagement sur deux ou trois cents mètres et jetés à terre brutalement.

- Les elfes noirs! s'exclama Benoît. Mais stop! Qu'est-ce que vous faites? Vous êtes devenus fous?

Il venait de reconnaître leurs agresseurs à la lueur du camp.

L'elfe debout devant eux fit un signe, et le garçon eut aussi droit au bâillon invisible.

Aodren était furibond mais se garda de montrer sa colère. Qu'ils se retrouvent tous les quatre dans l'impossibilité de parler n'aurait pas fait avancer leurs affaires.

Ainsi donc c'étaient les fameux elfes noirs qui avaient permis à Iolann de s'échapper! Ils étaient encore plus désagréables que Benoît ne l'avait dit.

- Pouvons-nous parlementer? demanda-t-il à celui qui semblait être leur chef d'un ton qu'il tenta de rendre aussi diplomate que possible. Que nous reproche-t-on? Que nous vaut ce traitement?

- Où sont les cristaux? aboya l'elfe sans répondre aux questions d'Aodren.

Décidément, c'est une idée fixe, se dirent les quatre, interloqués.

Aodren se dit qu'il fallait essayer de gagner du temps. Avouer que les cristaux étaient perdus à jamais mettrait l'elfe dans une colère noire...

- Nous ne savons pas où ils sont, affirma-t-il. D'ailleurs, nous aimerions aussi les retrouver. Nous avons une petite idée de la zone où ils se trouvent, dans le monde-du-dehors.

Ce n'était qu'un demi mensonge, puisque leur problème actuel était justement de localiser précisément Stan, et par ricochet, les pierres.

- Nous vous surveillons depuis notre première confrontation, dit l'elfe. Quand la fée s'est réveillée et que vous êtes repartis pour le monde-du-dehors, nous pensions que c'était pour aller chercher les pierres, que vous n'aviez pas rapportées à votre premier retour avec l'homme malade.

Il leur fallut quelques secondes pour comprendre que la confrontation dont il parlait était l'épisode du combat des archers contre Iolann, et leur premier retour le détour fait pour amener Sacha Grégorieff à Illiriane.

- Pourquoi êtes-vous rentrés sans les pierres? Et que fait Naragd?

Les quatre se regardèrent. Quoi? Naragd était de mèche avec eux?

- Naragd a eu un empêchement dans le monde-du-dehors, lança Aodren au hasard, pour faire parler l'elfe. Devait-il vous rapporter la cinquième pierre?

- Nous avons favorisé ses vols pour qu'il rassemble les cristaux, stupidement dispersés par nos semblables. Nous avons tout fait pour qu'il puisse accéder à Néourvellen et faire la connaissance de ce vieux fou de Guéonegg! Nous savions que les idées de son père ressurgiraient tôt ou tard et que cela servirait nos plans: rassembler les cinq cristaux pour rebâtir une nef et repartir de cette maudite planète où s'est enlisée notre civilisation autrefois si brillante!

- Ouh là! Encore un qui est bon à enfermer! se dit Benoît.

Décidément, l'immortalité n'était pas une bonne chose, on se mettait à péter les plombs au bout de quelques milliers d'années!

Aodren se fit la réflexion que les elfes, malgré les écrans de surveillance du monde-du-dehors dont avait parlé Imraëgg, n'avaient pas l'air très au courant de ce qui se passait à l'extérieur d'Edelynn. Il en profita:

- Désolé, seigneur elfe, nous n'avons pas encore réussi à mettre la main sur la cinquième pierre. Notre seul but était que Naragd ne l'utilise pas pour avoir la puissance absolue. Elle ne nous intéresse pas en tant que telle. Mais nous vous la remettrons quand nous l'aurons trouvée, car avec vous elle sera entre de bonnes mains...

Benoît le regarda de travers. Voilà qu'Aodren adoptait le style de Claire, la flatterie à outrance! Qu'est-ce qui lui prenait de promettre des choses pareilles?

L'elfe les fixa d'un air torve.

- Qu'on les mette à l'écart! Demain ils seront peut-être plus loquaces!

Et les quatre furent à nouveau traînés sur quelques dizaines de mètres et lâchés sur le sol comme des sacs de pommes de terre.

Puis les elfes utilisèrent encore leurs liens spéciaux pour les ficeler à des arbres.

Ileana grognait tout ce qu'elle pouvait dans son bâillon. Elle était absolument furieuse de ne pouvoir utiliser aucun de ses pouvoirs pour se dégager de ses liens invisibles. Et elle se promettait de leur faire cracher leur dentier plus tard! Ils allaient regretter de l'avoir traitée ainsi, cette bande de dégénérés bons pour l'asile!

Soudain, l'esprit d'Aodren toucha délicatement le sien, et elle s'apaisa un peu. Il avait raison, il ne servait à rien de s'énerver dans la situation présente.

Rampant et gigotant, ils réussirent à trouver une position un peu moins inconfortable. Aodren échangea quelques paroles avec Claire en chuchotant. Ils appréhendaient la journée du lendemain et se demandaient comment se sortir de là.

Aodren suggéra à voix basse à Ileana d'appeler mentalement sa mère. Il la vit se concentrer intensément pendant de nombreuses minutes puis abandonner. Ne trouvant pas d'autre idée, il se tut.

Ils avaient tous faim et soif, et leurs muscles endoloris les empêchaient de se détendre. Mais ils finirent par sombrer dans un sommeil agité.

33. L'ABRI D'AMÉKEL

Des rugissements en direction du camp des elfes les réveillèrent juste avant l'aube.

Hébétés, ils ne comprenaient rien à ce qui se passait. Ils entendaient les ordres brefs du chef des elfes, percevaient du remue-ménage, voyaient des lueurs, mais ne savaient pas ce qui en était la cause.

Soudain, une voix familière chuchota à leur oreille:

- Pas un bruit, pas un mot, je vais défaire vos liens, dit Amékel.

- Mais ce sont des liens de technologie elfique, répondit Aodren. On ne peut pas les couper.

Amékel eut un rire silencieux.

- Si, avec du matériel elfique...

Il s'activa quelques secondes, et les liens disparurent comme par enchantement.

Les quatre se frottèrent vigoureusement les membres à l'endroit où ils avaient été comprimés par les liens.

- Amékel, vous êtes providentiel. Merci de tout

coeur! chuchota Ileana.

- Nous discuterons plus tard, les trolls n'arriveront pas à faire diversion trop longtemps... Suivez-moi!

À tout hasard, Ileana les entoura d'un dôme tandis qu'ils se faufilaient dans les bois. Amékel semblait courir au hasard, mais lorsqu'il leur désigna un arbre énorme et ses racines tortueuses, ils comprirent qu'il les avait conduits à un abri.

- Entrez!

Ileana entra la première dans la cavité sous les racines. Amékel guida les jumeaux et Aodren puis pénétra à leur suite dans la cachette.

Enfin, il passa la main sur une plaque métallique. Alors seulement il se détendit.

- Nous sommes en sécurité, maintenant. J'ai activé un brouilleur, il leur sera impossible de nous voir sur leurs écrans. Installez-vous dans mon modeste chez-moi! sourit l'archange.

- Du modeste comme ça, ça me va! dit Benoît, enchanté, en s'enfonçant dans un fauteuil moelleux. Ils sont super classe, vos meubles! Jamais vu ça chez les fées. Euh, pardon, Ileana, je ne voulais pas dire que vos meubles sont nuls, ils sont géniaux au contraire, mais juste que les meubles d'Amékel ne font pas "edelynniens".

- Normal, tous ces meubles viennent du monde-du-dehors. Je les ai rapportés de différentes époques... expliqua Amékel. Comme mes différentes cachettes ne sont jamais loin des portes, il m'a été facile d'y apporter des objets humains.

- Vous en avez beaucoup, des abris? demanda Claire.

- Un certain nombre, oui. Ça m'a permis d'intervenir rapidement à peu près partout dans le monde-du-dehors. Et maintenant, je peux semer les elfes qui m'attendent au tournant.

- Ils sont tous aussi confortables?

- Certains sont très petits, et il faut que je m'y miniaturise, même si je n'aime pas trop ça. Ce ne sont alors que des abris, au sens strict. D'autres, comme celui-ci, sont plus spacieux.

- Vous n'avez jamais eu envie de compagnie? demanda Ileana, un peu rêveuse. De voir d'autres fées?

- Je m'en suis très bien passé pendant longtemps, mes aventures me suffisaient. Mais j'avoue que je me suis un peu lassé de cette vie de vagabond et que j'accueille avec joie et curiosité votre proposition de m'héberger dans une cité.

- Vous n'êtes pas originaire des cités gouvernées par Iowena, la maman d'Ileana? demanda Benoît.

- Non, je viens d'une ville de l'est. Là-bas, chaque cité est indépendante, mais j'ai entendu parler d'Iowena. Sa réputation est flatteuse...

Benoît s'agita sur son siège.

- S'il vous plaît, Amékel, est-ce que vous auriez à manger? Je n'ai plus rien avalé depuis les glaces de Conques, et ce n'était déjà pas très nourrissant.

Tous éclatèrent de rire.

Les trois fées fournirent de la nourriture à tout le monde, et pendant un moment on n'entendit plus rien.

Rassasié, Benoît laissa à nouveau ses pensées vagabonder.

- Qu'est-ce que vous avez montré aux trolls, hier? Votre hologramme a eu l'air de les fasciner...

- C'est une espèce de cromlech[6] qu'on trouve dans leur région. Il n'a pas été construit par eux, tout comme les pierres blanches n'ont pas été construites par les fées, mais ils y tiennent beaucoup, c'est un peu un lieu sacré pour eux. Je n'ai pas trouvé mieux pour

6 pierres dressées préhistoriques, souvent en cercle

leur donner la nostalgie d'Edelynn.

- Et ce brouilleur que vous avez installé? C'est vous qui l'avez inventé?

Amékel sourit franchement.

- Non, je ne suis pas un inventeur. Un comédien, un meneur d'hommes, mais pas un ingénieur. J'ai euh... emprunté aux elfes toute une série de gadgets intéressants au fil des siècles. Et j'ai oublié de les leur rendre, dit-il en riant.

- Comment avez-vous obtenu l'aide des trolls contre les elfes noirs, tout à l'heure? C'était une superbe manœuvre de diversion! dit Aodren. Et d'ailleurs, comment avez-vous su que nous étions tombés dans un piège?

- J'ai d'abord mis un certain temps pour convaincre ces gros lourdauds de trolls qu'ils n'allaient pas au casse-pipe en sautant de la falaise. Je leur ai demandé de m'attendre à la porte pour les ramener chez eux. J'avoue que j'avais un peu peur de les laisser seuls avec vous quatre, d'ailleurs, bien que vous ayez très bien réagi, au repaire troll. Mais quand je suis arrivé, il n'y avait qu'eux! Ils m'ont juré que vous n'y étiez pas quand ils ont passé la porte et je les ai crus, car ils ne sont pas assez subtils pour mentir. J'ai tout de suite soupçonné les elfes, c'est une seconde nature chez moi! Alors je suis allé chercher quelques petits outils dans ma cachette. Ensuite j'ai profité de la reconnaissance des trolls pour leur demander un petit service, et je leur ai fait contourner le camp elfe qui n'était pas surveillé, puisque ces gens-là n'ont jamais été attaqués de leur vie... Pendant qu'ils poussaient leurs hurlements, je suis venu vous détacher. Les elfes sont tellement prétentieux qu'ils ne pensaient pas que vous pourriez vous enfuir. De la même façon, comme ils n'attendaient que vous quatre, ils ont arrêté de surveiller la porte dès votre arrivée. Comme quoi on peut être très évolué et assez idiot.

- Évolués? En traitant les gens de cette façon? Je n'ai pas vu de différence avec la façon dont les trolls m'avaient ficelée dans leur village, dit Claire.

- Oui, approuva Ileana. J'ai trouvé leurs manières scandaleuses!

- C'est que pour eux, les fées et les humains ne valent pas plus qu'on poisson rouge ou qu'un hamster, résuma Benoît en baillant.

Amékel sourit.

- Je vous propose de dormir un peu. Vous devez être épuisés, et de toute façon il vaut mieux attendre quelques heures que les elfes s'en aillent.

Il ne fallut pas leur chanter de berceuse; en l'espace de quelques minutes, les quatre amis avaient transformé le salon confortable d'Amékel en dortoir!

34. PROSPECTION DANS UN VOLCAN

Joli petit lot, cet Amékel! dit Ingvarna d'un ton appréciateur. Si j'avais quelques centaines d'années de moins, j'en ferais bien mon quatre heures... Je sens qu'on va se disputer pour l'avoir, dans nos cités!

Les quatre voyageurs avaient retrouvé Ingvarna près de la grotte. Elle avait jugé plus facile de rester là avec Agared et les deux autres archers en attendant que les quatre amis reviennent de Conques et retournent dans le pays de la mort. Ils lui avaient présenté Amékel et raconté leurs dernières aventures. Pour l'heure, l'archange discutait un peu à l'écart avec les dryades et organisait son retour avec eux.

- C'est vrai qu'il est extrêmement séduisant, dit Ileana. Mais être avec un homme comme ça doit donner l'impression de promener un tigre en laisse.

- Je suis prête à parier qu'il va taper dans l'oeil d'Isilda, reprit la vieille fée, goguenarde. Un tigre à apprivoiser, elle ne va pas résister! Et comme il passera d'abord par sa ville, puisqu'il est escorté par une troupe d'archers, il la verra forcément.

- Isilda n'a pas de compagnon? demanda Claire.

- Non, on n'a jamais su qui était le papa de la petite Inessa. Isilda a un tempérament assez volcanique, et elle n'est pas du genre à vivre sagement avec un monsieur. Hihi, je me réjouis de voir le résultat de la confrontation de ces deux êtres hors normes... dit Ingvarna en riant. J'adore les histoires de coeur!

- De toute façon, dit Aodren posément, je pense qu'il sera plus en sécurité chez Isilda, qui a sa petite armée et qui se méfie un peu de tout, qu'à Illiriane où on ne prend pas les dangers très au sérieux.

- Et nous, en attendant, on retourne voir Stan et on lui explique que ce n'est pas gagné, dit Benoît. Oups, excuse-moi, Ileana, ce n'est pas ce que je voulais dire!

- Pas la peine de prendre des gants, je sais malheureusement que tu as raison, soupira la jeune fée. Mais j'espère de tout coeur qu'on trouvera une solution. Jusqu'à présent, même si on a vécu des moments assez durs, on s'en est toujours sortis. Alors je veux y croire.

- Bien parlé! sourit le garçon, heureux de la voir dans d'aussi bonnes dispositions d'esprit.

- Tu sais, grand-mère, ce n'est pas la peine que tu restes là, dit Ileana à Ingvarna. On ne fera qu'un petit aller et retour, on n'a pas besoin de surveillance. Je préfère que tu accompagnes Amékel jusqu'à la cité d'Isilda, car je ne pense pas que les archers soient de taille contre les elfes. Je serais plus tranquille si tu étais avec lui, je lui ai promis la sécurité...

- Ça m'ennuie de vous laisser seuls. Mais si c'est ton souhait, j'accompagnerai l'archange à la belle frimousse. Et je tiendrai tous les ragots au chaud pour te les servir quand tu rentreras, répondit la vieille reine en souriant.

Ileana, Aodren et les jumeaux prirent congé d'Ingvarna, d'Amékel et des archers, puis descendirent dans les profondeurs de la caverne, d'où leur départ se fit sans encombres.

Stan et Guillemin les attendaient au bord de la cheminée. Ils confirmèrent qu'ils avaient assisté à tous les évènements dans le monde-du-dehors, du rendez-vous au cimetière au saut de la falaise, en passant par la rencontre avec Amékel et l'expédition chez les trolls.

Stan avait l'air soucieux. Il avait été si incroyablement heureux d'apprendre qu'il était vivant que le nouveau coup du sort avait été une vraie douche froide.

Tandis qu'Ileana et lui volaient de concert, un peu à la traîne, les jumeaux et Aodren bavardaient avec monsieur Guillemin.

- On va trouver une solution, j'en suis sûr, dit le vieil homme. Je le dis à Stan depuis que Claire a appris que le sous-sol de Conques était dépourvu de galeries. Bien évidemment, il est un peu désespéré. Mais ça s'arrangera! Tiens, d'ailleurs, voilà les autres, on va pouvoir en discuter...

Ils s'installèrent une fois de plus pour faire salon entre les cloches de la cathédrale, le nouvel endroit à la mode.

- Puisqu'on ne peut pas localiser le corps de Stan physiquement, du monde-du-dehors, il faudra quand même essayer de le faire d'ici, décréta Guillemin. C'est la seule solution qui reste.

- Mais vous disiez que c'était impossible, objecta Benoît.

- C'est effectivement impossible à une poignée d'hommes, mais si on s'y mettait à des dizaines, voire à des centaines?

- Ah oui, l'oignon fait la farce, dit Benoît, friand de

jeux de mots idiots. Mais où trouver autant de monde?

- J'y ai réfléchi: je vais rameuter tous les esprits de la cathédrale, répondit Guillemin.

- Mais j'ai l'impression qu'ils ne nous aiment pas, dit Claire. Pourquoi nous rendraient-ils service?

- D'abord, il est faux de prétendre qu'ils ne vous aiment pas. Ils mettent un certain temps à s'habituer, c'est tout. Et ils ont rarement vu des colorés avant vous. Mais ils ont compris que vous étiez des amis à moi, et si Théobald le leur demande, ils iront même dans un trou noir!

- Je peux demander de l'aide à mes copains chevaucheurs de comètes, déclara Stan. Ils sont assez nombreux et connaissent du monde.

- Et je me suis très bien entendu avec Joseph Nesbinel, du cimetière de Conques, ajouta Guillemin. Je suis sûr qu'il nous prêtera main forte avec les esprits de son coin.

Ileana regarda Stan avec émotion. Quel formidable espoir monsieur Guillemin suscitait en eux...

- Je vais tout de suite chercher les autres, dit Stan. J'en ai pour un petit moment, ils sont parfois assez éparpillés.

- On t'accompagne! dit Benoît en se levant d'un bond. J'ai très envie de voir ça.

- Tu n'auras pas le temps de surfer sur une météorite, le prévint Claire. On n'y va pas pour faire du tourisme!

- Je propose qu'on se retrouve au cimetière de Conques, dit Guillemin. D'ici là j'aurai convaincu tout le monde de se joindre à nous.

Et les cinq jeunes quittèrent Candoret pour l'espace. Ileana regardait tout autour d'elle, émerveillée. Elle n'avait encore jamais vu la Terre de haut, ni les faisceaux qui se rejoignaient.

Cette fois, les jumeaux se sentaient vraiment libres

de profiter du voyage. Pas de présence menaçante ni de danger potentiel...

Ils arrivèrent en vue de Mars et se posèrent sur Deimos à la suite de Stan.

- C'est d'ici que je les appelle, expliqua-t-il. Je n'ai jamais su comment les rejoindre de moi-même, je ne "sens" pas où ils sont. Maintenant, je comprends pourquoi. Avant, je pensais que c'était parce que je n'avais pas d'expérience ou que je n'étais pas tout à fait comme eux...

Bientôt, on aperçut des formes venant dans leur direction. Les silhouettes se précisèrent, et les amis virent que c'étaient tout un groupe de garçons et de filles.

Ils étaient habillés de façon très hétéroclite. Certains étaient endimanchés, d'autres en habits anciens, d'autres encore en tenue banale, quelques-uns, rares, en vêtement de nuit.

Stan remarqua que ses amis contemplaient avec surprise la mise de ses copains chevaucheurs de comètes.

- Vous vous demandez pourquoi ils sont fringués comme ça. En fait, ils n'ont pas le choix, visiblement on garde en tant qu'esprit les vêtements qu'on portait au moment de son décès. La plupart sont morts dans un accident, mais certains ont été victimes d'un incendie pendant leur sommeil, ou sont morts de maladie... D'où la chemise de nuit ou le pyjama. Certains sont là depuis des siècles, et ils portent les habits de leur époque. Mais interdiction de se moquer, ça ne se fait pas chez les esprits!

Les gris accueillirent Stan avec sympathie et se montrèrent curieux des quatre colorés qui l'accompagnaient. Ils n'avaient pas l'attitude hostile des gris de Candoret vis-à-vis de ceux qui avaient la chance d'être encore vivants, aussi Stan leur raconta sans crainte ce qu'il venait de découvrir à son propre sujet.

Les jeunes acceptèrent immédiatement de lui apporter leur aide et s'en furent vers la couronne d'astéroïdes pour aller chercher d'autres gris.

Lorsqu'ils revinrent, ils étaient des centaines. La vision de tous ces esprits regroupés sur la surface minuscule du satellite était proprement incroyable. Stan leur expliqua ce dont il s'agissait.

Plus exactement, comme il ne parvenait pas à se faire entendre de tous en même temps, il donna quelques informations à son meilleur ami chevaucheur, un dénommé Léo, qui les "traduisit" de façon intelligible pour les centaines de gris présents.

Stan expliqua par son entremise que le point de rendez-vous se situait dans le cimetière d'un petit village français qui avait été ravagé par un volcan, et que le but de la manœuvre du jour était de retrouver son corps coincé dans une galerie proche du volcan.

La perspective de relever ce défi et de plonger dans de la lave les excita, et c'est dans une joyeuse pagaille qu'ils s'envolèrent tous à la suite des cinq amis à destination de Conques.

Là-bas, monsieur Guillemin et ses amis avaient bien fait les choses: des centaines d'esprits attendaient calmement sur un pré jouxtant le cimetière.

Lorsque les jeunes arrivèrent, on se poussa un peu pour leur faire de la place, car les gris détestaient passer au travers d'un autre esprit.

Lucius prit la direction des opérations. Il avait été centurion dans l'armée romaine, où il avait appris la discipline et l'art de la stratégie.

Il expliqua qu'il s'agissait de quadriller la zone du volcan de façon systématique, afin de ne laisser aucun recoin inexploré, et donna ses instructions en conséquence. Il forma des lignes et des colonnes de personnes qui se virent chacune attribuer un numéro indiquant leur place précise dans le dispositif.

Les gris du cimetière de Conques avaient gardé un mauvais souvenir du volcan, aussi Lucius leur confia-t-il les extrémités de la zone, tandis que les jeunes se portaient volontaires pour plonger dans le magma et sa proche périphérie.

Il était entendu que quelques anciens resteraient au quartier général établi sur le toit de ce qui restait de l'abbatiale, et que chacun devrait y revenir pour rendre compte de sa mission.

Stan, Ileana, Aodren et les jumeaux ne pouvaient pas participer à la mission en raison de leur nature de colorés. Aussi ils prirent place à côté de monsieur Guillemin sur les ruines de l'église.

Le départ des esprits fut réellement impressionnant: à la demande de Lucius, tous prirent la place qui leur avait été assignée, formant un immense quadrilatère flottant au-dessus de Conques, chacun étant à peu près à un mètre de son voisin.

Puis, au signal, tous s'enfoncèrent lentement, à la verticale, qui dans la terre, qui dans la fissure rougeoyante.

C'était véritablement une vision de cauchemar que de les voir entrer dans la matière, disparaître à moitié puis complètement, comme s'ils étaient happés par des sables mouvants.

Puis commença l'attente pour ceux qui étaient restés au quartier général. Bien qu'ils soient sous la forme d'esprits, les cinq amis ressentaient toutes les affres de l'anxiété. Ils avaient l'impression d'avoir le coeur battant à toute allure, le souffle court.

Ileana, comme chaque fois qu'elle était angoissée,

se tordait virtuellement les mains. Elle regardait Stan sans dire un mot, mais sa tension se lisait sur son visage. Quant au garçon, il essayait de rester stoïque, mais c'était difficile. La suite de sa vie dépendait de ce que les esprits allaient -ou non- trouver!

Aodren était comme toujours l'image même du calme, ce qui faisait beaucoup de bien à Claire. Benoît, lui, laissait libre cours à sa nervosité et faisait le geste de se ronger les ongles, ce qui aurait été comique en d'autres circonstances, car ses mains rentraient entièrement dans sa figure.

Soudain, un esprit remonta à la surface et cria:

- J'ai trouvé quelque chose! Un squelette!

Le gris accourut auprès de monsieur Guillemin, regarda Stan à la dérobée et chuchota quelque chose à l'oreille du vieil homme.

Celui-ci eut l'air très embêté et dit à l'esprit qu'il allait l'accompagner.

Ils retournèrent tous deux à l'endroit où le gris avait prospecté et s'enfoncèrent ensemble sous le regard terrifié des colorés qui n'avaient rien entendu de leur dialogue.

Puis Guillemin reparut, la mine soulagée.

- Vous portiez une chevalière et un ceinturon le jour de votre chute? demanda-t-il à Stan.

- Non.

- Je me doutais que ce n'était pas vous, le squelette avait l'air vieux. Il a été enterré à faible profondeur, et sans doute il y a très longtemps. Et il a encore une bague et une boucle de ceinture accrochées aux os.

Stan faillit se sentir mal tant il avait eu peur. Soit, ce squelette n'était pas le sien. Mais il vivait maintenant dans la hantise qu'un autre esprit le trouve, lui, en piteux état.

Lucius, qui était allé voir où en étaient ses troupes,

revint les tenir au courant.

- Ils sont à présent à plusieurs centaines de mètres de profondeur. Et personne n'a encore rien trouvé. Il faudra peut-être élargir le périmètre.

L'ex-centurion planifiait déjà la seconde prospection quand Léo arriva à toute vitesse.

- Stan, ça y est, on t'a localisé!!!

Tous se levèrent, sur le toit de l'église. Derrière Léo arrivaient tous les copains qui étaient autour de lui pendant l'exploration, et surtout une blondinette qui avait l'air très timide.

Léo leur expliqua, bredouillant presque sous le coup de l'émotion:

- C'est Camille qui t'a trouvé! Elle a crié et on est venu. Il n'y a aucun doute, c'est bien toi! Tu es allongé tout droit, et tu tiens sur ta poitrine des pierres brillantes de la même couleur que toi qui projettent comme une espèce de bulle transparente autour de ton corps. Ah, j'ai oublié de te dire: tu n'es pas dans une galerie, mais dans une grotte minuscule, et il n'y a aucune issue nulle part.

35. GROTTE SANS ISSUE

Oh, purée, ce que j'en ai marre! explosa Benoît. Pourquoi les choses ne peuvent jamais être simples? Comment récupérer le corps de Stan si on ne peut pas l'approcher? Pour le sortir de là, il faudrait faire appel à une entreprise de forage, mais comment la faire intervenir? Je me vois d'ici dire aux gars: "il y a quelqu'un qui est là-dessous depuis six mois, et il est encore vivant; il faut creuser sous le volcan mais ce n'est pas difficile; en plus, on sait exactement où il est au mètre près, un fantôme va vous guider...". Ils nous claqueraient la porte au nez!

- Calmez-vous, Benoît, dit monsieur Guillemin. Nous avons déjà fait un bond de géant en le localisant. Ne voyez pas le verre à moitié vide mais celui qui est à moitié plein!

- Hm? Ça veut dire quoi, ça?

- Qu'il faut voir les côtés positifs, expliqua Claire.

- Ah oui, il y en a, des côtés positifs, ricana Benoît. C'est les elfes noirs qui vont être contents: leurs chers petits cristaux n'ont pas cramé dans le volcan, ils sont juste à quelques centaines de mètres sous terre, intacts, il suffit de se pencher pour les ramasser.

- Oh, Benoît, arrête un peu, tu nous saoules! dit sa soeur sévèrement. Ce n'est pas de cynisme dont nous avons besoin maintenant, mais d'idées constructives.

- Pfff! Mais à force, j'en ai plus, moi, des idées constructives! J'ai donné tout ce que j'avais! dit le garçon d'un air désespéré.

Claire tenta de lui remonter le moral.

- On est conscients que tu as eu d'excellentes idées, jusqu'à présent. C'est toi qui as suggéré qu'on aille dans la mort pour retrouver Stan, et qui t'es souvenu qu'Isdragarn savait le faire. On te doit une fière chandelle. Et je suis sûre que ton cerveau malade -non, je plaisaaante- ton cerveau génial trouvera encore quelque chose!

- Tu crois? dit-il d'une toute petite voix.

- Meuh oui.

Benoît réfléchit quelques instants.

- Et si on demandait vraiment aux elfes noirs d'aller chercher les cristaux et de récupérer Stan par la même occasion? Ils doivent avoir la technologie qu'il faut pour ça, non?

- Ils l'ont sans doute, mais je les imagine mal intervenir dans le monde-du-dehors, rétorqua Claire. Tu sais bien qu'ils n'y vont jamais.

- Et de toute façon, il est hors de question qu'on laisse cette bande de brutes épaisses récupérer les cristaux! s'exclama Ileana qui leur en voulait toujours.

- D'autant qu'Imraëgg espère toujours qu'on les lui apportera un jour sur Eden, ajouta Aodren. Tous les cinq.

Ileana et Stan le fixèrent, surpris.

- C'est vrai, vous ne connaissez pas cette histoire, dit Benoît. Toi, Ileana, tu étais dans les choux quand

Imraëgg nous en a parlé, et toi, Stan, tu étais en train de faire des cabrioles avec les chevaucheurs de comètes.

- Et c'est quoi, ce délire avec nous cinq sur Eden? demanda Ileana un peu abruptement.

- Ce n'est peut-être pas le moment, dit Claire... Il y a plein de monde qui nous attend.

De fait, les esprits patientaient à côté de l'abbatiale. Tout le monde savait que le corps avait été trouvé, et chacun était déjà allé le voir personnellement pour s'occuper.

Guillemin hocha la tête.

- Je vais leur donner congé, tout en leur demandant s'ils accepteraient de nous donner à nouveau un coup de main si nécessaire.

Les esprits de Candoret s'en retournèrent, ainsi que les copains de Stan, chaleureusement remerciés pour leur rôle décisif.

Ne restaient que les esprits du cru, qui continuèrent à vagabonder au-dessus de Conques comme ils en avaient pris l'habitude.

Joseph Nesbinel n'était pas parti, visiblement très satisfait de cette aventure.

- Si vous ne me trouvez pas trop indiscret, j'aimerais bien entendre cette histoire... dit Joseph aux jumeaux. J'ai toujours adoré les récits de monsieur Jules Verne, et ça m'y fait un peu penser. Un mystère, des problèmes apparemment insolubles, c'est tout à fait ça!

- Bien sûr que vous pouvez écouter, dit Benoît. Mais il vous manquera beaucoup d'éléments pour comprendre et ça risque de vous paraître plutôt incroyable. Donc, quand j'ai eu l'idée d'aller chercher Stan dans le monde de la mort, on a demandé son aide à Imraëgg. Il nous a présenté un elfe nommé Gohened, qui a fait des expériences sur le voyage dans la mort avec Isdragarn. Cet elfe nous a donné des tuyaux qui nous ont évité de nous faire arnaquer par ta tante, Ileana. Sans ses bons conseils, on ne serait sans doute plus là pour te parler.

- Et quel est le rapport avec Eden ? demanda Ileana, un peu impatiente.

- J'y viens. Imraëgg ne s'intéressait pas vraiment à cette partie du problème, il était surtout préoccupé par la disparition des cristaux dans le volcan. Il nous a expliqué à ce moment qu'il nous avait déjà rencontrés dans le passé d'Eden, tous les cinq, parce qu'on avait apporté les cristaux sur votre planète natale il y a quarante mille ans.

- Nous cinq ? Sur Eden... il y a quarante mille ans ? répéta Ileana d'un air perplexe. C'est une blague ?

- Non, pas du tout ! Imraëgg nous a dit que c'était ce qui avait permis aux elfes de trouver la Terre, puisque les cristaux étaient le moteur de leur vaisseau. Et que si on ne venait pas tous les cinq apporter les pierres aux elfes dans le passé, tout le présent s'effacerait forcément un jour. Tu vois le problème ?

- Pas vraiment. Vous êtes sûrs d'avoir bien compris ? Ce n'était pas de l'humour ?

- Pas du tout, rétorqua Aodren. Imraëgg était vraiment très embêté. Je ne l'ai jamais vu aussi soucieux, ce qui ne l'a pas empêché d'engloutir au moins cinq desserts de dame Madeline.

- Je crois que je comprends le souci d'Imraëgg, dit Stan. C'est un paradoxe temporel: nous existons pour l'instant, mais comme la raison de notre existence vient de disparaître, nous allons bientôt disparaître également. En mettant les cristaux hors d'atteinte, nous avons forcé le passé à prendre un autre cours, dans lequel nous n'existons pas.

Ileana le regarda avec inquiétude.

- Mais c'est carrément angoissant, ce que tu dis ! Et ça se produira quand, notre "effacement" ?

Stan sourit.

- C'est juste une hypothèse de science-fiction, je ne sais pas si elle tient la route. J'essayais juste de reformuler les craintes d'Imraëgg.

Ileana, qui n'était visiblement pas de très bonne humeur, soupira.

- Donc, en admettant qu'on arrive à réunir ton corps et ton esprit, on sera tous supprimés après. C'est motivant ! Des fois, j'ai envie de dire comme Benoît: "marre, marre, marre !".

Guillemin décida de reprendre les choses en main pour ne pas laisser s'installer la sinistrose.

- Comment faites-vous exactement pour voyager dans la mort ? demanda-t-il. En d'autres termes, de quelle façon s'opère la séparation entre le corps et l'esprit, pour un être encore vivant ?

- Pour arracher l'esprit d'un vivant à son corps, il faut que soit présente une nappe assez importante d'énergie vitale, ou mieux, un faisceau d'énergie qui peut happer l'esprit hors du corps, expliqua Aodren.

- Je me demande d'ailleurs s'il y a un faisceau à l'endroit où se trouve le corps de Stan, dit Benoît.

Joseph secoua la tête.

- Je suis formel, il n'y en a pas. Je suis allé voir le corps; la sphère bleue est hermétiquement fermée et il n'y a pas d'énergie vitale dans la petite grotte.

- Mais comment il a fait pour sortir, alors ? se demanda Benoît.

Il se tourna vers Stan.

- Tu ne te souviens vraiment pas ?

- Désolé, non. Je me rappelle m'être endormi, et puis je me suis retrouvé en train de planer dans l'espace, pensant être mort. Entre les deux, c'est l'inconscience.

- Peut-être y a-t-il eu au moment de son départ une grosse quantité d'énergie libérée par le volcan qui était alors très actif, suggéra Aodren. Ou alors c'est l'une des facettes inconnues des cristaux, qui sont une source d'énergie illimitée, d'après ce qu'on nous en a dit.

- Et si c'était l'énergie des cristaux, il y aurait moyen pour Stan de faire le chemin en sens inverse? dit Benoît plein d'espoir.

- C'est peut-être possible mais comme on ne sait pas comment les cristaux fonctionnent... objecta Claire.

- Il y aurait de toute façon une autre difficulté à surmonter: que faire une fois que Stan aurait réintégré son corps ? dit Aodren. On pourrait le suivre sous forme d'esprits mais on ne pourrait plus communiquer avec lui ! Et après, il faudrait arriver à le sortir de là.

- Je pourrais me servir des cristaux pour lasériser les parois de la grotte comme je l'ai déjà fait juste avant de "mourir", proposa Stan.

- Le problème est que, pour forer, il faudrait que tu sois guidé pour savoir dans quelle direction creuser ! Or on ne pourra pas communiquer...

Joseph grimaça.

- Tout ça me semble impossible à réaliser: il n'y a que de la roche à des centaines de mètres autour, aucune galerie, rien ! À quoi bon forer si c'est pour n'aboutir nulle part ?

- C'est sûr que l'intérêt pour Stan de revenir dans son corps est limité si c'est pour être emmuré vivant! dit Benoît en baissant la tête et les épaules, complètement découragé.

Ils se turent tous, avec l'affreuse impression d'être dans une impasse.

Soudain Lucius parla.

- Non, il ne faut pas envoyer l'esprit de Stan dans son

corps tant que celui-ci est au fond. Il faut changer le corps de place avant que Stan n'essaie de le réintégrer, enlever le corps de cette fichue grotte pour le mettre à un endroit où il pourrait y retourner par les faisceaux !

Les amis furent abasourdis par cette proposition, car personne n'avait encore envisagé le problème sous cet angle !

- Votre idée est géniale, Lucius, mais pas plus faisable pour autant ! se désola Aodren. Le problème vient de notre différence de nature: car en tant qu'esprit on ne peut pas bouger un corps ! Et si on arrivait à y aller physiquement, on se retrouverait dans le même cas que Stan, coincés sous des centaines de mètres de roche ! Il faudrait arriver à sortir le corps de Stan sans avoir à creuser... Mais je ne vois pas de solution pour ça, puisque je ne crois pas à la magie !

Tout à coup on vit Benoît quitter sa grise mine pour arborer un grand sourire.

- On est vraiment trop bêtes ! On connaît quelqu'un qui a résolu ce problème... Il suffit qu'on apprenne à se dématérialiser comme Isdragarn, en espérant que ça fonctionne aussi dans le monde-du-dehors !

36. LA DALINN DES JUMEAUX

Oh mais bien sûr ! Yaka ! railla Claire. Je n'aurais pas dû te dire que tu avais un cerveau génial, tout à l'heure, ça t'est monté à la tête.

- Mais je te dis que c'est faisable, puisqu'Isdragarn l'a fait ! dit Benoît d'une voix véhémente. Elle l'a sans doute appris chez les morbides. Alors, comme on ne peut pas l'apprendre directement d'Isdragarn vu qu'elle nous a faussé compagnie, il suffit d'aller le demander aux elfes spécialistes de la mort ! Toi, Claire, tu n'auras qu'à en rajouter une couche avec le père Gohened, puisque tu es si douée pour embobiner les vieux ronchons ! On a réussi à apprendre comment aller dans le pays de la mort, ça ne doit pas être beaucoup plus difficile ! Le seul doute qu'on puisse avoir, c'est que ça fonctionne dans le monde-du-dehors. Pour le reste, on a vu Isdragarn le faire dans le pays de la mort, et elle nous a refait le coup dans la grotte, à Edelynn, quand elle a essayé de nous emmurer.

- Je pense tout à coup à un truc, dit Claire. Quand Gohened nous a parlé du voyage dans le pays de la mort, quand il a dit que ça ne nécessitait pas vraiment de connaissances particulières, il a eu une hésitation, imperceptible certes, mais une hésitation quand même. Il était sans doute au courant qu'Isdragarn savait faire un truc spécial et qu'elle risquait de nous jouer un tour! Mais il ne nous a rien dit et du coup nous a mis dans une situation dangereuse !

La jeune fille était en colère.

- En fait, contrairement à ce qu'il affirmait, il y a vraiment une technique particulière pour voyager dans la mort ! La sorte de voyage qu'on fait n'est pas complète: on ne peut partir et revenir que dans les faisceaux, pas ailleurs, et on ne peut agir sur rien en tant qu'esprit. Ouh là, j'ai bien envie d'aller le prendre par le collet et de lui demander pourquoi il ne nous a pas prévenus ! À cause de lui, on a failli mourir, et maintenant Isdragarn est en liberté ! tempêta-t-elle. Je lui dirai deux mots quand je le verrai !

- Tu as intérêt à te calmer et à ne pas faire de reproches à Gohened si tu as l'intention de lui demander service, car ce ne serait pas diplomate ! argua Benoît.

Claire ne put s'empêcher de sourire: Benoît donnant des leçons de diplomatie, c'était nouveau !

Aodren avait l'air soucieux, et Claire lui demanda à quoi il pensait.

- Je crains que l'attitude de Gohened ne signifie autre chose: il savait sans doute que le voyage tel que nous l'avons fait était possible pour nous tous, mais pas la dématérialisation, du moins pas pour chacun d'entre nous. C'est pour ça qu'il a préféré ne pas en parler.

- Et pourquoi pas ? demanda Benoît. Pourquoi est-ce qu'il y aurait une différence entre nous ?

Aodren regarda Benoît droit dans les yeux.

- Et s'il fallait une dalinn pour pouvoir faire ce qu'a fait Isdragarn ? dit-il d'une voix douce. Dans ce cas, vous, les jumeaux, et toi, Stan, vous ne pourriez pas le faire... C'est plausible, car on peut considérer que la dématérialisation est une sorte de transformation !

Benoît était catastrophé. En plus, il détestait qu'on lui fasse remarquer qu'il n'était qu'à moitié fée !

- Eh bien j'ai une grande nouvelle pour vous, dit Claire. Figurez-vous que Benoît et moi, on a une dalinn !

- Quoiiii ? s'exclamèrent Ileana, Aodren et Benoît.

- Oui, c'est Ingvarna, à l'époque où elle se faisait encore appeler Angvarna et habitait dans sa maison à l'écart, qui m'a dit qu'on en avait une aussi; elle l'a vu la fois où elle a fouillé dans notre esprit, quand elle nous a appris l'elfique par hypnose, avec Ileana. Ce jour-là, elle en a profité pour voir si on avait un don... Et elle a découvert qu'on avait aussi une dalinn et elle m'en a parlé quand elle m'enseignait l'herboristerie et les soins.

Les yeux de Benoît se mirent à briller.

- Alors je pourrais me transformer en n'importe quoi ?

- Ne te fais pas de film, frérot, notre dalinn ne sert à rien, elle est petite et inactive, une sorte d'embryon qui ne s'est pas développé. C'est un héritage de notre père faé, mais qui ne nous servira jamais. Elle est là juste pour la décoration, c'est une fausse !

La déception du garçon fut à la hauteur de ses espoirs. Enfin il aurait été quelqu'un parmi cette foule de gens exceptionnels...

- Elle ne doit pas être totalement inactive, dit cependant Aodren, à la grande joie de Benoît. Je me demande si ce n'est pas grâce à cette dalinn que vous pouvez être un peu transformés.

Benoît fronça les sourcils, il ne comprenait pas. Quand avait-il été transformé ?

- J'ai pu changer la couleur de vos cheveux ou vous coller des fausses plaies, alors qu'il a été impossible de faire quoi que ce soit sur Thibaut, rappelez-vous ! C'est donc qu'il y a une petite différence entre vous et les humains, tout de même. Et c'est sans doute dû à la présence chez vous d'une dalinn, même si elle ne sert à rien d'autre...

- Quoi qu'il en soit, conclut Guillemin, la piste me semble très prometteuse ! Ce serait effectivement la solution.

- On va donc trouver ces elfes morbides, dit Aodren avec détermination. On se fera enseigner ce secret et on pourra enfin résoudre le problème de Stan.

- Mais on ne sait pas où les trouver, dit Benoît. Il faut retourner à Illiriane, appeler Imraëgg et lui demander son aide.

- Non, pas la peine, rétorqua Aodren. Je me rappelle très exactement à quel endroit Isdragarn nous avait laissés pour "aller régler un petit problème", comme elle disait; je suppose que la cité de Gohened n'en est pas éloignée...

37. UN KORRIGAN QUI TOMBE À PIC

Finalement, c'est beaucoup plus simple qu'on ne pensait, dit Benoît. Au moins, chez ces elfes-là, pas de forêt truquée comme à Néourvellen. Une route unique, pas d'embrouille. Facile, quoi.

Aodren se tourna vers lui, l'air dubitatif.

- Mmm. Justement, ça me paraît trop facile pour être honnête. On se rend chez des elfes, pas dans un village troll. Je crois que nous devons rester sur nos gardes.

- Relax, Max, rétorqua le jumeau. Pour une fois qu'on n'a pas d'ennuis, profites-en ! Pourquoi s'attendre toujours au pire ?

- Parce qu'il arrive souvent ! cria Aodren. Attention, là-devant !

Surgis de nulle part, deux monstres énormes leur barraient le chemin en agitant leur tête de façon menaçante. Ils ressemblaient vaguement aux drasques, mais autant les dragons paraissaient gracieux, autant ces bêtes-là étaient épaisses comme des chars d'assaut, avec un cou couvert de plaques et beaucoup plus court.

Griffes impressionnantes, dents de carnivores, musculature noueuse, petits yeux méchants, tout en eux indiquait qu'ils étaient des machines à tuer.

- Oh là, chevrota Benoît. Je me demande si je ne préférais pas les garloups. On fait quoi ?

- On se tiiiire ! répondit Aodren alors que les bêtes chargeaient.

Ileana fit tourner bride à Astara, et Arak cessa de grogner et de montrer les crocs pour suivre la licorne.

Les jumeaux étaient morts de peur. Ils se cramponnaient du mieux possible à la fourrure de l'ours qui faisait des sauts immenses pour échapper aux monstres hurlant derrière eux.

Soudain, un être jaillit des arbres alors qu'ils passaient ventre à terre à côté de lui. C'était un korrigan !

Il passa à toute vitesse devant le museau des deux bêtes, les stoppant net dans leur course. Furieux, les monstres claquèrent des dents, mais le korrigan se dématérialisa juste au dernier moment.

Constatant que les monstres ne les suivaient plus, Ileana et les jumeaux s'étaient arrêtés quelques dizaines de mètres plus loin. Aodren avait déjà fait volte face et volait pour prêter main forte au courageux korrigan... qui avait disparu.

Les bêtes grognaient de dépit, mais, avisant les quatre autres, firent mine de recommencer la poursuite. Le korrigan réapparut devant elles, les détournant à nouveau de leurs proies. Claire poussa un cri d'épouvante. Cette fois, le courageux combattant avait été à deux doigts de se faire happer avant de disparaître !

Rendus fous par la frustration, les monstres poussèrent un hurlement terrifiant. Le korrigan recommença son manège plusieurs fois, puis soudain il se rematérialisa sur l'encolure de l'une des deux bêtes.

Aodren se positionna au-dessus de lui, guettant l'occasion de l'aider.

Le korrigan, les jambes serrées autour du cou puissant, se pencha pour effleurer les yeux de la bête.

- Je suis en train de l'aveugler. Et je vais essayer de le paralyser... expliqua le korrigan, un peu essoufflé.

Le monstre, désorienté par la perte de sa vue, tournait désespérément la tête vers la lumière en hurlant de colère. Profitant de son désarroi momentané, le korrigan se glissa le long de son flanc et toucha ses postérieurs pour l'immobiliser. La bête s'écroula en couinant.

Fou de rage, le deuxième monstre se précipita vers le korrigan, vulnérable au pied de l'autre bête.

Soudain, Benoît enleva son tee-shirt et courut devant le monstre pour le lui agiter sous le nez. L'animal en négligea de regarder au-dessus de lui et ne vit pas Aodren qui se laissa tomber sur l'arrière de sa tête.

Vite, malgré sa répulsion, le faé toucha les arcades proéminentes du monstre et s'efforça de rendre ses yeux momentanément hors d'usage. Entre temps, le korrigan avait bondi et touché les pattes de la bête pour lui faire subir le même sort que sa voisine.

Comme les deux bêtes, bien qu'aveugles et paralysées de l'arrière train, continuaient à essayer de mordre et d'avancer en se traînant sur leurs antérieurs, le korrigan acheva son travail en rendant leurs pattes avant inopérantes.

- Et voilà, on est tranquilles pour un moment ! dit le korrigan avec un demi-sourire, aussi désinvolte que s'il avait chassé deux mouches. Vous aviez envie de vous suicider en venant par ici ? Ç'aurait été vraiment dommage ! ajouta-t-il avec un coup d'œil appuyé à

Claire.

La jeune fille rougit. Le regard noisette et le grand sourire du korrigan la troublaient. Elle évita de s'attarder sur ses cheveux bouclés et sa musculature, et dit très vite:

- Merci mille fois de votre aide, monsieur. Sans vous, nous aurions été dans de sales draps.

Le korrigan éclata de rire.

- Monsieur ? Et pourquoi pas monseigneur ? Je m'appelle Naël, et vous ?

- Mon nom est Claire, et voici Ileana, Aodren, et mon frère Benoît.

Le regard du korrigan se fit rêveur.

- Vous avez des cheveux noirs comme les elfes et une apparence de fée, mais vous n'en êtes pas une, comme c'est étrange...

Il avait l'air subjugué par la jeune fille. Un peu mal à l'aise, Aodren coupa court à ses compliments en le remerciant lui aussi. Ileana et Benoît se joignirent à lui. Derrière eux, les bêtes s'étaient résignées et ne bougeaient plus.

Claire s'émut de leur sort.

- Naël, vous avez l'intention de laisser ces bêtes dans l'état où elles sont ?

Il la regarda, surpris.

- Que voulez-vous dire ?

- Les pauvres, elles sont aveugles et paralysées ! On ne peut pas les laisser dans cet état !

- Les pauvres ? Mais elles allaient vous manger tout crus !

- Oui, je sais, mais là, elles ne font plus de mal à personne.

Naël regarda les autres, complètement perplexe devant l'incohérence de la jeune fille.

Aodren expliqua à Naël:

- Claire ne supporte pas qu'on fasse de mal à qui que ce soit. Il n'y a pas moyen de les relâcher sans qu'elles ne nous nuisent ?

Le korrigan fronça les sourcils.

- Je trouve ça dangereux et plutôt stupide. Ne vous attendez pas à la moindre reconnaissance de la part de ces monstres !

- Oh, s'il vous plaît, Naël ! On pourrait simplement passer de l'autre côté et remettre les bêtes dans leur état normal quand elles ne pourraient plus rien nous faire ? dit Claire.

- Mais pourquoi tenez-vous tant à aller de l'autre côté ? Savez-vous ce qu'il y a là-bas ?

- Une cité elfe, du moins c'est ce que nous pensons, dit Ileana. Nous aimerions rencontrer un elfe nommé Gohened.

- Il y a effectivement une cité elfe au fond du défilé. Totalement inaccessible comme toutes les cités elfes. Ça ne me regarde pas, mais qu'est-ce qui peut pousser des gens en apparence normaux à risquer leur vie pour rencontrer ce genre de personnes ?

Ileana hésita. Naël paraissait sympathique, mais elle ne savait pas si elle pouvait lui indiquer la raison de leur voyage. Après tout, des korrigans étaient les ennemis d'Isdragarn, et elle ne savait pas pourquoi !

Un an auparavant, elle était d'une grande naïveté et pensait que tout le monde aimait les fées. Depuis, elle avait appris douloureusement qu'existaient l'envie et la perversité, la haine et la volonté de vengeance. À présent, elle était peut-être trop méfiante...

Naël lui fit son sourire irrésistible, et Ileana se sentit fondre.

- Voilà ce que je vous propose, dit-il: nous déjeunons ensemble et vous me racontez pourquoi vous voulez absolument finir dans l'estomac d'un monstre. Et si vous arrivez à me convaincre, on rendra leur liberté aux sales bêtes.

- D'accord, mais vous devrez d'abord répondre à une question, rétorqua Ileana.

- Marché conclu ! dit-il joyeusement. Venez, je connais un endroit enchanteur pas loin d'ici.

Claire ne put s'empêcher de regarder les monstres qui avaient posé leur grosse tête par terre.

- Ne vous en faites pas, ces bestioles n'ont aucune notion du temps. Attendre un instant ou une journée ne change rien pour elles, dit Naël à la jeune fille. Venez !

Et il lui prit la main pour l'entraîner hors de la route, sous l'œil contrarié d'Aodren qui ne comprenait pas pourquoi Claire ne retirait pas sa main.

Dès qu'ils eurent quitté le morne défilé où serpentait la route qui menait à la cité elfe, le paysage changea radicalement. Naël les guida le long d'un sentier qui déboucha sur un petit lac de montagne.

D'un bleu presque trop intense, accentué par le vert incroyablement frais de la prairie qui le bordait d'un côté et les sapins de l'autre, le plan d'eau avait quelque chose d'irréel.

- C'est beau, hein ? C'est un de mes endroits préférés ! dit Naël en leur faisant signe de s'asseoir.

Ileana et Claire s'installèrent dans l'herbe à côté du korrigan. Benoît se félicita de ne pas avoir emmené Alixen dans ce voyage, car Naël semblait subjuguer la gent féminine. Qu'est-ce qu'il avait de si extraordinaire ? se demanda-t-il en le détaillant. Bon, d'accord, il était très bien roulé. Et il avait une couleur d'yeux assez extraordinaire, entre le brun, le vert et l'or. Même ses minuscules cornes n'arrivaient pas à l'enlaidir. Mais à part ça ? Pourquoi étaient-elles là, à roucouler avec lui alors qu'elles le connaissaient à peine ?

Il eut un accès d'humeur.

- Ileana, tu n'avais pas une question à poser à Naël avant de lui raconter tous tes petits secrets ? dit-il avec une pointe d'acidité.

- Oh ! Oui, c'est vrai... Voilà. Il y a quelques jours, nous avons croisé un groupe de quatre korrigans qui recherchait ma tante Isdragarn. Ils avaient l'air d'être fâchés contre elle. Savez-vous ce qu'ils lui reprochent ?

Naël sourit.

- Ah, Isdragarn... La rouée, la peu fiable Isdragarn. C'est votre tante ? Oui, bien sûr, je sais pourquoi les korrigans lui en veulent. Elle a passé un marché avec eux et n'a pas honoré sa part du contrat.

- Encore ! s'exclama Benoît. Mais c'est une maladie chez elle, de ne pas respecter la parole donnée ! Qu'est-ce qu'elle a fait, cette fois-ci ?

- C'est une longue histoire, mais je veux bien vous la raconter. À moins que vous ne décidiez qu'il est hors de question de faire attendre les monstres plus longtemps ? ironisa-t-il en regardant Claire de ses yeux de velours.

- Oh, je préfère écouter votre histoire, bredouilla la jeune fille. Nous nous en occuperons après.

Nous ? se dit Aodren, chagriné.

Naël s'installa confortablement et son regard se porta vers le lointain.

- Nous avons été amenés sur Terre par les elfes en même temps que les fées, il y a des millénaires de cela, commença-t-il à la grande surprise des quatre autres qui ne voyaient pas du tout le rapport avec Isdragarn et qui ne s'attendaient pas à ce que le korrigan soit au courant de leur origine extraterrestre. Nous avons voyagé dans une soute différente de celle des fées dont vous descendez, aussi n'avons nous jamais fait connaissance. Le voyage a été extrêmement éprouvant pour notre peuple. Nous ne pouvons pas nous transformer, et donc nous n'avons pu nous miniaturiser pour supporter plus facilement l'exiguïté de la soute, comme l'ont fait les fées de leur côté. Mais le pire a été le mal inconnu qui a frappé les femmes de notre espèce pendant le voyage! En l'espace de peu de temps, elles sont toutes mortes...

Les quatre firent entendre des exclamations horrifiées.

- Je ne l'ai pas vécu moi-même, je ne fais que vous raconter ce qu'on dit dans les légendes.

Benoît fut le premier à réagir.

- Mais... Si votre espèce ne compte plus que des mâles, comment se fait-il que les korrigans existent encore ? Vous avez bien une maman ? À moins que... Benoît se tut un instant, il avait peur de gaffer. Vous êtes peut-être né dans une cuve ?

Naël éclata de rire.

- Bien sûr que non ! Je suis né tout à fait normalement. J'ai une maman, comme tout le monde ! Une maman fée.

38. LE MARCHÉ D'ISDRAGARN

Un silence lunaire accueillit les déclarations du korrigan. L'expression ahurie de ses interlocuteurs fit rire Naël.

- Si vous veniez d'une cité fée de cette région, vous ne seriez pas étonné. Les korrigans et les fées sont des espèces si proches qu'elles sont compatibles. Les mâles de mon espèce ont donc formé des couples avec des fées pour perpétuer leur race.

- Le problème est réglé depuis longtemps, alors ? dit Benoît.

- Pas du tout, parce que le fruit des amours d'un korrigan et d'une fée est toujours un garçon ! En plusieurs dizaines de milliers d'années, il n'y a jamais eu une seule fille.

- C'est dingue, ça ! Benoît en était abasourdi. Mais vous ne ressemblez pas du tout à une fée ! Vous n'avez rien de votre maman ?

- Non, rien. On est korrigans jusqu'au bout des ongles. Non seulement des unions mixtes ne naissent que des garçons, mais en plus ces garçons n'ont jamais ressemblé à leur maman, toujours à leur papa. On n'a jamais vu de korrigan blond ou sans cornes. Et aucun de nous n'a jamais su voler ou se transformer...

- Pourtant, vous avez paralysé et aveuglé les monstres, tout à l'heure.

- Je ne les ai pas transformés, j'ai court-circuité leurs nerfs, c'est tout.

- Vous vivez dans les cités des fées ?

- Non, du moins pas à l'âge adulte. Les korrigans n'aiment pas vivre les uns sur les autres; ils n'ont pas vraiment la même mentalité que les fées, ils sont beaucoup moins grégaires et plus insouciants.

- Plus insouciants ? Et moi qui trouvais que les fées étaient vraiment des têtes de linotte ! s'exclama Benoît. Il y a pire ?

Ileana le pinça fortement.

- Attention à ce que tu dis, toi ! Et la fée se tourna vers Naël. Et comment faites-vous alors pour... euh je veux dire...

Elle rougit fortement.

- Les korrigans vagabondent dans les parages des fées et ont de bonnes relations avec elles. Ils n'ont jamais eu de mal à en séduire... dit Naël avec son sourire craquant qui chavira les deux filles. Quand une fée a un bébé korrigan, il reste avec elle jusqu'à l'adolescence, puis il va vivre en liberté dans la forêt ou rejoindre un petit groupe d'autres korrigans.

- J'ai une question, dit Benoît. La maladie qui a décimé vos compagnes, vous avez su à quoi elle était due ?

- Non, on n'a jamais trouvé la raison de cette hécatombe. Je sais juste que mes ancêtres ont beaucoup soupçonné les elfes.

- Je ne comprends pas. Pourquoi auraient-ils voulu supprimer une espèce qu'ils avaient sans doute eux-mêmes créée ? Parce qu'éliminer les femmes équivalait à vous condamner à mort ! Ça n'a pas de sens ! dit Claire.

- Les vieux racontent que les elfes ne voulaient pas nous emmener d'Eden, et qu'ils nous ont puni de prendre de la place dans leur vaisseau.

- Mais c'est monstrueux ! Ils ne peuvent pas avoir été aussi odieux ! s'écria la jeune fille.

- Oh si, je crois qu'ils peuvent ! dit Ileana, qui n'avait digéré ni la brutalité des elfes noirs, ni la morgue de Galéald, l'elfe gris qui s'occupait des drasques, et encore moins la folie de Naragd, le mi-elfe qui avait torturé des fées et tué son amour. Je les crois totalement inhumains, si on peut dire. Ils ont une cervelle brillante mais pas de cœur. Mais, j'y pense, vous ne nous avez toujours pas dit ce que vient faire Isdragarn dans votre histoire ?

Naël eut l'air soudain mélancolique.

- Isdragarn a fait naître un formidable espoir chez les korrigans, celui de leur donner enfin un bébé fille.

- Isdragarn vous a promis un bébé ???

Ileana n'en revenait pas. Naël se redressa et entoura ses genoux de ses bras.

- Isdragarn voulait obtenir quelque chose de très spécial de nous. En échange, elle nous a promis la seule chose réellement importante pour nous: une petite fille. Elle nous a expliqué que les reines pouvaient choisir le sexe de leur enfant, et qu'elles faisaient invariablement des filles. Nous lui avons rétorqué que jamais une reine n'accepterait de porter un enfant d'une autre espèce et de nous le confier ensuite. Et elle nous a raconté en quoi sa propre histoire si singulière la mettait en position de nous accorder ce que nous désirions le plus. En effet, elle avait les capacités d'une reine sans en avoir les contraintes politiques.

- Et c'était ça, le fameux marché ? Celui qu'elle n'a

pas tenu ?

- Oui. Nous lui avons appris ce que nous savions, et elle avait promis de choisir ensuite l'un d'entre nous pour donner à notre peuple sa première petite fille depuis quarante mille ans. Nous lui avons fait confiance...

- Vous n'auriez pas dû ! Cette femme est un vrai serpent ! dit Benoît.

- Peut-être, mais nous ne le savions pas. Elle nous a remarquablement embobinés, dit Naël. Elle avait un tel ascendant sur nous !

- Bien fait pour vous, pensa Benoît qui trouvait juste que des charmeurs impénitents se fassent avoir à leur tour par une séductrice.

Le garçon se remémora la scène dans la chambre d'Isdragarn. Il avait été difficile de lui résister, en effet. Mais elle avait quand même fini dans une prison, quand plus personne ne s'était plus laissé prendre à son petit jeu.

Soudain, Benoît sursauta.

- Mais comment on a pu l'enfermer dans la bulle ? demanda-t-il. Si elle sait se dématérialiser, ce qu'on a constaté de nos propres yeux, elle aurait très bien pu se volatiliser avant qu'on l'enferme ! On ne peut pas emprisonner quelqu'un qui a cette faculté !

- Très juste, dit Aodren. Et comme on ne peut pas la soupçonner de s'être volontairement fait enfermer, c'est que quelque chose l'a empêchée de se dématérialiser depuis le moment de sa capture.

- En effet, je crois que ma grand-mère n'a jamais relâché son emprise mentale sur elle, et qu'elle a été aidée par Imraëgg pour la maîtriser, expliqua Ileana. Il a utilisé un des dispositifs elfes.

- Parce qu'Isdragarn a été mise en prison ? Récemment ? demanda Naël, très intéressé.

- Non, il y a déjà quelques semaines, mais entre temps on l'en a fait sortir et elle en a profité pour s'échapper. On l'avait mise dans une bulle elfe, un truc tellement compliqué qu'il lui était impossible de trouver une embrouille pour s'en échapper, raconta Benoît.

- Et qu'est-ce qu'elle avait fait pour mériter ça ?

- Elle s'était associée à un sale type mi elfe, mi humain, qui a emprisonné des fées, s'est livré à des expériences sur elles, a créé des monstres et a lancé ses trolls sur nos amis. À cause d'eux, plein de gens sont morts.

- Waouh ! dit Naël. Je ne la croyais pas capable de choses pareilles. Mentir ou fuir, passe encore, mais pas torturer ou assassiner.

- Le pire, c'est qu'elle a aidé à capturer la maman d'Ileana, sa propre sœur, pour que son complice puisse la tourmenter et lui enlever sa dalinn pour la réduire à l'impuissance. Heureusement qu'on est arrivés à temps ! ajouta le garçon pour montrer au korrigan qu'il n'était pas le seul héros sans peur et sans reproches.

- Pareil, si elle ne s'est pas dématérialisée lorsqu'elle nous emmenait vers la grotte, c'est sans doute qu'elle voulait profiter de l'occasion pour nous tuer tous, dit Claire en frissonnant.

- Hé bé ! Quelle histoire ! Et c'est pour cette raison que vous voulez voir cet elfe, Gohened ?

- Euh... oui, en quelque sorte. C'est pour remédier à une conséquence de la folie tragique du mi-elfe, commença Ileana.

Et elle lui résuma son séjour chez les humains et la mort de Stan en quelques mots, ainsi que leurs voyages dans le pays de la mort et leurs tentatives désespérées pour ramener Stan à la vie.

- C'est pour cette raison qu'on doit absolument

passer le barrage et voir Gohened, dit Benoît. Il a été relativement sympa avec nous, la première fois qu'on l'a vu, et il nous a expliqué beaucoup de choses sur la mort. Et maintenant, il faut qu'il nous enseigne comment nous dématérialiser.

Naël regarda Benoît en souriant.

- Je me disais bien que vous étiez suicidaires. Pourquoi aller vous jeter dans la gueule des monstres alors que Gohened ne peut rien vous apprendre sur ce sujet ?

- Mais c'est chez les elfes de cette cité qu'Isdragarn a tout appris !

- Je ne doute pas qu'on lui ait inculqué beaucoup de choses là-bas, mais certainement pas ça ! Ce secret, c'est nous, les korrigans, qui le lui avons dévoilé. C'est le petit quelque chose que nous savons faire et que les fées ignorent, le procédé qu'Isdragarn désirait tellement connaître qu'elle accepte de nous donner une fille en échange. Et moi, je suis en mesure de vous l'enseigner aussi.

39. BENOÎT SE MÉFIE

Moi, il ne m'inspire pas confiance ! dit Benoît à voix basse, de peur que Naël soit resté dans les parages pour les espionner au lieu d'aller leur préparer à manger dans sa cabane comme il l'avait promis.

- Pfff ! Tu es jaloux, c'est tout ! rétorqua sa sœur.

- Jaloux, moi ? Mais je n'ai aucune raison d'être jaloux ! Je trouve simplement qu'il en fait un peu trop. Et que je te fasse des grands sourires, et que je te frôle la main… Des claques, oui !

Claire rit.

- Il est tellement sympa que tu ne peux pas le supporter. Tu aimerais avoir ne serait-ce que le centième de son charme, voilà la vérité !

Benoît haussa les épaules et se tourna vers Aodren.

- Qu'est-ce que tu en penses, toi ? N'est-ce pas qu'il est crispant ?

- Je dois avouer qu'il m'agace un peu. Mais depuis qu'il nous a expliqué ce qui est arrivé aux femmes de son espèce, je le comprends un peu mieux.

- Comment ça ? dit Benoît, étonné que le faé ne soit pas à cent pour cent de son côté.

- C'est une stratégie de survie, pour eux ! expliqua Ileana. Si les korrigans n'avaient pas développé un art consommé de la séduction, leur espèce aurait disparu depuis des millénaires. L'évolution en a tenu compte et c'est maintenant profondément ancré en eux.

- Et ça vous fait roucouler comme des idiotes, dit le garçon, de mauvaise foi.

- Mais n'importe quoi ! De toute façon, il n'a aucune chance avec nous, puisqu'on a quelqu'un ! dit Claire en regardant Aodren avec l'air béat qui énervait tant son frère.

- Mouais, admit Benoît. N'empêche que je suis persuadé qu'on ferait mieux d'essayer de revoir Gohened. Imraëgg peut nous le faire venir à Illiriane comme la dernière fois, s'il est impossible d'aller le voir dans sa cité.

- Mais puisque Naël a dit qu'ils ne connaissent pas la technique de la dématérialisation ! Ça ne servirait à rien !

- On n'a que la parole du korrigan, rétorqua Benoît un peu aigrement.

- Tu es vraiment obtus, ma parole ! siffla Claire. Tu as déjà constaté à plusieurs reprises que les korrigans savaient le faire, eux au moins, pas comme les elfes qui utilisent un gadget pour se dématérialiser.

- Non, même pas, dit Benoît honnêtement. Ils tordent l'espace-temps, c'est une autre technique.

- En tout cas, Gohened aurait eu l'occasion de nous en parler et il ne l'a pas fait, poursuivit Claire impitoyablement. En plus, on sait très bien que les elfes étudient beaucoup de choses de loin mais qu'ils ne prennent pas le risque de les tester eux-mêmes ! C'est comme pour le voyage dans le pays de la mort !

- Moi je suis d'avis de faire confiance à Naël, dit Ileana. On n'a rien à perdre ! S'il sait le faire, il nous l'apprendra. Et s'il ne sait pas, on aura juste perdu un peu de temps. Et encore, ces dernières heures n'étaient pas du temps perdu: j'ai trouvé très intéressant d'apprendre l'histoire de ce peuple que je ne connaissais pas.

Aodren acquiesça.

- Je suis d'accord.

- Mais vous avez réalisé un truc ? S'il arrive à nous apprendre à nous dématérialiser et qu'ensuite on n'arrive pas à se rematérialiser ? On restera entre deux mondes et on ne pourra plus jamais revenir ! On ne sera ni morts ni vivants et on n'aura plus de corps !

- Oh, Benoît, tu m'agaces ! déclara Ileana. Personne ne t'oblige à essayer. Moi, je le ferai et j'irai chercher Stan toute seule si tu te dégonfles!

Le garçon baissa la tête.

- Bon, d'accord, on y va.

Un quart d'heure plus tard, Naël reparut entre les arbres.

- Ça y est, c'est prêt. Si vous voulez vous donner la peine de me suivre...

Ils longèrent quelques minutes le bord du lac et arrivèrent à une crique. Là se dressait la cabane de Naël.

Adossée à des rochers qui formaient le mur d'un côté, elle était fermée sur deux autres côtés par des palissades légères, et un dais d'étoffe la couvrait. Sur le devant, une terrasse en bois allait jusqu'à l'eau et se prolongeait en mini ponton à pilotis.

Claire joignit les mains, charmée. Que cette cabane était mignonne ! C'était un vrai rêve de Robinson...

Naël leur fit signe d'entrer. Il avait disposé des coussins sur le tapis et une table basse était couverte de mets appétissants qui rendirent instantanément le sourire à Benoît.

Ils mangèrent de bon appétit en parlant de choses et d'autres, et à la fin du repas, le garçon avait complètement oublié ses préventions contre le korrigan qui se montrait un compagnon attentionné et amusant.

- Oh, j'allais oublier les deux monstres ! dit Claire soudain.

Aodren prit une mine fataliste.

- Je suppose que si on n'y va pas, on n'aura plus une minute de tranquillité.

- Tu supposes bien, répondit Claire calmement. Vous aviez promis.

- De toute façon le jour tombe, on a intérêt à y aller tout de suite.

- Sauf si tu veux pimenter la chose en leur rendant la liberté dans le noir, alors qu'ils y voient parfaitement dans l'obscurité, contrairement à nous, sourit Naël.

Le korrigan et le faé s'éloignèrent en direction du défilé des elfes, laissant les trois autres à la cabane.

Pour aller plus vite, chacun utilisa sa technique préférée: Aodren se para d'ailes puissantes tandis que Naël se dématérialisait et réapparaissait plus loin puis recommençait.

Pendant que les deux filles inspectaient l'intérieur de la cabane avec curiosité, Benoît prit trois coussins pour s'installer sur la terrasse.

Lorsque les deux autres revinrent, le garçon était endormi. Mais il se réveilla en sursaut dès qu'il les entendit. Il n'avait pas l'intention de perdre un mot du récit de leur confrontation avec les terribles bêtes!

Aodren raconta comment ils avaient coordonné leur action: Naël avait proposé au faé de s'occuper des yeux des monstres, puisqu'il pouvait s'échapper par les airs. Et, tandis qu'Aodren volait d'une tête à l'autre pour leur rendre la vue, le korrigan passait prestement entre les pattes des bêtes et annulait les effets de ses manipulations de l'après-midi.

Naël les fit rire en imitant les deux monstres qui avaient instantanément recouvré leur agressivité. Les bêtes avaient hurlé, sauté, couru, mais en vain; leurs deux minuscules agresseurs s'étaient échappés et les avaient laissées complètement décontenancées.

Le reste de la soirée se passa joyeusement, sans que personne ne parle plus de la leçon que devait leur donner Naël.

40. PREMIÈRE LEÇON

Vous êtes prêts pour la première leçon ? sourit Naël.

Ils étaient assis tous les cinq en cercle sur la terrasse de la cabane, devant le lac. Ils avaient merveilleusement bien dormi et la journée s'annonçait magnifique.

- Ben, on ne pourrait pas remettre ça à plus tard ? demanda Benoît en regardant l'eau avec envie. Un petit plongeon ne nous ferait pas de mal.

- Benoît ! le réprimanda sa sœur, sévère. On a des priorités ! Et la baignade n'en fait pas partie !

- Bon, bon... Mais on devrait profiter du beau temps, ronchonna le garçon.

- Le temps est toujours beau à Edelynn, dit Ileana en riant. On se baignera tout à l'heure. En attendant, ouvre grand tes oreilles. Professeur Naël, c'est à vous...

- Hm, hm. Je ne sais pas trop par quoi commencer. Peut-être un peu de théorie... Je vais tenter de définir ce qui se passe quand je me dématérialise, bien que je n'aie jamais vraiment analysé ce que je faisais spontanément. Quand je veux me dématérialiser, ma volonté est toute entière tendue vers le départ, comme si je voulais sauter hors de ma tête. Et, en partant, mon esprit emporte en quelque sorte mon corps. Car mon corps fait partie intégrante de mon esprit, et je peux donc le recréer ailleurs.

- Mais il faut de la matière pour recréer un corps, remarqua Claire.

- La matière, elle est partout autour de toi, expliqua Benoît. Je suppose qu'en se dématérialisant, on rend à la nature les molécules dont on est fait et qu'en se rematérialisant, on emprunte à l'environnement les éléments nécessaires et on recrée le tout.

- Mais je ne comprends pas qu'on puisse se recréer à l'identique si ce ne sont pas les mêmes molécules ! dit Claire en grimaçant.

- Mais si, grâce à l'empreinte mentale qu'on a gardée en mémoire. On a dans l'esprit le gabarit de notre être et on refait une nouvelle personne instantanément d'après le même moule, analysa le garçon. D'ailleurs, si je pouvais me transformer comme les fées, je pense que je serais particulièrement doué pour me dématérialiser, grâce à mon don. C'est vraiment trop bête qu'on n'ait qu'une dalinn décorative...

- N'empêche que j'ai du mal à comprendre comment on se refabrique. Autour de nous, il y a de l'air, de la terre, des arbres... On ne va quand même pas utiliser ça pour se refaire !

- Ce n'est pas à toi que je vais expliquer que nous sommes tous faits à partir de quelques atomes de base, les mêmes qui constituent toute forme de vie, carbone et compagnie...

Claire frissonna.

- Et ces quelques briques de base donnent des êtres si dissemblables ! À chaque rematérialisation on devient finalement une personne complètement différente...

- De toute façon, on n'est pas immuable, les cellules de notre corps meurent rapidement et sont remplacées sans cesse, ce qui fait que la matière qui compose notre corps n'est pas la même un mois plus tard, on s'est complètement renouvelé.

Ileana sourit.

- Bravo, Benoît, c'était très intéressant ! Tu ne nous avais pas habitués à tant de science. D'habitude, c'est plutôt Claire qui explique les choses intelligentes.

- Oh, tout ce qu'elle dit, très maladroitement d'ailleurs, c'est moi qui le lui ai appris, dit le garçon en esquivant un coup de coude de sa sœur. Mais comme je suis gentil, je vous laisse croire que c'est elle le petit génie.

- Est-ce qu'on peut passer aux exercices pratiques ? demanda Ileana, toujours un peu impatiente, au korrigan.

- Bien sûr, acquiesça Naël. Mais je tenais à vous préciser quelque chose avant de commencer, car le processus n'est pas sans danger. Pendant un laps de temps très court, on n'existe plus physiquement. On s'est dématérialisé mais pas encore rematérialisé. Il importe que ce moment soit le plus bref possible! Les petits korrigans s'entendent ressasser ce principe au moins cent fois pendant leur apprentissage. Car l'esprit se trouve à ce moment dans un espace étrange qu'on appelle les limbes, et il ne doit pas y rester longtemps. C'est un endroit où le temps n'existe pas, et plus on attend, plus on risque d'oublier qui on est et ce qu'on faisait avant d'y arriver ! En partant, il est donc vital de savoir très exactement où on veut réapparaître et de se focaliser là-dessus.

- Haha, je vous l'avais dit ! Je suis vraiment trop

fort, exulta Benoît.

- Il vaut mieux ne pas aller loin, alors, dit Claire.

- La distance ne joue pas de rôle. Il est aussi rapide de réapparaître à une lieue que de se rematérialiser à un mètre. Ce que je voulais dire, c'est qu'il faut bien visualiser mentalement l'endroit où on veut arriver. Ça peut être un endroit qu'on voit de ses propres yeux, où un endroit qu'on connaît et qu'on a bien en tête.

- Et s'il y a une personne ou un objet à cet endroit ? On se mélange en se recréant ? dit Benoît avec une grimace d'horreur. Comme dans le film avec la mouche...

- Non, heureusement. Il ne peut pas y avoir deux molécules au même endroit, alors on est comme éjecté à côté au moment où on se rematérialise. Bon, on essaie ? Je propose qu'on aille sur la prairie là-bas.

Et il disparut.

Les quatre se regardèrent bêtement. Ils étaient toujours là !

Naël leur fit signe de loin et se rematérialisa à la place qu'il occupait auparavant.

- Vous ne m'avez pas suivi... Vous n'avez pas compris comment faire ?

- Ben non. Il ne suffit pas de vouloir partir pour y arriver ! dit Ileana. Il faudrait qu'on puisse sentir ce qui se passe dans ta tête quand tu pars.

- Je n'ai rien contre le fait que vous vous branchiez sur mon esprit, dit Naël. Tu as raison, ce sera plus parlant que des tonnes de discours.

Ileana dévisagea les jumeaux.

- Mais les humains ne sont pas télépathes. Ça ne leur servira à rien.

- Eh bien, peut-être que vous pourrez leur expliquer dès que vous aurez compris vous-mêmes.

- Mmm. Essayons.

L'esprit d'Ileana s'approcha en tâtonnant de celui de Naël. Elle détestait faire ça, c'était si indécent ! Il sourit.

- N'aie pas peur, vas-y franchement ! Je n'ai rien à cacher, laisse tomber les bonnes manières !

Alors Aodren et Ileana se firent violence pour oublier tout ce qu'on leur avait seriné quand ils étaient petits ("on n'entre pas dans la tête des gens, ça ne se fait pas !") et communièrent avec Naël par la pensée.

La sensation fut extraordinaire. C'était comme s'il avait projeté son esprit au loin après avoir fait un rapide tour d'horizon intérieur pour se "regrouper". Ils eurent l'impression d'être littéralement arrachés par une grande force et catapultés à des mètres de là.

Ileana rouvrit les yeux et constata que le korrigan leur faisait signe en souriant, planté au milieu de la prairie. Elle était encore en contact avec son esprit, mais Aodren avait décroché, la distance était trop grande pour lui.

Naël revint se placer parmi eux, et Ileana ressentit encore une fois la sensation d'être lancée à toute vitesse à travers l'espace.

Le korrigan refit l'expérience plusieurs fois, jusqu'à ce que les deux fées aient mieux compris comment il procédait.

Puis Ileana décida d'essayer à son tour. Elle se leva, car elle avait la vague impression qu'il lui serait plus facile de partir solidement campée sur ses jambes que mollement assise.

Après quelques tentatives infructueuses, Ileana faillit se décourager. Mais le sourire de Naël lui rendit sa détermination. Elle n'allait pas baisser les bras, pas elle ! Et puis, il fallait y arriver, pour Stan...

Elle recommença encore et encore en tentant de reconstituer le formidable élan qu'avait Naël et cette espèce de force élastique qui enveloppait tout son être et l'arrachait à la pesanteur.

Et soudain, le déclic se fit. Elle se retrouva soudain à des dizaines de mètres de la cabane, étalée de tout son long sur le ventre, le visage dans l'herbe. Elle s'était surtout concentrée sur sa destination et avait oublié d'imaginer sa posture d'arrivée. Elle se remit debout en riant et, de joie, fit quelques sauts pas très majestueux.

Dès lors, elle renouvela l'expérience plusieurs fois jusqu'à se sentir à l'aise. Elle s'amusa à aller plus loin et même à changer d'apparence entre le moment où elle partait et celui où elle revenait.

- Pffou, je suis crevée ! dit-elle ravie en s'écroulant enfin sur le tapis à côté des trois autres qui n'avaient pas bougé.

La jeune fée s'aperçut enfin que Benoît faisait un peu la tête. Le pauvre, comme il devait être frustré !

- Ne t'en fais pas, tu y arriveras aussi, je te le promets.

- Bof ! De toute façon, je ne vois pas trop en quoi ça pourra nous aider pour Stan. C'est vrai, quoi, arriver à se dématérialiser, c'est une chose, et d'ailleurs ça paraît déjà bien compliqué; mais comment on pourra faire pour l'aider à se dématérialiser alors que son esprit est hors de son corps ?

Ileana balaya son objection d'un geste de la main.

- Maintenant qu'on sait très exactement où il se trouve, un esprit pourra le guider jusqu'à son corps, d'autant qu'il est dans un espace creux.

- Mmm. Être à côté, ce n'est pas être dedans, et ça fait toute la différence, grommela le garçon.

- Oh, Benoît, tu me fatigues ! Moi, je trouve qu'on a fait un sacré pas en avant.

Et elle se leva, un peu agacée.

- Bon, Aodren, tu viens ? Je vais essayer de te transmettre ce que j'ai compris.

Les deux fées s'éloignèrent, et Benoît, se sentant abandonné, se mit à bouder. Soudain, tandis que Claire et Naël regardaient attentivement Aodren et Ileana sur la prairie, le garçon se leva à son tour et s'en alla derrière les rochers.

Claire soupira et courut pour le rattraper.

- Benoît, attends ! Qu'est-ce que tu as ? Tu boudes ?

- Non, c'est juste que je ne suis pas convaincu. Je crois qu'on se fait de fausses joies depuis le début et qu'on n'arrivera jamais à faire revenir Stan.

- Tu sais, elle a raison, Ileana. Tu es fatigant ! Qu'est-ce que tu veux, à la fin ? Tu as des idées, tu t'enthousiasmes, et puis tout d'un coup tu n'y crois plus. Il doit y avoir autre chose, on dirait que tu déprimes...

Benoît regarda le bout de ses chaussures.

- C'est que parfois j'en ai marre de ne pas arriver à faire les mêmes choses qu'eux, dit-il en indiquant les fées du menton. Dans un pays de fées, les humains sont vraiment des handicapés.

Claire sourit.

- Je pensais que tu étais fier et content d'être à moitié fée...

- Oui, mais "à moitié", ça veut dire bâclé, pas terminé. Il nous manque un quart d'heure de cuisson, quoi. Alors, tu penses, le pauvre Stan n'a aucune chance, lui qui est complètement humain. Déjà nous, avec notre dalinn atrophiée, on ne peut pas faire grand-chose...

Et tandis que le garçon vidait son cœur, Naël, tapi dans l'ombre, l'écoutait en souriant. Un plan prenait forme dans son esprit.

41. LE PLAN DE NAËL

Lorsque les jumeaux revinrent s'asseoir, Naël n'était plus là. Il n'était pas non plus avec les deux fées qui continuaient à s'entraîner à quelques dizaines de mètres de là.

Benoît et Claire s'installèrent sur la terrasse pour les regarder faire. Tandis que Benoît, maussade, ramenait ses bras autour de ses genoux et y posait le menton, sa soeur contemplait avec un sourire attendri les tentatives d'Aodren pour imiter Ileana. Il était plutôt comique, à essayer de sauter en avant ou à trépigner sur place.

Soudain, le faé disparut et réapparut à côté d'eux. Dans son élan, il continua jusqu'à l'eau et, dérapant sur le ponton, tomba dans le lac.

Il se releva tout dégoulinant et surexcité.

- Ça y est, j'y suis arrivé ! Enfin !

Le faé se propulsa de la même manière jusqu'au pré et revint quelques secondes plus tard près des jumeaux.

- Ouah, c'est vraiment trop bien ! s'exclama-t-il, ce qui eut le don de déprimer Benoît encore un peu plus.

- Tu t'es rematérialisé tout mouillé, fit-il remarquer. C'est idiot, tu aurais pu te sécher, tant qu'à faire.

Un bruit léger leur fit tourner la tête. C'était Naël qui revenait.

- Aodren a aussi réussi l'expérience, lui dit Claire fièrement.

- Bravo, félicitations ! sourit le korrigan. Vous voyez, ça n'est pas si difficile.

- Non, faut vraiment être débile pour ne pas y arriver, marmonna Benoît.

Naël fit comme s'il n'avait pas remarqué la mauvaise humeur du garçon, s'assit à côté de lui et se mit à parler de choses et d'autres.

Là-bas, Ileana et Aodren s'étaient remis à faire leurs cabrioles, et le faé s'enhardissait de minute en minute.

Tout à coup on entendit de grands battements d'ailes. Une paire d'oiseaux monstrueux jaillit de derrière les rochers et fonça sur Naël et les jumeaux. De la taille d'un tordakyl adulte, ils avaient l'air du fruit des amours improbables d'un aigle et d'un échassier, avec leurs petits yeux cruels, leur bec recourbé et leur long cou emplumé. Les jumeaux crièrent et se jetèrent sur le côté en se cachant les yeux de leur bras.

Réflexe dérisoire qui n'empêcha pas l'un des oiseaux d'attraper Claire dans ses serres énormes et de l'entraîner dans les airs.

La jeune fille hurla de terreur. Ileana et Aodren s'envolèrent à la poursuite des oiseaux mais se firent distancer, car les bêtes avaient une envergure bien plus grande que la leur.

Ileana se sentait très démunie. Elle aurait bien voulu lancer des projectiles enflammés sur les oiseaux, mais elle risquait de toucher Claire…

Soudain, elle se rappela qu'elle savait maintenant se dématérialiser !

Elle voulut se propulser près de l'oiseau et se rendit compte que ce qui était devenu évident sur le sol l'était beaucoup moins en l'air. Sans point de repère, il était difficile de savoir exactement à quel endroit réapparaître !

Aodren l'imita avec la même difficulté. Il avait l'impression de tanguer et de ne plus savoir où étaient le haut et le bas.

Resté au sol, Benoît trépignait de peur. Dans le ciel, Claire criait toujours.

Et soudain, ce fut le drame: l'oiseau qui tenait la jeune fille la lâcha et on vit son corps tomber comme une pierre vers les arbres, tandis que l'autre oiseau volait au-dessous, au ras des cimes.

Aodren se translata en une fraction de seconde à l'endroit présumé de l'impact et fonça, éperdu, pour essayer de la rattraper avant qu'elle ne s'écrase au sol, quand soudain un miracle se produisit! Claire parvint à s'accrocher aux branches supérieures d'un arbre, ce qui stoppa instantanément sa chute tout en la projetant violemment contre le tronc

Aodren, fou de soulagement, la rejoignit aussi vite que possible, suivi de près par Ileana.

Mais Claire ne les regardait pas, elle fixait ses mains, éberluée. Le faé suivit son regard. Les bras fins de la jeune fille se terminaient par des pattes griffues.

42. LA TRANSFORMATION DE BENOÎT

Mais tu es complètement malade ! s'écria Benoît. Elle a failli se tuer à cause de toi !
Naël haussa les épaules.

- Pas du tout. Tu as remarqué que le deuxième galdiorn s'était positionné en dessous d'elle. Si elle n'avait pas réussi à se débrouiller, il l'aurait cueillie au vol. C'était prévu, ça faisait partie du plan ! En fait, je ne pensais pas qu'elle réagirait si tard, j'imaginais plutôt qu'elle allait se mettre à voler.

- Tu aurais pu la prévenir, quand même !

- Si je lui avais dit ce que j'avais en tête, non seulement elle n'aurait pas accepté, mais il n'y aurait pas eu d'effet de surprise. Je suis convaincu que c'est l'émotion qui a déclenché sa transformation.

- Plutôt brutal, comme enseignement. Ne deviens jamais prof, avec des méthodes pareilles ! râla Benoît.

Claire, très occupée à essayer de transformer à nouveau ses pattes en mains et vice-versa, s'arrêta et dit:

- Ne vous disputez pas ! Je n'en veux pas à Naël

d'avoir tenté cette expérience, au contraire. C'est sûr, sur le coup j'ai passé un très mauvais moment, mais ce que je suis contente d'avoir découvert ce pouvoir !

- N'empêche que tu aurais pu y rester. Ils avaient vraiment l'air de vouloir t'emmener dans leur nid pour te donner en pâture à leurs petits, insista Benoît qui jeta un regard torve aux deux oiseaux debout à quelques pas.

Naël rit.

- Ils auraient du mal à faire des petits ensemble, ce sont deux mâles. Et je t'assure qu'ils sont très doux, en plus d'être intelligents. Ils avaient parfaitement compris la mission, il ne pouvait rien arriver à Claire.

- Bon, Benoît, dit Claire, arrête de ronchonner, ou je demande à Ileana de mettre tes cordes vocales hors service.

- Tu ferais mieux de lui demander de transformer mes mains en pattes, que je voie l'effet que ça fait d'avoir des pouvoirs... Je vais bientôt être le seul à ne rien savoir faire !

- Mais oui !!! C'est ça, la solution ! Ileana va t'aider ! s'écria Claire.

- L'aider à faire quoi ? demanda l'intéressée.

- À se transformer.

- Pas question, tu sais bien que je n'ai pas le droit de faire ce genre de choses.

- Taratata, tu n'as qu'à prendre le gauche. Qui le saura ? On ne va pas aller le raconter aux Anciennes ! Mets tes tabous dans ta poche avec un mouchoir dessus et hop, donne un petit coup de pouce à mon cher frérot.

- Qu'est-ce que tu voudrais, exactement ? dit Ileana, moins hostile à cette idée qu'on aurait pu le croire.

Claire s'anima.

- Si je me contente d'expliquer à Benoît comment

ça marche, ça ne suffira pas; tu as bien vu pour la dématérialisation, il faut le vivre de l'intérieur. Je crois que si tu aides Benoît à se transformer, il pourra ressentir le processus et le reproduire ensuite tout seul.

- Je ne suis pas contre, dit le garçon. Mais je pense que ça ne marchera pas. Ta dalinn à toi s'est sans doute débloquée sous l'effet de la terreur. La mienne n'aura pas subi le même traitement, et d'ailleurs je ne suis pas prêt à me laisser tomber du ciel pour voir.

La jeune fille sourit.

- Eh bien, si tu n'es pas contre et Ileana non plus, on peut commencer !

Ileana s'approcha du garçon et fixa ses mains des yeux. Benoît eut soudain un peu peur.

- Qu'est-ce que tu vas me faire ? Des griffes, comme chez Claire ? Tu es sûre que tu arriveras à me refaire mes mains ensuite ? Parce que j'y tiens, à mes mains, je trouve qu'elles sont jolies...

- Ferme les yeux et concentre-toi sur les sensations, au lieu de bavarder. Idéalement, il faudrait que tu accompagnes mentalement la transformation pour pouvoir recommencer seul par la suite, expliqua la jeune fée.

Benoît ferma les paupières, pas très rassuré. Il se focalisa sur ses mains, à l'affût du moindre changement. Tout à coup, il lui sembla que sa température interne augmentait progressivement à l'extrémité de ses bras. Luttant contre l'envie de rouvrir les yeux, il sentit ses os glisser en quelque sorte les uns sur les autres, se déformer souplement, devenir presque liquides. Sa peau changeait subtilement de structure pour épouser les nouveaux contours de ses membres, et il était conscient de toutes les étapes du processus.

La voix d'Ileana le tira de son émerveillement.

- C'est fini, tu peux ouvrir les yeux.

- Aaaaah, c'est quoi, ça ? glapit-il en découvrant ses nouvelles extrémités.

- J'ai voulu changer un peu des griffes. J'ai pensé que tu souhaiterais quelque chose de plus original...

- Mais ça ! dit-il en exhibant ses pattes de canard. J'ai l'air de quoi ? De Donald ?

Il paraissait si angoissé qu'Ileana lui dit:

- Calme-toi, on va refaire le processus inverse. Pense très fort à ce que tu étais avant.

- Je referme les yeux ? demanda-t-il d'une voix étranglée.

- Oui, je crois qu'il vaut mieux dans un premier temps. Ça te permet de te concentrer sur l'essentiel et de ne pas être distrait par le côté sensationnel de la transformation.

Benoît récupéra ses mains en quelques instants, visiblement très soulagé.

- Ouf ! Je me préfère comme ça ! Faut pas m'en vouloir, ça m'a rendu un peu nerveux. Tu crois que je peux y arriver seul maintenant ?

- Je ne sais pas. Je te propose qu'on refasse la même chose, mais cette fois tu regarderas ce qui se passe, en plus de le sentir. Mais ne te laisse pas impressionner, car en cours de changement c'est un peu dégoûtant.

Benoît frissonna.

- On peut y aller, je suis prêt.

- Je fais exprès d'aller lentement, précisa Ileana, comme ça tu peux te rendre compte de l'enchaînement des métamorphoses... Mais quand tu seras habitué, tu pourras bien sûr aller beaucoup plus vite. Pas trop quand même, si tu ne veux pas risquer d'oublier un détail important.

Benoît tendit ses mains et les observa attentivement

tandis qu'Ileana relançait la transformation. Le garçon ne put s'empêcher de faire la grimace lorsque ses doigts s'étirèrent et s'affinèrent, et surtout lorsque sa peau devenue brun gris s'épaissit et s'allongea entre ses doigts pour former des palmes.

- Tu as bien senti ce qui se passait ? demanda Ileana. Bon, alors on va défaire tout ça et tu vas recommencer seul.

Le garçon étendit ses doigts sous l'œil prodigieusement intéressé des autres. Il fixa ses mains si intensément que Naël éclata de rire, aussitôt foudroyé par le regard courroucé d'Ileana qui prenait sa tâche de professeur de transformation très au sérieux.

Pendant un moment, rien ne se passa, malgré les grimaces de Benoît qui faisait de gros efforts. Et puis, tout à coup, on vit la peau entre le pouce et l'index se boursoufler et grandir à tel point qu'elle commença à pendouiller entre les deux doigts.

- J'y arrive, j'y arrive ! cria Benoît, tout excité.

- Oui, sauf que ça ne ressemble pas à grand-chose, se moqua Claire. Tu as pourtant eu le modèle sous les yeux, non ?

- Je trouve que c'est un bon début, tempéra Ileana. Tu n'as qu'à défaire ça et recommencer. Et rappelle-toi ce que nous avons fait tout à l'heure: il vaut bien mieux construire d'abord la structure interne et ensuite s'occuper de l'habillage.

Benoît s'y reprit à plusieurs fois avant d'obtenir un résultat à peu près satisfaisant.

- C'est chouette, ça. Ça ressemble vraiment à une patte de canard, non ? s'extasia-t-il.

- Mouais. Sauf qu'un canard n'arriverait pas à avancer correctement avec une patte comme ça, décréta la jeune fée. Mais c'est normal, tu n'as jamais vraiment observé un canard, je suppose. Quand on se transforme, il vaut mieux avoir bien en tête la façon dont le tout est articulé, ainsi que la texture réelle de la peau. Mais bravo, c'est très bien pour une première leçon.

Le garçon exultait.

- Youpiiiie, je suis presque un faé ! Génial !

Comme sa sœur le regardait en secouant la tête de pitié, il l'apostropha.

- Ben toi qui es si maligne, montre-nous ce que tu sais faire !

Vexée, Claire obtempéra et réussit une imitation assez bien faite de patte de félin qu'elle agita devant lui.

- Bof, on ne voit pas trop quelle bestiole c'est censé copier, critiqua Benoît.

- Peut-être, mais c'est efficace. Tu veux que je te la mette dans la figure, ma patte ? menaça Claire. Ça lacère très bien. Après, tu n'auras qu'à essayer de te refaire une tête de Benoît, tu sais, l'espèce de créature stupide et immature...

- Bon, les clones, on arrête de se crêper le chignon, dit Ileana pour les faire taire.

Elle baissa les épaules, soudain nostalgique.

- En parlant de clones... Je crois que je vais aller raconter à Stan qu'on est en bonne voie. Le pauvre doit se demander ce qu'on fabrique ! Ça fait trois jours qu'on l'a quitté, en temps d'Edelynn. Si le temps s'écoule de la même façon dans le pays de la mort que dans le monde-du-dehors, il poireaute depuis presque un mois !

- Mais... on n'a pas vraiment réglé le problème, dit Benoît pudiquement.

- On va dans la bonne direction, on trouvera bientôt. Pendant que je vais voir Stan, continuez à vous entraîner, tous les trois. Quand vous saurez aussi vous dématérialiser, les jumeaux, on verra pour la suite...

Aodren sembla inquiet.

- Mais tu veux faire le voyage seule ? Sans personne pour surveiller ton corps ? C'est hyper dangereux, ça... Et si Isdragarn était dans les parages ?

La jeune fée balaya son objection de son geste habituel de la main.

- Ne t'en fais pas, je vérifierai qu'elle n'est pas dans le coin. Et je ne resterai pas longtemps dans le pays de la mort, promis.

- Tu ne veux pas que je t'accompagne ? demanda le faé. Ou qu'on appelle Ingvarna pour t'assister ?

- Non, non, ça ira comme ça. Il vaut mieux que tu restes là pour les aider, dit Ileana à Aodren en montrant les jumeaux du menton.

Le faé écarta les bras en signe d'impuissance.

- Si tu veux y aller, on ne peut pas te retenir.

Ileana hocha la tête en silence, leur fit un petit signe d'au revoir et s'envola.

- En tout cas, on ne peut pas dire qu'elle traîne pour prendre ses décisions ! dit Benoît qui résumait assez bien l'avis général.

Ils étaient tous un peu surpris de son départ précipité.

- Il faut la comprendre, elle doit être très tendue, expliqua Aodren. Même si elle affecte d'être sûre d'elle, elle réalise qu'on peut échouer tout près du but, et ça l'angoisse. Alors elle a décidé de se consoler en revoyant son chéri. Bah, c'est peut-être mieux comme ça, même si je vais me faire du souci en la sachant seule là-bas. On va continuer à travailler, et on trouvera peut-être une solution, dit-il d'un ton qui montrait bien qu'il n'y croyait pas trop. Allez, on se remet au boulot ?

43. BENOÎT ET LA MOUCHE

Tu comprends vite quand on t'explique longtemps, dit Claire. Eh bien, ce n'est pas trop tôt ! J'ai bien cru que ce jour n'arriverait jamais !

Empêtré dans les coussins de la cabane de Naël et vautré sur la table basse qu'il avait renversée dans son élan, Benoît se frotta le front et se releva. Comme tous les autres lors de leur première dématérialisation, il s'était réceptionné de façon peu conventionnelle. Claire, deux jours plus tôt, s'était cognée contre un tronc d'arbre, qu'elle avait pris comme point de repère au point de s'y écraser, ce qui lui avait valu une litanie de moqueries de son frère.

- Youhou !!!! C'est moi le meilleur ! Je suis le roi du monde ! beugla le garçon qui sortit de la cabane en courant et en tendant les bras vers le ciel.

Aujourd'hui, grâce à la patience inlassable de Naël et d'Aodren qui n'hésitaient plus à pénétrer dans la tête du garçon pour l'aider à sentir les choses, Benoît venait de réussir son premier saut dans et hors des limbes.

- Je recommence ! dit-il à la cantonnade.

Et il se projeta vers la lisière des arbres où il atterrit à quatre pattes. Puis il revint vers les autres, bousculant sa sœur au passage.

- Hééé ! Tu pourrais faire attention et te rematérialiser là où il n'y a personne ! cria Claire. Il devrait y avoir un code de la route à passer d'abord pour les types dangereux dans ton genre.

- Mais oui, moi aussi, je t'aime, dit Benoît en lui collant une bise sonore sur la joue, tant il était content.

Et il reprit ses expériences un peu plus loin, pour ne gêner personne.

Les trois autres se regardèrent en souriant. Enfin Benoît avait réussi ! Ils savaient à présent tous se dématérialiser, le grand jour était arrivé.

Ils entreprirent de préparer le repas dans la cabane de Naël et appelèrent le garçon pour qu'il vienne manger.

Celui-ci était étendu de tout son long dans la prairie.

- Hé, Benoît, tu t'es de nouveau cassé la figure ? le héla sa sœur.

- Non, pas du tout, j'observe les insectes…

Le garçon sauta sur ses pieds et vint les rejoindre. Il s'assit et, négligeant l'assiette que sa sœur avait posée devant lui, entreprit une nouvelle transformation de sa main.

- Beurk, mais c'est dégoûtant ! cria Claire. Tu peux me dire à quoi tu joues ? En plus, on est à table, je te signale !

Benoît tentait de reproduire une patte de mouche, avec ses poils noirs et ses ventouses.

- J'ai regardé comment elles étaient fichues, mais je n'ai pas discerné tous les détails… Je devrais trouver une loupe, marmonna le garçon.

Claire retira l'assiette de Benoît.

- Hééé, qu'est-ce que tu fais ? dit le garçon.

- Tu auras à manger quand tu te comporteras comme un garçon civilisé. On vient à table avec les mains propres, et il va falloir ajouter dans ton cas: "avec des mains humaines" !

- Oh là là, ce que tu peux être psychorigide, ma pauvre sœur...

Mais il obtempéra et Claire reposa l'assiette devant lui.

- Les gamins ont besoin d'un cadre structurant, énonça-t-elle. Surtout ceux qui ont tendance à faire n'importe quoi. Oh, mais qu'est-ce qui est arrivé à ta ceinture ? Elle n'a plus de boucle !

Tous regardèrent la ceinture en question. Effectivement, elle était réduite à sa plus simple expression, ce n'était plus qu'un lien en cuir.

- Oh, mince alors ! s'exclama Benoît. Je n'ai pas fait assez attention à ça en me rematérialisant. Bah, c'est pas grave, la boucle n'était pas très importante.

- Sauf que là, tu ne vas pas arriver à enlever ton pantalon. La ceinture n'est plus qu'en une seule pièce, et tu as beau n'avoir pas de grosses fesses, ça ne passera pas !

- Eh bien je n'aurai qu'à me dématérialiser juste avant d'aller me coucher, et je penserai très fort à me refaire une boucle de ceinture.

Et Benoît entreprit de vider son assiette. Soudain, il s'arrêta net.

- Mais, j'y pense... Quand on se dématérialise, on emporte nos vêtements avec nous !

Les trois autres éclatèrent de rire.

- Il vaut mieux, sinon, on réapparaîtrait toujours tout nus ! railla Claire.

- Que tu es bête ! Tu ne comprends pas ce que

je veux dire... On dématérialise aussi de la matière étrangère à nous !!! Tu saisis les implications ?

Claire secoua la tête.

- Non. Qu'est-ce que ça peut faire ?

Naël et Aodren fixaient Benoît, très intéressés. Ils attendaient la suite avec impatience, surtout le faé qui savait que le garçon pouvait avoir des intuitions fulgurantes.

- Nos vêtements ne font pas partie de nous, et pourtant, on les dématérialise aussi ! Ça veut dire qu'on peut dématérialiser des choses extérieures à nous ! Donc on va pouvoir appliquer le même principe à Stan !

- Ho, du calme ! lui dit Claire. Tu vas un peu vite en besogne, là. Comparer Stan à ta boucle de ceinture, c'est un peu osé, non ?

- Dit comme ça, évidemment. Mais le principe doit être le même.

- Sauf que ta ceinture est un objet inanimé et Stan une personne vivante.

- Mmmm.

Benoît réfléchit un instant.

- Il n'y a qu'à essayer avec des créatures vivantes. On peut commencer avec des bestioles toutes petites, pour voir...

- Tu veux mettre une mouche dans ta poche et voir si elle est toujours là quand tu réapparais ?

- Oui, par exemple. Qu'est-ce que vous en pensez ?

Naël approuva.

- Pourquoi pas ? Ton idée est bonne, et pas difficile à mettre en œuvre. J'essaie tout de suite !

- N'oublie pas d'étudier la mouche avant de partir, pour pouvoir la recréer à l'arrivée ! conseilla Benoît.

- Je vais plutôt prendre une coccinelle, elles me sont plus familières que les mouches, je les ai observées tant de fois...

Et le korrigan s'accroupit dans l'herbe pour en dénicher une.

- Voilà, j'en ai une...

Il l'examina quelques instants puis referma son poing sur elle. Ensuite, il disparut et se rematérialisa à côté d'eux. Ils se levèrent d'un bond pour voir si la coccinelle était toujours là.

Naël ouvrit la main, et Claire poussa un cri d'horreur. À la place de l'insecte, il n'y avait plus qu'un petit tas de bouillie rougeâtre.

Le korrigan accusa le coup.

- Zut alors ! J'ai dû l'écraser en serrant trop fort le poing. Je recommence !

Claire porta la main à sa bouche.

- Oh, fais attention cette fois, s'il te plaît !

Naël haussa les épaules et s'éloigna pour trouver une autre coccinelle.

Il l'emprisonna dans son poing en veillant à lui laisser un maximum de place et se concentra sur le volume autour de l'insecte autant que sur la coccinelle.

Il réapparut instantanément sur la terrasse et ouvrit la main, un peu inquiet.

- Oh non, c'est pas vrai !

À nouveau, l'insecte avait été réduit en une petite boule de matière inanimée.

- Quelqu'un d'autre veut essayer ? demanda le korrigan, un peu marri.

Les jumeaux s'entreregardèrent.

- Moi, je n'ai pas envie de tuer de bestiole, décréta Claire.

Benoît ne répondit rien. Il venait à peine de réussir à se dématérialiser, il avait peur de ne pas arriver à accomplir ce genre d'exploit, surtout après l'échec de Naël !

Aodren se décida.

- Bon, je vais essayer. Mais, mon cœur, tu ne m'en voudras pas trop si je ramène de la purée de coccinelle ? demanda-t-il à Claire.

La jeune fille fit la grimace.

- C'est pour la bonne cause, dit Benoît pour la convaincre. Ramener Stan, ça vaut bien quelques cadavres de coccinelle, non ? Et puis, Aodren n'aura qu'à emporter plutôt un cloporte.

- Les cloportes sont aussi dignes de vivre que les coccinelles, dit Claire avec raideur.

Benoît leva les yeux au ciel. Oh, celle-là, pas moyen d'avoir la paix avec elle, il fallait toujours qu'elle fasse des histoires !

- Je te promets de faire de mon mieux, dit Aodren, tandis que Benoît lui faisait un clin d'œil complice dans le dos de sa sœur.

Le faé farfouilla dans l'herbe et en retira une fourmi qu'il fixa d'un air indécis.

- Euh... Je ne pense pas que j'arriverai à la recréer. Il faudrait que j'en connaisse les moindres détails, et ce n'est pas le cas.

- Mais, on ne connaît absolument pas tous les détails de soi-même, quand on se dématérialise, s'exclama Benoît, et ça ne nous empêche pas de nous recréer à l'identique. Moi, au début, je me faisais un point d'honneur de penser à mon cœur, mes poumons, mon cerveau, pour ne rien oublier...

- Tu es sûr que tu disposes de tout ça ? lui demanda malicieusement sa sœur.

- Gnagnagna ! Et puis, disais-je, la dématérialisation a marché à partir du moment où je n'ai plus pensé à tout ça de façon théorique.

- Mouais. Je vais essayer, bien que je ne sois pas convaincu, fit le faé.

Comme Naël, il ferma le poing sur la minuscule bête et se projeta à quelques mètres de là. Les autres surent tout de suite qu'il avait échoué en voyant son visage chagriné. Aodren jeta ce qui avait été une fourmi avant de revenir vers eux.

- Je te préviens, je ne recommence pas, dit-il à Benoît. Ça a beau n'être que des insectes, je déteste ça.

Claire lui prit la main avec un sourire tendre, ce qui eut le don d'agacer Benoît.

- Mais on ne fait pas d'omelette sans casser des œufs ! dit-il, un peu énervé. La recherche scientifique a besoin de cobayes. Bon, ben je vais m'y coller moi-même, bien que je sois encore novice.

Et il s'éloigna à grands pas. Il s'accroupit dans l'herbe et attendit qu'une mouche vrombisse à côté de lui. Lorsqu'elle se posa sur une fleur, il l'attrapa, vif comme l'éclair.

Il respira un grand coup et emmena la mouche pour un voyage dans les limbes d'où il ressortit instantanément.

Puis il ouvrit la main et la mouche s'envola.

44. TOUJOURS PLUS FORT

Hébété, n'en croyant pas ses yeux, Benoît regarda le diptère s'éloigner sans dommages. Les trois autres étaient aussi stupéfaits que lui.

Claire contempla son frère comme si elle le voyait pour la première fois.

- Benoît, mais... Comment tu as fait ?

- Ben j'en sais rien ! J'ai pensé que j'avais une mouche dans ma main, et c'est tout...

- Ça alors ! Tu y es arrivé, toi !

- Comme tu dis ça... Je ne suis pas plus débile qu'un autre ! répliqua-t-il, vexé.

Claire eut un hoquet. Elle avait compris.

- Mais ça doit être à cause de ton don ! Tu avais l'empreinte de la mouche dans ta tête !

Naël dévisagea le garçon d'un air un peu dégoûté. Une empreinte de mouche dans la tête ?

Claire entreprit de lui expliquer que les fées avaient des dons particuliers, différents pour chacune, qui se manifestaient généralement à l'adolescence.

Benoît et elle, en tant que sorciers, en avaient un également. Et ils avaient découvert dans des circonstances dramatiques que Benoît possédait le don étrange de porter au fond de lui l'empreinte de ceux qui lui étaient proches.

Le korrigan sourit.

- Et la mouche, il en était proche ?

Benoît s'esclaffa.

- Oui, c'était ma mouche apprivoisée, c'est même pour ça que j'ai pu l'attraper si facilement.

Et le garçon rit encore plus quand il vit que le korrigan le croyait.

- Beuh non, c'est une blague, bien sûr que je ne la connaissais pas, cette bestiole. C'est simplement que mon don doit s'étendre à tout ce qui vit.

- À tout ce qui vit... Tu as vraiment l'art des formules grandiloquentes. Ta modestie m'étonnera toujours ! sourit sa sœur.

- Quelqu'un est volontaire pour que je fasse l'expérience sur lui ? dit Benoît avec un sourire carnassier.

- Continue plutôt à t'exercer sur des petites bêtes, lui dit sa sœur. Si ça se trouve, tu as simplement eu de la chance.

- Pfff ! Je vais te montrer, moi, que ce n'était pas de la chance mais du talent.

Claire leva les yeux au ciel tandis que Benoît se mettait en quête d'un nouveau cobaye.

- Ah, j'en ai un beau ! s'exclama le garçon. Et il exhiba un mille-pattes.

Il s'éloigna en courant comme un sportif qui entre dans un stade sous les acclamations de la foule, brandissant le poing contenant le fameux insecte.

- Non mais regardez-moi ce cabotin, souffla Claire. Il n'est pas possible, ce garçon ! Il a tout de suite les chevilles qui enflent.

Soudain, Benoît se décida à faire son expérience et se rematérialisa à leurs côtés. Il ouvrit la main d'un geste théâtral et Claire se pencha.

- Elle ne bouge plus, ta bestiole. Tu l'as achevée !

Alors Benoît la lança sur sa sœur qui glapit quand le mille-pattes se mit à cavaler sur sa tunique.

- Iiiirk, quelle horreur ! Enlevez-moi ça !

Aodren cueillit obligeamment l'insecte qui manifestait beaucoup de vigueur et le redéposa dans l'herbe.

- Bravo, Benoît, c'est formidable. Tu as réussi ! On ne peut plus en douter, maintenant, le félicita-t-il, beau joueur.

- Je vais encore faire quelques essais, pour voir. Tiens, pourquoi pas avec une coccinelle ? dit le garçon qui n'avait pas autant de tact que le faé.

Et il multiplia les expériences, toutes couronnées de succès. À la fin, les trois autres ne le regardaient même plus et s'étaient installés sur les tapis de la terrasse.

Benoît vint les rejoindre.

- J'aurais besoin de votre aide. J'aimerais maintenant essayer sur une bête un peu plus grosse, mais je n'en ai jamais attrapé. Toi, Aodren, qui perçois l'esprit des créatures vivantes, tu peux m'en trouver une ?

- Tu veux quoi ? Un lapin ? Un renard ?

- Oh non, pas si gros. Je pensais à quelque chose de petit, pour y aller progressivement. Une souris ferait très bien l'affaire.

- D'accord, je vais te trouver ça.

Et Aodren se tourna vers la prairie, comme s'il humait l'air.

- Là, j'en sens une...

À trois mètres de là, il écarta les brins d'herbe pour dégager un trou de souris.

Benoît l'observait avec intérêt.

- Tu vas démolir le trou pour la faire sortir ?
- Non mais quel sauvage ! s'exclama Claire en lui tapant dessus.
- Pas besoin de démolir, dit Aodren patiemment. Je vais juste l'appeler.
- Ah oui, comme Ileana avait fait dans la petite crique près du foyer... Et tu vas lui dire quoi ? "Approche, ma jolie, viens donner ton corps à la science" ?
- Je ne vais pas entrer dans les détails, je vais juste lui suggérer de sortir.
- Eh bien c'est très con les souris alors, si ça accepte l'offre de n'importe quel inconnu.

À ce moment, Aodren eut une expression bizarre. Il commençait à comprendre pourquoi Imraëgg s'était fâché contre Benoît, le jour où il avait mangé en leur compagnie sur la terrasse de Madeline.

Mais il ne dit rien, il se contenta de faire venir la souris et de l'attraper délicatement lorsqu'elle pointa son museau hors du trou.

Puis il la tendit à Benoît qui la saisit maladroitement.
- Vas-y, champion, montre-nous que tu es le plus fort, lui dit-il sur un ton moqueur dont il n'était pas coutumier.

Le garçon tenait la bestiole à deux mains, tant elle se débattait.
- Bon, ben j'y vais.

Et il disparut et réapparut à un mètre à peine. La souris gigotait toujours, alors Benoît la ramena devant son trou, où elle s'engouffra sans attendre.
- Vous avez vu, ça a marché. J'essaie plus gros, maintenant. Tu sens une bête qui pourrait convenir, dans les parages, Aodren ?
- Il y a un chevreuil, là-bas. Ça te convient ?
- C'est pas un peu gros ? Je n'arriverai peut-être pas à le porter...

- Oh, il est petit. Tu devrais y arriver sans peine. Je vais te le chercher.

Aodren se dématérialisa et revint à pied avec un jeune chevreuil dans les bras.

- Oh, qu'il est mimi ! s'écria Claire. C'est dommage de laisser Benoît faire une expérience avec lui. Et si elle ratait ?

- Elle ne ratera pas, déclara Benoît fièrement en tendant les bras pour recevoir le précieux paquet.

Mais dès qu'il fut contre Benoît, le jeune animal se cabra et s'agita tant et si bien que le garçon le lâcha. L'animal s'en fut, bientôt rattrapé par Aodren.

Benoît était très vexé.

- Comment ça se fait que chez toi il reste sage, et que chez moi il devienne dingue ?

- La dingologie est peut-être contagieuse, suggéra Claire perfidement.

Aodren sourit.

- Non, c'est tout simplement que je l'ai calmé.

- Et tu ne pourrais pas l'endormir, que je n'aie pas de problème avec lui ? Je me vois mal faire ce genre d'expérience avec un truc lourd qui n'arrêterait pas de bouger !

- D'accord, on va l'endormir quelques instants.

Et le faé posa deux doigts sur le cou de l'animal, qui ferma les yeux presque aussitôt.

Benoît se saisit de la bête endormie, la cala bien dans ses bras, et inspira comme il le faisait avant chaque départ.

Sauf que cette fois, il ne se passa rien.

- Zut ! Je n'y arrive pas. J'essaie encore...

Mais le garçon restait toujours planté devant eux.

- C'est peut-être parce que la bestiole n'est plus consciente.

- Mais si je la réveille, tu n'arriveras pas à la maîtriser.

- Et si tu m'aidais à la calmer ? Je la tiens et tu la suggestionnes à distance.
- On peut essayer. Tu es prêt ? Je la réveille...
Le chevreuil ouvrit ses grands yeux tout doux en dodelinant de la tête.
- Vas-y, je le contrôle, dit Aodren.
- Aaargh, ça ne marche toujours pas ! dit Benoît avec mauvaise humeur.
- La bête est peut-être trop grande pour ça, suggéra Naël. Il est possible que ton expérience ne marche que si ce que tu déplaces n'excède pas un certain volume.
- Mince alors, s'exclama le garçon. Mais si c'est ça, jamais on n'arrivera à ramener Stan ! Il est dix fois plus lourd que ce chevreuil.
Et il déposa la bête sur le sol. Aodren la rendormit provisoirement.
- Et si vous vous y mettiez à deux ? dit Claire soudain.
Benoît regarda sa sœur avec admiration.
- Tu sais qu'il t'arrive de dire des trucs intelligents, une fois par année bissextile ?
Le garçon se tourna vers Naël.
- Est-ce que tu as déjà essayé de te dématérialiser en compagnie de quelqu'un d'autre ?
- Oui, mais on n'était pas trop proches physiquement.
- On va peut-être d'abord essayer sans la bête, dit Benoît. Tu es d'accord, Aodren ?
- Mmmm.
Le faé s'approcha de Benoît.
- On dit qu'on compte jusqu'à trois et qu'on va devant cet arbre jaune, là-bas ? dit Aodren.
- D'accord. Tu crois qu'on doit se tenir ?
- Non. Si on porte le chevreuil tous les deux, on ne se touchera pas.
- Et puis si on se tenait, on réapparaîtrait peut-être avec les mains collées, dit Benoît en riant.

- Haha, très drôle, dit Claire.

- Bon, c'est parti. À un mètre devant l'arbre jaune. On part sur le chiffre "un" . Trois, deux, un !...

Et les deux compères se retrouvèrent en bon état à l'endroit voulu.

- Youhou ! Ça a marché ! Et maintenant, on essaie avec la bestiole.

- Je ne la réveille pas, ce sera plus simple, suggéra Aodren. De toute façon, il faudra bien que ça marche aussi avec un corps inanimé, pour Stan...

- On le tient par les pattes, à l'envers ? demanda Benoît.

- Non. Je lui maintiens la tête et les épaules, et toi tu soutiens son arrière-train d'une main et tu tiens ses sabots postérieurs de l'autre.

- D'accord. Même endroit que tout à l'heure ? Trois, deux, un !...

Et ils se retrouvèrent avec le chevreuil au pied de l'arbre jaune.

Claire et Naël les rejoignirent, tout excités.

Benoît était radieux.

- Vous vous rendez compte ? Ça veut dire que Stan est sauvé !!!

45. ILEANA CAUSE DU SOUCI

Claire adressa à Naël un regard d'impuissance. Devant eux, Aodren et Benoît étaient en pleine discussion et n'arrivaient pas à se mettre d'accord.

- Je suis très inquiet pour Ileana, dit le faé. Il faut qu'on passe d'abord par la grotte.

- Moi, je pense qu'elle va très bien et qu'il faut d'abord tester notre découverte sur une personne, répondit le garçon.

- Les tests peuvent attendre ! Ça fait des jours qu'Ileana est partie; si ça se trouve, elle a oublié que le temps passait et son corps est en danger dans la grotte, rétorqua Aodren.

- Elle n'est pas si inconsciente ! s'exclama Benoît. Et ça ne sert à rien qu'on aille la rejoindre si on n'a pas de nouvelle vraiment bonne à lui annoncer. Il faut terminer notre boulot, c'est elle-même qui l'a dit.

- Je me propose pour le test, dit Naël. Vous pouvez essayer de me dématérialiser.

Benoît haussa les épaules.

- Tu es sympa, mais ce test n'aurait aucune valeur. Il nous faut quelqu'un qui ne sache pas se dématérialiser soi-même. Il n'y a personne dans les parages qui fasse l'affaire ?

- Il y a des elfes pas trop loin, répondit le korrigan en souriant malicieusement. Ce serait marrant que tu essaies de prendre un elfe sous le bras pour lui imposer ton expérience. Ou alors que tu déniches un troll bien coopératif.

- Très drôle. Tu ne nous avais pas parlé de fées ? La cité où tu es né ne doit pas être très loin, non ?

- Les fées, ce n'est pas une bonne idée, dit Aodren. Comme on n'est pas tout à fait sûr que la dalinn ne joue pas un rôle dans la dématérialisation, le test ne sera valable à cent pour cent que si on le pratique sur un humain.

- Tu n'as pas tort, mais les humains sont loin ! Leur village est à des centaines de kilomètres d'ici ! Il faudrait qu'on appelle Astara et Arak, ça nous prendrait des jours... se plaignit Benoît.

Naël sourit.

- On dirait que tu n'as pas encore intégré le fait que maintenant que tu sais te dématérialiser, les distances n'ont plus aucune importance.

- Mais c'est vrai, ça ! J'avais complètement oublié notre super-pouvoir ! se rengorgea le garçon.

- Aodren, tu ne peux pas lui faire un costume de super-héros, tu sais, un truc collant avec des couleurs qui flashent et un insigne idiot sur la poitrine, railla Claire. Quelque chose qui mette en valeur son torse chétif et ses muscles raplapla...

- Mais quelle nouille, celle-là ! souffla Benoît. Une bêtise toutes les trois phrases. Bon, alors on y va, au village humain ?

- Quelle tête de mule tu fais ! récrimina le faé. On

peut passer d'abord à la grotte, ça ne nous retardera pas beaucoup. S'il arrive quelque chose à Ileana, tu le regretteras toujours.

- Bon, d'accord, tu as gagné. Mais c'est dommage d'aller la voir avec une demi bonne nouvelle. Tu nous accompagnes, Naël ?

- Bien sûr ! Vous m'intriguez, avec vos histoires de voyage dans la mort. Je serais curieux de voir comment vous faites.

- Mais tu n'es jamais allé dans cette grotte, dit Aodren. Il faudra donc que nous voyagions de façon classique, puisque tu ne peux te rematérialiser que dans un endroit que tu connais déjà.

Le korrigan secoua sa jolie tête bouclée.

- Non, on peut essayer votre nouveau truc: on y va tous ensemble, en se tenant la main. Vous trois, vous visualisez la grotte, et moi je me fais transporter par vous.

- Ouah, cool ! s'exclama Benoît, toujours prêt à faire de nouvelles expériences.

Naël vint se placer à côté du garçon et passa sans façons son bras autour de sa taille. Il sourit à Claire et lui tendit l'autre bras, mais Aodren, peu désireux de le voir enlacer la jeune fille, prit sa place. Claire s'avança alors et attrapa son frère et son ami. Puis elle dut se plaquer contre le korrigan, très gênée. Elle regarda ailleurs et s'efforça de penser à autre chose. Tous assurèrent encore leur prise pour ne former plus qu'un paquet serré. Ils étaient assez émus, conscients de faire une sorte de répétition générale pour le sauvetage de Stan.

Puis Benoît claironna le compte à rebours… et ils se retrouvèrent instantanément dans la grotte !

Un seul coup d'œil leur suffit pour voir que le corps d'Ileana était toujours là.

Aodren lâcha ses compagnons et courut vers la jeune fée étendue sans connaissance, suivi par Claire. Ils s'agenouillèrent avec précaution en bordure de la zone pour ne pas se retrouver happés par le faisceau malgré eux et auscultèrent leur amie. Le faé et la jeune fille échangèrent un regard inquiet: Ileana commençait à se déshydrater.

- Je me doutais qu'elle ne serait pas raisonnable, maugréa Aodren tout en la soignant. Encore une tête de mule...

- D'autant qu'elle a été sensibilisée au problème, quand on a dû veiller le corps de Benoît pendant des jours, alors qu'il voyageait par une porte du temps, ajouta Claire.

Pendant qu'ils officiaient, Naël observait avec curiosité les ossements répandus sur le lit de sable et la cheminée immense d'où provenait la lumière qui éclairait cette scène irréelle. Il connaissait de nombreuses mines de la région mais n'avait jamais voulu s'aventurer dans leurs profondeurs, il aimait trop le soleil et l'air libre pour apprécier d'avoir des tonnes de rochers au-dessus de sa tête. Mais cet endroit valait vraiment le détour !

Aodren se releva. Ileana était requinquée et pouvait sans crainte rester encore quelques jours à cette place. Mais il tenait à aller lui parler pour savoir si tout allait bien. Le problème était qu'ils ne pouvaient pas tous faire le voyage en laissant les corps sans surveillance. Or, seuls lui et Claire avaient des connaissances médicales. D'autre part, Aodren ne voulait pas laisser les jumeaux y aller seuls, il avait trop peur qu'Isdragarn ne tente un mauvais coup. La meilleure solution serait donc de laisser Claire dans la grotte en compagnie de Naël, tandis que Benoît et lui iraient prendre des nouvelles de la jeune fée. Mais

Aodren répugnait à laisser sa douce amie seule avec un séducteur impénitent.

À cet instant, comme s'il avait perçu ses pensées, Naël dit:

- Allez-y tous les trois, je reste ici pour vous surveiller. Il suffira que vous ne vous absentiez pas trop longtemps. Vous m'expliquerez un autre jour comment on voyage dans la mort. D'ailleurs, je ne suis pas trop sûr de vouloir l'apprendre...

Soulagé, le faé accepta de bon cœur.

Les trois amis s'installèrent rapidement dans le cercle de sable, et le korrigan resta seul avec quatre corps sans esprit.

46. LUNE DE MIEL SUR JUPITER

Quand on la retrouvera, rappelez-moi de lui tirer les oreilles, grommela Benoît. Mais où est-ce qu'ils ont pu aller, ces deux-là ?

Les trois amis étaient passés à Candoret, où personne n'avait vu ni Ileana ni Stan. Ils en avaient profité pour raconter les derniers évènements à monsieur Guillemin, Théobald et Lucius.

Puis ils avaient pris le chemin des étoiles, ou, plus prosaïquement, ils avaient cherché le couple aux alentours de Mars, l'endroit où Claire avait rencontré Stan pour la première fois. Mais aucune trace des amoureux.

Après avoir fait deux fois le tour des satellites, Benoît commençait à s'énerver.

- On n'a qu'à crier, proposa Aodren. Rappelez-vous, c'est d'ici que Stan appelait ses amis de la ceinture d'astéroïdes.

- Crier mentalement en flottant au-dessus d'un corps céleste ressemblant à une patate, faut vraiment pas avoir peur du ridicule, maugréa le garçon.

Aodren et Claire se mirent à appeler tous azimuts, et Benoît finit par les imiter.

- Tu vois, Benoît, ça n'a pas été inutile, je vois des gris, là-bas, dit doucement le faé.

- Eh bien, j'espère que ce sont les copains de Stan et pas ceux d'Isdragarn, dit Benoît, qui n'avait pas envie d'oublier si vite sa mauvaise humeur.

- Léo, Camille ! s'écria Claire en reconnaissant certains esprits. Je suis contente de vous revoir ! Vous avez croisé Stan ces jours-ci ?

Léo sourit.

- En coup de vent. Il a emmené sa chérie visiter les lunes de Jupiter.

- Ils n'auraient pas pu rester sagement en haut de la cheminée, à nous attendre ? dit Benoît aigrement. Comme si c'était le moment de faire du tourisme.

- C'est un peu moins romantique, rétorqua sa sœur. Et puis ils savaient qu'ils avaient le temps, puisque tu faisais partie des élèves. À mon avis, ils se sont même dit qu'ils avaient l'éternité devant eux.

- Haha, très drôle. J'ai pas été si long que ça, rouspéta le garçon. En plus, c'est moi qui ai trouvé l'astuce ultime. Bon, c'est loin, Jupiter ?

- Assez, répondit Léo. C'est surtout qu'il y a un paquet de lunes autour. Le plus simple, c'est qu'on aille vous chercher Stan. Attendez-nous là, on n'en aura pas pour très longtemps en s'y mettant à beaucoup.

Benoît sourit.

- C'est déjà la deuxième fois que vous nous rendez service. Faudra nous dire ce qu'on peut faire pour vous en échange !

Léo haussa les épaules.

- On ne peut plus rien pour nous, de toute façon, dit-il, soudain un peu mélancolique. Oh si, la seule chose que vous pourriez faire, c'est aller dire à ma mère et à mon petit frère que je les vois, que je pense à eux tout le temps et que je les aime.

Benoît, qui ne s'attendait pas à ce genre de réponse, ne sut pas quoi dire.

Claire parla à sa place.

- Bien sûr qu'on peut aller voir ta famille de ta part, dit-elle. Mais je ne sais pas s'ils nous croiront.

- Et si vous les ameniez ici? demanda Léo plein d'espoir.

Puis il se rembrunit.

- Non, mauvaise idée, enchaîna-t-il. C'est trop dangereux. Maman n'est pas en bonne santé, et mon petit frère est encore trop jeune. Et puis, on serait quand même séparés la plupart du temps...

Il se détourna pour cacher son désarroi. Puis il appela les autres gris et ils décollèrent tous en direction de la ceinture.

Les trois autres se regardèrent sans mot dire. Ils n'avaient pas pensé que certains esprits étaient arrivés là récemment et qu'ils avaient encore de la famille dans le monde-du-dehors, des êtres chers qui les pleuraient !

- Vous croyez qu'on devrait faire une espèce d'agence de voyages dans le monde-du-dehors pour ceux qui veulent revoir leurs disparus ? demanda Benoît.

- Sacrément compliqué ! dit Claire. Tu imagines ? D'abord on n'a jamais fait le voyage en partant du monde-du-dehors, on ne sait même pas si c'est possible. Ensuite, ça s'ébruiterait, et on aurait de sacrés ennuis. Et puis, la plupart des morts ne sont pas des gris mais des ectoplasmes. Leur famille ne les retrouverait pas ! Et il faudrait surveiller les corps des colorés...

- Mmm. Ce n'est peut-être pas une bonne idée. N'empêche qu'il m'a fichu le bourdon, le père Léo, avec son petit frère et sa maman.

- À moi aussi. Faudra qu'on demande à Iowena ce qu'elle en pense, elle saura nous conseiller.

Le garçon se tut un instant puis il lui vint une autre idée.

- Je me demande si Camille est morte il y a longtemps. C'est dommage que les jeunes ne se présentent pas comme les vieux, en indiquant leur date de décès.

- Je pense qu'elle a vécu il y a plus d'un siècle, vu le style de sa chemise de nuit, répondit sa sœur.

- Ouf, elle au moins, elle ne nous demandera pas d'aller délivrer un message chez elle.

Les trois ruminèrent un moment. Ils ne savaient pas comment résoudre l'épineux problème posé par Léo.

Soudain, ils virent un mouvement à l'horizon. L'espace noir paraissait palpiter. Ce n'est qu'un instant plus tard que la vision se précisa et que le ciel se remplit de gris qui venaient vers eux.

Ils reconnurent Stan et Ileana avant de distinguer leurs traits, grâce à leur couleur différente de celle des autres esprits. La jeune fée se posa devant eux, l'air radieux. Visiblement, ces quelques jours passés avec Stan lui avaient fait beaucoup de bien.

- Alors ? Vous avez réussi ? leur demanda-t-elle.

- Oui, tous les trois. Et j'ai même fait une découverte sensationnelle. Je pense avoir trouvé le moyen de rapatrier le corps de Stan, expliqua Benoît en abandonnant toute prudence.

La surprise se lut sur tous les visages. Le garçon expliqua les expériences faites avec des insectes et des animaux. Il baissa la tête.

- Maintenant, il faut encore qu'on teste ça sur un être humain avant de faire l'ultime expérience avec toi, dit-il à Stan.

- Pourquoi "tester" ? demanda celui-ci. Est-ce que

vous avez subi des échecs ?

- Oui, les débuts n'ont pas été concluants, on a massacré plusieurs bestioles avant de comprendre que c'était grâce à un don spécial de Benoît qu'on pouvait dématérialiser quelqu'un d'autre, expliqua Aodren. Et on a dû s'y mettre à deux pour arriver à s'occuper d'une bête plus grande.

- Eh bien je refuse de faire courir le moindre risque à un être humain.

- Mais... essaya Benoît.

- Si le test doit être fait, ce sera sur moi. Ou ça marche, ou c'est moi qui en subirai les conséquences, personne d'autre ! dit Stan, très déterminé.

- J'avais pensé que peut-être ton père accepterait de servir de cobaye, avança Benoît.

- Benoît ! souffla Claire, un peu choquée.

- Tu n'imaginais quand même pas que j'allais autoriser une chose pareille ! dit Stan.

Benoît eut l'air penaud et préféra ne rien répondre. Stan respira profondément et décida de ne pas en vouloir au garçon. Après tout, c'est pour lui qu'il se battait.

- Merci d'avoir fait tout ça, Benoît et les autres. Je suis prêt, on peut faire l'expérience. Je suis extrêmement impatient que tout ça finisse, d'une manière ou d'une autre, même si ces derniers jours ont été très agréables, dit Stan en regardant tendrement Ileana. On va procéder comment ?

- Euh... on n'y a pas vraiment songé, avoua Benoît. Il faudra qu'on vienne tous les quatre, Ileana, Aodren, Claire et moi, parce qu'on a remarqué que plus l'être à dématérialiser était grand, plus il fallait être nombreux. Enfin, j'extrapole un peu, mais je suppose que ça marchera comme ça.

- Et on devra d'abord localiser l'endroit exact pour

pouvoir s'y projeter sans erreur, dit Aodren d'un ton sérieux. Car on ira sous la forme de corps solides, et il ne s'agirait pas qu'on se rematérialise dans du rocher !

- Gloups ! Je n'avais pas pensé à ça ! dit Benoît. Non, ça n'arriverait pas, Naël nous a bien dit qu'on serait éjectés jusqu'au prochain espace vide en cas de rencontre avec d'autres molécules. Mais tu as raison, Aodren, il faut qu'on nous montre l'endroit, car une fois sous notre forme physique, dans le monde-du-dehors, on ne pourra plus communiquer avec les esprits.

- Donc, si on récapitule, Léo et les autres vous montrent où mon corps se trouve, vous retenez les coordonnées de l'endroit, vous retournez à Conques et vous vous dématérialisez là-bas, vous faites votre expérience et vous me tirez de là. Ensuite, il faudra que j'arrive à rentrer dans ma carcasse, résuma Stan.

- Oui, c'est ça, en gros. Il faudra que tu sois à Conques au moment où on te remontera. Nous, on ne t'entendra pas, mais toi tu pourras suivre tout le déroulement des opérations. Et quand on trimballera ton corps pour l'installer dans un faisceau ou un endroit propice, tu devras nous coller au train pour être sur place au moment voulu. Et il faut qu'on t'apprenne comment rentrer dans ton corps.

- Ça, c'est déjà fait, dit Stan en souriant à Ileana. On a eu le temps d'en parler. Je connais la technique du plongeon, en théorie du moins.

- Bon, ben il ne reste plus qu'à aller à Conques pour repérer les lieux.

Et la nuée d'esprits s'éleva lentement au-dessus du satellite grisâtre, attendant que quelqu'un prenne la direction des opérations. Stan et ses amis se regardèrent et se firent un signe muet. Puis tous foncèrent vers la Terre.

47. PLONGÉE DANS LA ROCHE

Mine de rien, ça fait un boucan d'enfer, tous ces esprits ! se dit Benoît en contemplant le rassemblement de gris dans le cimetière de Conques.

Certains flottaient à quelques mètres au-dessus du sol, d'autres n'avaient pas abandonné leurs habitudes humaines et s'étaient posés sur le bord des tombes ou sur le muret, mais tous bavardaient avec animation dans un grand brouhaha mental.

- Hé, Benoît, tu rêves ?

La voix de Claire le ramena au petit groupe de ses amis. Curieux comme la voix désincarnée pouvait ressembler à la vraie, se dit le garçon. On n'aurait pas pu la confondre avec une autre...

- On va y aller, dit Léo. Vous, les colorés, vous ne quittez pas le gris avec lequel vous faites tandem. On ne sait jamais, pas que vous ne puissiez pas ressortir ! Tout le monde a son partenaire ?

Les paires se formèrent. Joseph s'était proposé pour guider Ileana, Léo s'occupait d'Aodren et Camille de

Claire. Stan avait insisté pour voir son propre corps bien qu'il ne participe pas directement au sauvetage, aussi deux de ses copines de la ceinture d'astéroïdes, Florine et Julianne, qui avaient participé à la mission de repérage, s'étaient portées volontaires pour le piloter ainsi que Benoît.

- Avant de partir, encore un détail important. La première fois qu'on plonge dans du rocher ou toute autre matière solide, c'est très impressionnant. On a l'impression d'étouffer, mais souvenez-vous que vous ne respirez pas réellement et que vous n'êtes pas dans le même plan. Le rocher ne peut pas vous affecter ! Bon, cap sur le volcan, dit Léo en indiquant la direction.

Les dix membres de la mission s'envolèrent de concert, bientôt suivis par une nuée de curieux. Ils arrivèrent au-dessus de la fissure en quelques instants, et Léo leur donna ses dernières instructions.

- La grotte est à l'aplomb de cet endroit, de ce côté du volcan. Il y a juste à descendre tout droit sur quelques centaines de mètres. Allez, bon courage, et rappelez-vous qu'il n'y a aucun danger !

Il échangea un regard avec Aodren qui se rapprocha de lui le plus possible, et ils commencèrent à s'enfoncer dans la terre. Camille, qui voyait bien que la vue d'Aodren disparaissant dans le sol angoissait Claire, lui suggéra de se lancer, et les deux filles plongèrent à leur tour, suivies de tous les autres.

Camille avait mêlé son bras au sien pour qu'elle ait un point de repère, et au début Claire se concentra sur ce scintillement gris pour ne pas penser à l'immensité sombre de ce qui l'entourait.

Mais soudain, le reflet argent de Camille disparut et la jeune fille eut un accès de panique. Elle allait être emmurée à jamais dans le rocher ! Paralysée, elle attendit, ne sachant plus dans quelle direction aller. Elle avait l'impression de suffoquer. Elle tenta de se rasséréner en repensant aux recommandations de Léo.

- Du calme ! Tu n'as pas besoin d'air, et ces rochers ne te rentrent pas dans les poumons...

Puis elle réalisa qu'il suffisait peut-être d'appeler au secours alors elle cria de toutes ses forces.

Au bout d'un moment qui lui parut interminable, le miroitement de la main de Camille reparut, puis la jeune grise toute entière occupa le même espace qu'elle, ce qui était une expérience vraiment étrange.

- Viens, suis-moi, lui dit Camille, on n'est plus très loin maintenant.

Elles débouchèrent dans un espace creux, au grand soulagement de Claire. Les autres ne s'aperçurent même pas qu'elles arrivaient en retard, car ils étaient tous tournés vers le centre de la petite cavité. Sur le sol, comme les esprits l'avaient décrit, gisait le corps de Stan, les yeux fermés et les mains jointes autour des cristaux posés sur sa poitrine. Grâce à la lumière bleue dégagée par les pierres, on distinguait bien chaque détail. Stan paraissait dormir et son aspect était tout à fait normal.

Claire chercha Ileana des yeux. La jeune fée semblait extrêmement émue, et l'esprit de Stan aussi. Il regardait ce corps dont il était séparé depuis des mois et qu'il avait tellement redouté de retrouver décomposé.

Aodren, toujours pratique, essaya d'estimer la taille de la grotte. Ce n'était d'ailleurs pas une galerie comme une autre, on voyait qu'elle était d'origine artificielle. Ses parois ressemblaient à du verre sombre et poli. Elle était de dimensions modestes mais heureusement suffisantes pour qu'ils puissent s'y tenir tous les quatre. Il avait craint qu'elle ne soit trop petite pour accueillir un autre corps que celui de Stan, ce qui aurait sérieusement compromis leurs chances de réussite.

Sensibles à l'atmosphère de mausolée de cet endroit, ils ne se décidaient pas à remonter et restèrent plus longtemps que nécessaire.

Stan finit par s'arracher à regret à la contemplation un peu malsaine de lui-même.

- Bon, on n'a rien de plus à faire ici pour le moment... Flo, tu m'aides à rejoindre la surface ?

Et il partit sans se retourner.

Camille s'approcha de Claire.

- Si ça ne te dérange pas, je vais carrément me superposer à toi, comme ça tu ne t'égareras pas. D'accord ?

- Oh oui ! J'ai eu si peur, quand je t'ai perdue de vue, tout à l'heure...

Le retour se fit sans encombres, mais Claire fut soulagée de se retrouver à l'air libre. Quelle affreuse impression que celle d'être plongée dans le sol, sans rien voir, sans pouvoir se diriger vers la sortie ! C'était comme être enterrée vive...

Dehors, Stan et Aodren étaient en grande discussion.

- Il ne nous reste qu'à revenir ici physiquement, expliquait le faé. Je suggère que tu nous attendes dans le cimetière, avec les autres. On te retrouve là-bas, enfin, façon de parler, puisque tu nous verras et nous entendras, mais nous pas. Et quand on aura réussi à te remonter, ce sera à toi de jouer...

48. L'INSOUTENABLE ATTENTE

Vite, vite ! les pressa Ileana. Il faut qu'on aille à Naga Ur.

Les quatre avaient retrouvé Naël dans la grotte et s'étaient presque aussitôt projetés à l'extérieur, mus par un sentiment d'urgence. Dehors, il faisait nuit.

- On pourrait carrément essayer de se rematérialiser directement à Conques, sans passer par la case "porte ", suggéra Benoît. Tu l'as déjà fait, ça ? demanda-t-il au korrigan.

- Quoi donc ? Aller dans le monde-du-dehors ? Bien sûr que non ! Avant de vous connaître, je ne savais même pas que les humains et leur monde existaient, répondit Naël.

Aodren toussota.

- Tu ne vas pas aimer ce que je vais dire, Ileana, mais écoute-moi. Il y a une chose à faire avant d'aller à Conques, c'est prévenir ta mère et tous les autres de ce que nous faisons.

- Oh non, pas maintenant ! gémit Ileana. Ça peut

attendre !

- On ne leur a plus donné de nouvelles depuis des jours voire des semaines ! Ta mère t'a vue renaître à la vie puis disparaître aussitôt pour te lancer dans cette aventure, je suis sûre qu'elle se fait beaucoup de souci pour toi. Ta grand-mère nous a laissés à ta demande pour accompagner Amékel, mais elle doit être très inquiète. Et Sacha, il a peut-être le droit de savoir ce qu'on manigance, non ?

- Je préfère qu'on lui ramène Stan et qu'on occulte tout le passage désagréable plutôt que de lui apprendre coup sur coup que son fils est quasi mort mais qu'on va tenter de le récupérer ! s'exclama la jeune fée. Ça ne sert à rien de lui raconter tout ça, à part lui faire un choc énorme.

Aodren se tourna vers les jumeaux pour quêter leur avis.

- Ileana n'a pas tort, en ce qui concerne Sacha. Il est dans le cirage depuis des semaines, il peut y rester encore un jour ou deux et se réjouir de revoir son fils, en ignorant toujours ce qui lui est vraiment arrivé, décréta Claire.

- Et toi, Benoît, qu'est-ce que tu en penses ?

Benoît eut soudain un gros accès de nostalgie. À Illiriane, il y avait Alixen. Comme elle lui manquait...

- Je pense qu'on n'est plus à un jour près et qu'il serait plus correct d'avertir nos parents.

- Oh toi, souffla sa sœur. Quel hypocrite tu fais ! Depuis quand tu demandes l'autorisation des parents pour faire quelque chose, hein ?

Le garçon baissa la tête. Son serpent de sœur le connaissait par cœur, voilà le problème. Il n'y avait jamais moyen de la tromper.

- Je vois que Benoît s'est rallié à notre avis, résuma Claire. Non, franchement, Aodren, tu sais que je te donne généralement raison, mais là, tu pêches par excès. On est à deux doigts de réussir, on va jusqu'au bout ! Les autres nous pardonneront facilement de ne pas leur avoir donné de nouvelles, quand on reviendra avec Stan.

Le faé écarta les bras.

- Bon, si vous êtes tous d'accord, je retire ce que j'ai dit.

- Je vais essayer de faire le saut directement jusqu'à Conques, je suis trop curieux de voir si ça va marcher, dit Benoît qui avait oublié son petit coup de spleen. Tu nous accompagnes, Naël ?

- Non, je ne pense pas. Le monde-du-dehors ne me tente pas.

- Oh ! Benoît était très déçu.

Naël lui adressa son sourire lumineux.

- Allez remplir votre mission de sauvetage. Quand tout ça sera terminé, vous viendrez me voir, vous savez où j'habite...

Les quatre le regardèrent avec reconnaissance.

- Merci, Naël, tu as été d'une aide inestimable. Si on ramène Stan de là-bas, ce sera grâce à toi, lui dit Ileana, émue.

- Et puis tu nous as sauvé des monstres ! s'exclama Benoît, admiratif.

- Et tu nous as permis de découvrir que notre côté fée était plus important que nous le pensions, ajouta Claire.

- Ah oui ! Les transformations, c'est un super cadeau que tu nous as fait ! renchérit le garçon.

Naël éclata de rire.

- Ben ça alors, je n'ai jamais eu autant de compliments ! Tout ça pour une petite escarmouche contre deux bestioles et un tour pendable que je t'ai joué avec mes galdiorns apprivoisés, Claire...

Ils se turent un moment, car ils ne savaient pas trop comment exprimer leur affection mutuelle.

- Bon, je vous laisse. Tant qu'on sera là à se faire des courbettes, vous n'irez pas faire votre boulot. À bientôt, j'espère ! dit le korrigan.

Et il disparut après un dernier regard à Claire.

Celle-ci frissonna.

- Un sacré personnage, ce Naël, dit-elle.

- Oui, on lui doit une fière chandelle. On aura peut-être un jour l'occasion de lui rendre la pareille, qui sait ? répondit Ileana. En tout cas, je me referai volontiers des vacances au bord de son lac en sa compagnie. Bon, on y va ?

- Attendez, je fais mon essai, dit Benoît. On gagnerait du temps si on y allait directement !

Le garçon se concentra mais rien ne se passa.

- Zut ! Ça ne marche plus ?

Et il fit un essai sur une courte distance puis se rematérialisa près de sa sœur.

- Ben si, ça marche toujours.

Il adopta une position théâtrale, ferma les yeux et se pinça la racine du nez entre le pouce et l'index.

- Suffit, ton cinéma, Benoît, dit Ileana, légèrement agacée. On fait étape à Naga Ur, un point et c'est tout !

Penaud, le garçon lui expliqua le principe du compte à rebours pour qu'ils partent en même temps.

- On va à la baie sur la rivière, comme la dernière fois ? Prêts ? Trois, deux, un !

Et ils se retrouvèrent l'instant suivant sur une petite crique, pas loin de la vieille porte dont Ingvarna leur avait dévoilé l'existence quelques semaines auparavant.

Comme beaucoup de portes, Naga Ur était placée dans un endroit reculé et peu passant, de façon qu'on ne l'emprunte pas si on ne connaissait pas son existence. Pour y accéder, il fallait entrer dans le lit d'une rivière passablement tumultueuse par le seul endroit un tant soit peu praticable, et suivre son cours sur une dizaine de mètres avant d'arriver à une barrière de gros rochers qui annonçaient une chute d'eau.

Sur la minuscule plage, Ileana et Aodren changèrent leurs tenues en combinaisons étanches, puis la jeune fée entra dans l'eau d'un pas décidé.

Aodren et Benoît encadrèrent Claire, pas très rassurée. La dernière fois, poussée par le courant fort, elle avait glissé sur une pierre et était tombée de tout son long dans la rivière.

Ileana, qui avait atteint les rochers avant les autres, se propulsa d'un bond sur celui du milieu et disparut à leur vue sans dire un mot. Les garçons aidèrent Claire à grimper et passèrent à leur tour avec elle.

De l'autre côté s'étendaient les collines verdoyantes de l'Aveyron.

Ileana huma l'air et regarda à l'horizon. De ce côté, le soleil venait de se lever, et le monde paraissait frais et neuf. Un sourire naquit sur son visage. Aujourd'hui était un grand jour, et elle se sentait pleine d'entrain.

- Hé, Ileana ! Ne pars pas comme ça ! On a encore nos combinaisons de plongée ! s'écria Benoît.

- Oh ! J'avais oublié.

Et, d'un geste négligent, elle leur rendit leur tenue habituelle. Puis elle s'élança sur le chemin et il ne leur resta plus qu'à la suivre, s'ils ne voulaient pas se faire distancer.

- Mais, ma parole, tu es tête en l'air ! lui dit Benoît en la rattrapant. Tu peux me dire pourquoi on marche, alors qu'il y a des kilomètres jusqu'à Conques et qu'on a un moyen d'aller plus vite et de ne pas se fatiguer ?

- Zut, c'est vrai, ça. Excuse-moi, je ne suis pas dans

mon état normal.

Le garçon lui malaxa affectueusement le bras.

- T'en fais pas, va, on comprend tous ce que tu ressens. Mais pas au point d'oublier de nous économiser.

- Eh bien, c'est le moment de vérifier qu'on peut se dématérialiser dans le monde-du-dehors ! dit-elle avec un petit sourire crispé.

- Manquerait plus que ça, qu'on ne puisse pas ! dit Benoît avec un soupçon d'angoisse. Et il entreprit de se propulser à quelques mètres de là, histoire de vérifier.

- Ouf, ça marche tout aussi bien qu'à Edelynn ! souffla-t-il, soulagé. Maintenant, faut se mettre d'accord sur l'endroit où on va réapparaître. Un lieu qu'on connaisse tous les quatre, pas trop loin du volcan, et suffisamment calme pour qu'on ne cause pas un infarctus à un passant en surgissant de nulle part !

- Le cimetière, ça me paraît pas mal. En principe, il n'y a pas foule là-bas, suggéra Claire.

Elle pouffa.

- Sauf s'il y a justement un enterrement. Vous imaginez tout le monde tomber dans les pommes parce qu'on apparaîtrait sur les tombes ? ajouta-t-elle.

- Oh oui ! s'enthousiasma Benoît. Bonne idée, petite sœur ! Et on pourrait se déguiser en zombies, ce serait carrément génial !

- Ouh là, on se calme, dit Ileana en faisant les gros yeux. On va essayer de faire dans la discrétion, plutôt. Je suggère le petit champ derrière le cimetière. Il n'est pas visible de derrière les murs, ça évitera les rencontres intempestives.

- Bof, t'es pas marrante, ronchonna Benoît. Pour une fois qu'on trouvait un truc rigolo à faire... et que Claire était d'accord avec moi !

La jeune fée secoua la tête d'un air affligé. Qu'est-ce qu'ils avaient tous ? Sans doute les nerfs qui lâchaient. Elle résolut de prendre vigoureusement les choses en main.

- Bon, on arrête les bêtises et on se concentre. Tout le monde voit bien le champ dont je parle ?

- Celui où il y avait des moutons la dernière fois ? dit Claire qui ne plaisantait plus.

- Oui, celui-là. Prêts ? Trois, deux, un !

Et ils se retrouvèrent dispersés dans le pré. Ileana était réapparue près du muret; Aodren et Claire se trouvaient ensemble au milieu du champ, car ils étaient partis en se tenant la main. Quant à Benoît, il avait eu la mauvaise idée de se rematérialiser à l'endroit occupé par un mouton et s'était vu éjecté à côté. Il se releva en se massant le genou et tira la langue au mouton qui bêlait en le regardant d'un air désapprobateur.

- Crétin de mouton, va ! Tu ne pouvais pas brouter ailleurs ?

Il rejoignit les autres en clopinant et adressa une affreuse grimace à Claire qui se moquait de son arrivée peu glorieuse.

Lorsqu'ils pénétrèrent dans le cimetière, ils avaient retrouvé tout leur sérieux, conscients que Stan devait être là, avec Joseph et les autres. Et peut-être même Léo, Camille et tous leurs copains chevaucheurs de comètes.

Ileana leva les yeux au ciel.

- Stan ? Je suppose que tu es là et que tu nous vois... On va maintenant faire ce qu'on a dit. On se projette dans la grotte.

Benoît grimaça. Aaargh ! Au pied du mur, ce n'était plus si simple, de prendre la décision de s'enfermer dans une cavité en verre à des centaines de mètres sous terre. Il regarda les trois autres, ils avaient tous l'air grave.

- On s'y prend comment ? demanda le garçon d'une voix pas très assurée.

Aodren prit une grande respiration.

- Je propose qu'on se tienne par la main, comme pour faire une ronde. On n'a qu'à s'imaginer être autour du corps de Stan, et puis tu comptes, comme d'habitude.

- Tout le monde est d'accord ?

Les filles acquiescèrent sans mot dire. Elles tendirent leurs mains aux garçons pour former un cercle.

Soudain, Benoît retira ses mains.

- Dites, vous avez pensé aux cristaux ?

Aodren fronça les sourcils. Qu'est-ce que Benoît avait encore trouvé ?

Le garçon reprit.

- On n'a pas du tout envisagé le fait que les cristaux forment une bulle autour de Stan !

- Oui, et alors ?

- La bulle a réussi à le protéger de la lave, ça veut donc dire qu'elle est comme un mur infranchissable ! Et si on ne pouvait pas y pénétrer ? Et si on se faisait cramer rien qu'en la touchant? Ce n'est pas une bulle de savon, c'est du laser à l'état pur ! Ça ne nous faisait rien quand on était des esprits, mais là... ça risque de nous réduire en bouillie !

Ileana mit son visage dans ses mains. Un instant, Benoît crut qu'elle allait se mettre à pleurer. Mais non, elle réfléchissait.

Elle soupira.

- Moi, je suis d'avis d'essayer quand même. Je pense que si les cristaux ont compris, d'une façon qui reste mystérieuse, que Stan avait besoin d'être protégé de la lave et que son corps devait être préservé, ils ne feront rien contre nous. Je sais, c'est un raisonnement qui ne repose sur rien de rationnel, mais j'en suis persuadée. De toute façon, c'est notre seul espoir. Mais bien sûr, je ne veux pas vous obliger. Vous êtes libres…

- C'est vrai qu'on dirait presque que les cristaux sont intelligents, dit Claire. Ileana a sans doute raison, on n'a rien à craindre d'eux.

Aodren hocha la tête pour montrer qu'il était d'accord avec elle.

- Bon, on a fait le tour de la question, je crois que tout le monde est prêt à y aller, résuma Benoît.

Ileana lui adressa un sourire rayonnant et reprit sa main.

- Cette fois, le compte à rebours est pour moi. Je vous dis: "à tout de suite dans la grotte !". Trois… deux… un !

Ils se rematérialisèrent avec une sensation jamais encore éprouvée.

Ils se trouvaient tout autour du corps de Stan, dans l'étrange lueur bleue des cristaux. Et la bulle passait au travers de leurs propres corps, sans qu'ils en soient incommodés ! Ils ne ressentaient qu'une intense impression d'énergie et même… de sympathie ! Comme si la lumière bleue les entourait de chaleur humaine et d'amour.

Les quatre se regardèrent, émerveillés.

- C'est vraiment top ! dit Benoît d'une voix rendue étrange par l'exiguïté de la cavité.

Ileana allongea le bras et caressa le visage de Stan.

- Sa peau est tiède, on dirait qu'il dort, chuchota-t-elle avec émotion.

- Bon, les amis, je ne veux pas vous brusquer, mais je ne pense pas qu'il y ait des tonnes d'air dans cette grotte. On devrait peut-être s'occuper d'en repartir, dit Aodren.

- On emporte les cristaux ? dit Benoît.

- Mais bien sûr ! s'exclama Claire. D'abord parce que ce sont eux qui maintiennent Stan en vie, et tant que son esprit n'aura pas réintégré son corps, ils seront nécessaires. Et ensuite, parce qu'Imraëgg y tient, aux cristaux !

- D'accord, d'accord ! En fait, je voulais dire : comment on les emporte ?

- On n'a qu'à les mettre dans le blouson de Stan. Il suffit de les coincer entre son tee-shirt et son blouson, et de refermer la fermeture... dit Claire, pratique. Comme ça on pourra le tenir, lui, sans nous occuper des pierres. Euh... Ileana, tu le fais ?

La jeune fille, pudique, n'osait pas toucher le corps du garçon.

Ileana s'agenouilla, toujours environnée par la douce vibration des cristaux, et entreprit de détacher les doigts de Stan des pierres. Puis elle les glissa dans le blouson dont elle remonta la fermeture. Et, pour faire bonne mesure, elle souda momentanément les vêtements ensemble afin de former une poche tout à fait sûre pour les cristaux.

Aodren et Ileana passèrent ensuite un bras sous la nuque de Stan et l'autre sous son dos, tandis que les jumeaux saisissaient ses jambes et soutenaient ses reins.

- Le moment est arrivé, dit Ileana. On se retrouve exactement à l'endroit d'où on est partis ? Benoît, à toi l'honneur de donner le départ.

La gorge serrée, les mains crispées sur le pantalon de Stan, Benoît compta.

Soudain, il y eut un grand flash, et ils se retrouvèrent dans la même position au milieu du cimetière.

Benoît, hébété, se leva et hurla de joie. Pour évacuer

sa tension, il se mit à courir en rond, les bras en l'air, en criant de joie. Puis il tomba à genoux, les mains sur le visage, et se mit à sangloter.

Les filles aussi pleuraient toutes les larmes de leur corps, tant elles étaient soulagées. Seul Aodren essayait de garder sa dignité, mais il avait du mal.

Il ausculta Stan, qui semblait frais comme une rose. Autour de lui, la bulle scintillait toujours.

- Ileana, il faudrait peut-être remettre les cristaux comme ils étaient là en bas, en attendant que...

La jeune fée essuya son visage, renifla et sourit.

- Tu as raison, je vais remettre ses mains autour des pierres, c'est peut-être comme ça qu'elles lui ont transmis leur pouvoir.

Elle dessouda les tissus et extirpa les cristaux de leur cachette. Elle les replaça sur la poitrine du garçon et joignit ses mains autour. Puis elle remonta la capuche du blouson pour que la tête de Stan ne soit plus en contact avec la terre. Elle le regarda en soupirant de bonheur et déposa un baiser sur ses lèvres. Il avait l'air si vivant ! Enfin, elle regarda en l'air, tout autour d'elle.

- Stan, si tu m'entends... C'est le moment !

Les trois autres s'approchèrent, soudain inquiets, et firent cercle autour du corps de leur ami.

Ileana, toujours agenouillée, tenait la main de Stan et la pétrissait nerveusement, comme si elle pouvait le réveiller par ce simple geste. Benoît se mordillait les lèvres, et Claire broyait le bras d'Aodren.

Ils attendirent de longues minutes dans un suspense insoutenable.

Soudain, le halo bleu vacilla, faiblit et s'éteignit.

- Stan ! Oh non... ! gémit Ileana.

Et Stan ouvrit les yeux.

site Internet: www.ileana.fr

Le tome 5, "les cristaux d'Eden", paraîtra au printemps 2012.

Résumé:

Toujours pas de repos pour Ileana et ses amis: les écrans d'Imraëgg ont montré qu'une chose mystérieuse se développait dans une cuve de l'ancien abri du Seigneur Noir. De plus, Iolann court toujours, de même qu'Isdragarn.

Pour couronner le tout, tant qu'ils n'auront pas rapporté les cristaux sur Eden, la menace de l'effacement du monde pèsera toujours sur Edelynn et le monde-du-dehors.

SOMMAIRE

achevé d'imprimer en juillet 2011
par les imprimeries Bietlot
à Gilly en Belgique